SANDRA GLADOW | Eiswind

Sandra Gladow im Gespräch

Wie sind Sie dazu gekommen, Kriminalromane zu schreiben?
Ich hatte schon als Schülerin immer den Wunsch, Bücher zu schreiben. Vor dem Hintergrund, dass ich Staatsanwältin bin, lag es natürlich nahe, mich irgendwann an einem Kriminalroman zu versuchen.

Sie wohnen mit Ihrer Familie in Hamburg. Warum haben Sie die Hansestadt Lübeck als Schauplatz Ihres Romans gewählt?
Ich habe mich ganz bewusst gegen Hamburg entschieden, weil ich dort als Staatsanwältin tätig bin. Es war für mich sehr wichtig, eine räumliche Distanz zwischen meinem und Anna Lorenz' beruflichem Umfeld zu schaffen. Und zu zeigen, dass Ähnlichkeiten zwischen realen Personen und meinen Romanfiguren rein zufällig sind. Lübeck hat außerdem einen speziellen kleinstädtischen Charme, der sich besonders als Schauplatz für einen Krimi eignet. Der Einzug des Bösen in ein Umfeld, das behütet und sicher scheint, erzeugt immer eine ganz besonders spannende Atmosphäre.

Sind Sie selbst schon einmal in Gefahr geraten?
Ich gerate ständig in Gefahr, wenn ich einen Supermarkt betrete und in die Versuchung komme, meinen Einkaufswagen mit Süßigkeiten zu überladen. Nein, im Ernst, ich bin zum Glück noch nie in Gefahr geraten und hoffe, dass das auch in Zukunft nicht der Fall sein wird.

Wird es eine Fortsetzung von Eiswind geben und wenn ja, dürfen Sie schon etwas verraten?
Der nächste Roman ist bereits in Arbeit: Anna Lorenz ermittelt in ihrem zweiten Fall im privaten Umfeld, nachdem eine Nachbarin zu Tode gekommen ist. Noch möchte ich nicht zu viel über den Inhalt erzählen, sicher ist allerdings, dass es auch in Annas Privatleben spannend weitergehen wird. Sowohl Annas Jungendfreund Georg als auch Kommissar Bendt werden dabei keine unbedeutende Rolle spielen.

Zur Autorin
Sandra Gladow, geboren 1970, war als Anwältin beschäftigt, bis sie 2002 in ihrer Geburtsstadt Hamburg zur Staatsanwältin ernannt wurde. Parallel zu ihrer juristischen Tätigkeit arbeitete sie bereits als Konzeptentwicklerin, Redakteurin und Drehbuchautorin. Die Autorin lebt mit ihrem Mann und ihren beiden Kindern in Hamburg und schreibt bereits an ihrem nächsten Kriminalroman um Anna Lorenz.

SANDRA GLADOW

Eiswind

Kriminalroman

Diana Verlag

FSC
www.fsc.org
MIX
Papier aus verantwortungsvollen Quellen
FSC® C014496

Verlagsgruppe Random House FSC-DEU-0100
Das für dieses Buch verwendete
FSC®-zertifizierte Papier *Holmen Book Cream*
liefert Holmen Paper, Hallstavik, Schweden.

3. Auflage
Originalausgabe 02/2011

Umschlagmotiv | © plainpicture/Markus Brehm
Umschlaggestaltung | t. mutzenbach design, München
Herstellung | Helga Schörnig
Satz | Leingärtner, Nabburg
Druck und Bindung | GGP Media GmbH, Pößneck
Printed in Germany 2011
978-3-453-35464-7

www.diana-verlag.de

Für Kai

PROLOG

Sie manövrierte ihren alten Jeep durch die zahllosen Pfützen des menschenleeren Parkplatzes und brachte ihn schließlich am Rande des angrenzenden Waldgebiets zum Stehen. Es war kalt. Seit Tagen schon zeigte sich der Himmel grau und unversöhnlich, als wolle er die Sonne für immer unter einer undurchdringlichen grauen Wolkendecke vergraben. Fröstelnd zog sie den Reißverschluss ihres orangefarbenen Lauftrikots bis zum Hals hinauf.

»Geht ja gleich los«, beschwichtigte sie ihren Labrador, der mit einem gewaltigen Satz aus dem Heckraum des Wagens sprang und sie sofort freudig bellend umkreiste. Angesichts des eisigen Nieselwetters hatte sich kaum ein Spaziergänger in den Wald verirrt. Einige Meter von ihrem Wagen entfernt stand nur der graue 3er BMW eines ihr vom Ansehen bekannten knöchernen Schnösels, der ihr morgens häufig mit seiner Dackelhündin begegnete.

»Also los«, befahl sie, deutete mit dem rechten Arm in Richtung Waldweg und rannte los. Der junge Rüde stob mit kraftvollen Sätzen durch die Pfützen davon. Sie sog den Duft der feuchten Tannennadeln ein und lauschte dem Rhythmus ihres ruhiger werdenden

Atems. Der Streit mit Alex hatte sie wieder einmal fürchterlich ermüdet, und das Laufen in der frischen Luft schenkte ihr neue Kraft. Sie war froh, joggen gegangen zu sein, obwohl die Schatten der Bäume und die Geräusche des Waldes ihr an Tagen wie diesem immer ein wenig gespenstisch vorkamen.

Ein aus dem Dickicht aufflatternder Vogel ließ sie aufschrecken. Wie albern hysterisch ich bin, dachte sie verärgert, als ihr Herz schneller zu schlagen begann und ihr den Atem nahm.

Ihr Hund stand ein Stück voraus am Wegrand und lauschte in das Dickicht. Jede Faser seines jungen, muskulösen Körpers schien gespannt zu sein. Sie erkannte die Haltung, die er immer einnahm, wenn er Witterung aufgenommen hatte.

»Bruno!«, rief sie mahnend und hatte es kaum ausgesprochen, als er auch schon losraste und zwischen den Bäumen im Wald verschwand.

»Mist«, fluchte sie. Sie hatte nicht die geringste Lust, auch nur eine Minute auf ihn zu warten. Sie hielt sich so nah es ging am Wegrand, um ihn im Dickicht besser erspähen zu können. Immer wieder rief sie seinen Namen. Der Ärger in ihrer Stimme wich dabei mehr und mehr der Angst, dass ihm etwas zugestoßen sein könnte. Das passt nicht zu ihm, fuhr es ihr durch den Kopf.

Ein Rascheln hinter ihr ließ sie aufhorchen, und sie fuhr herum. Zu ihrer Enttäuschung war er immer noch nicht zu sehen, aber sie meinte, zwischen den Bäumen eine Bewegung wahrgenommen zu haben. Sie versuchte, den plötzlich in ihr aufkeimenden Gedanken abzuschütteln, dass sie beobachtet wurde. Wahrscheinlich ist der BMW-Schnösel mal wieder seinem unerzogenen Dackel nachgestiegen und versucht nun, ihn aus irgendeinem Kaninchenbau herauszuoperieren, sagte sie sich. Obwohl ihr das am wahrscheinlichsten schien, gelang es ihr nicht recht, sich zu beruhigen. Ihr Instinkt signalisierte Gefahr. Sie wischte ihre Angst beiseite und entschloss sich, dort, wo sie ihren Hund aus dem Blickfeld verloren hatte, ein Stück in das Dickicht hineinzugehen.

Sie fror erbärmlich, während sie durch das Gehölz stolperte. Ihre Kleidung war inzwischen derart durchnässt, dass sie sich nichts sehnlicher wünschte als eine heiße Dusche.

Endlich konnte sie in einiger Entfernung das dunkle Fell ihres Vierbeiners ausmachen. »Was hast du da zum Teufel?«, fuhr sie ihn mit zusammengekniffenen Augen an.

Ist ja ekelhaft, dachte sie angewidert und streckte ihre Hand nach seinem Nacken aus, um ihn von dem undefinierbaren Fleischbrocken zu trennen, den er herunterzuwürgen drohte. Verzweifelt zerrte sie an seinem Halsband, während sie gleichzeitig versuchte, ihm die stinkende Beute zu entreißen, um die er so erbittert kämpfte. »Aus, verdammt!«, brüllte sie hysterisch. Sie weinte fast und fühlte sich kaum noch in der Lage, den Brechreiz zu unterdrücken.

Aufgrund der in ihr aufkeimenden Panik merkte sie nicht, dass plötzlich jemand hinter sie trat. Erst als sie den heißen, nach Alkohol riechenden Atem wie einen Windhauch in ihrem Nacken spürte, fuhr sie herum und war außerstande, sich auch nur einen Zentimeter vom Fleck zu bewegen.

Der Mund ihres Gegenübers verzog sich zu einem bizarren Grinsen, und die Kälte seiner Augen schien ihren Körper gefrieren zu lassen. Sie war unfähig zu fliehen. Ihre Beine gehorchten den verzweifelten Befehlen ihres Gehirns nicht, und auch die Arme versagten ihr den Dienst.

»Was …?«, war das einzige Wort, das sie angstvoll zwischen ihren Lippen hervorpressen konnte. Sie schrak zusammen, als das Messer vor ihr aufblitzte und mit einem ersten dumpfen Stoß in ihren Bauch eindrang. Er packte sie an der Kehle und stieß sie gewaltsam gegen einen Baum. Ihr wurde schwindelig, und ihre Knie wurden weich.

Seine Augen brannten vor Hass. »Du trägst die Schuld!«, krächzte er heiser und stach erneut zu.

Verständnislos starrte sie mit aufgerissenen Augen auf das Blut, das aus ihrem Bauch hervorquoll. Als die scharfe, glänzende Klinge ihre Kehle durchschnitt, sackte sie zusammen, bevor sich die Stille in friedvoller Dunkelheit über ihr ausbreitete.

1. KAPITEL

Anna Lorenz umkreiste inzwischen zum dritten Mal unschlüssig die mit weißen Damastdecken überzogene Tafel, auf der das Buffet aufgebaut war. Die köstliche Auswahl hätte an sich geeignet sein sollen, Anna, die für ihr Leben gern gut aß, ein wenig aufzuheitern. Vitello tonnato, Carpaccio, eingelegte Möhren mit Pinienkernen und gemischte Pilze waren nur einige der italienischen Antipasti, die sie liebte und die sie neben unzähligen weiteren Köstlichkeiten bei anderer Gelegenheit sicher mit Wonne auf ihrem Teller aufgetürmt und genüsslich verzehrt hätte.

Die gleichermaßen geschmackvolle wie appetitliche Art, in der eines der renommiertesten Catering-Unternehmen der Stadt alles auf großen, weißen Keramikplatten angerichtet hatte, war ein Augenschmaus. Anna hatte auch nichts anderes erwartet. Sie war jedes Mal beeindruckt, wenn sie die großzügige Gründerzeitvilla der befreundeten Familie von Rehbens betrat, deren Anwesen im Ortsteil St. Gertrud direkt an den Stadtpark grenzte.

Anna ließ ihren Blick über die Gäste schweifen. Davon abgesehen, dass sie sich ohnehin kaum in der Lage fühlte, einen Bissen herunterzubringen, wusste sie schon gar nicht, auf welchen der aufgestellten Stehtische sie zum Essen zusteuern sollte. An nahezu jedem von ihnen stand einer ihrer sogenannten Freunde, und sie hatte nicht die geringste Lust, sich mit einem von ihnen zu unterhalten. Die meisten hatte sie seit einer Ewigkeit nicht gesehen, und schon die überschwänglich zelebrierten Begrüßungsrituale bei ihrer Ankunft waren eine Qual für sie gewesen. Dennoch hatte sie sich für jeden von ihnen ein Lächeln abgerungen und sich bedankt, wenn es hieß, sie sähe gut aus – was eine Lüge war.

Sie gab sich einen Ruck und entschied sich, einfach ein wenig von jeder der Vorspeisen zu probieren. Vielleicht ließ sich so wenigstens das flaue Gefühl in der Magengrube vertreiben. Sie dekorierte eine ansehnliche Portion Antipasti auf ihrem Teller, griff sich noch ein Stück Ciabatta-Brot und steuerte durch die breite Flügeltür der luxuriösen Halle auf Georg zu, der mit seiner Frau Sabine an einem Tisch im Wohnzimmer stand. Sabine und Georg tauschten einen besorgten Blick aus. Die dunklen Ringe unter Annas Augen ließen sich ebenso wenig verbergen wie ihr Gewichtsverlust. Georg verwickelte sie sogleich übereifrig in eine belanglose Unterhaltung über das Essen und den Champagner, bevor er auf die üblichen Probleme mit seinen Angestellten zu sprechen kam.

Noch vor einem Jahr hätte Sabine ihn nach kürzester Zeit unterbrochen und ihn charmant, aber doch unumwunden für sein ewiges Gerede über »diesen Firmen-Quatsch« gescholten. Nun aber war sie ersichtlich froh, dass Georg dieses schier unerschöpfliche und gleichermaßen unverfängliche Thema aufgegriffen hatte.

Anna stellte einmal mehr fest, dass das Bemühen der Leute, sensible Themen zu vermeiden, schmerzhafter für sie war als die eigentliche Konfrontation mit ihren Problemen. Sogar Georg war ihr ein wenig fremd geworden, obwohl er einer ihrer besten Freunde war.

Seine sprühenden dunklen Augen, sein gesunder Ehrgeiz und seine Begabung waren ihr in ihrer gemeinsamen Studienzeit stets ein Ansporn gewesen. Er strahlte mit seinen fast vierzig Jahren einen Optimismus und zugleich eine Unbeschwertheit aus, die die meisten Menschen seines Alters längst verloren hatten. Seine Ausstrahlung war ebenso bestechend wie typisch für jene, denen das Schicksal eine Karriere auf der Überholspur beschert und das private Glück gratis auf dem Silbertablett dazu serviert hatte. So wie sich in Annas Gesicht die Verluste und die Trauer der vergangenen Monate eingegraben hatten, waren seine feinen Züge Zeugnis seines Erfolges.

Sie erschrak, als Tom von hinten an ihren Tisch trat.

»Hallo, Anna«, sagte er hölzern und hauchte ihr einen flüchtigen Kuss auf die Wange, bevor er auch Georg und Sabine begrüßte. Sie ärgerte sich, dass sie ihn nicht früher hatte kommen sehen und ihre spürbar glühenden Wangen unverkennbar ihre Aufregung widerspiegelten.

»Das ist Maja«, sagte Tom, als eine Blondine, die aussah wie die Reinkarnation der echten Barbie, neben ihn trat. Die Herzlichkeit und Vertrautheit, mit der diese Frau ihre Freunde zur Begrüßung umarmte, versetzte Anna einen Stich. Diese Maja war längst nicht mehr nur »Toms Biene«, über die Georg und Sabine ihr vor wenigen Monaten noch mit einer gewissen Abfälligkeit berichtet hatten.

Anna nahm einen tiefen Schluck aus ihrem Champagnerglas. Ihre Kehle fühlte sich unsagbar trocken an.

»Wie geht es dir?«, fragte Tom, um die entstandene Gesprächspause zu überbrücken.

»Gut«, log Anna. »Viel zu tun, ich muss auch gleich noch mal ins Büro.«

Tom nickte nur. Anna verspürte den heftigen Drang davonzurennen. Noch vor wenigen Stunden war es ihr unsagbar wichtig gewesen, sich ein eigenes Bild von dieser Maja zu machen, sie kennenzulernen und zu erfahren, ob Tom wirklich glücklich war. Denn sie wünschte sich, dass wenigstens er wieder glücklich sein konnte. Und nun schnürte es ihr die Kehle zu, und ihr einziger und sehnlichster Wunsch war, von dieser Party zu flüchten und sich irgendwo verkriechen zu können. Auch in Toms Zügen, die sie so gut kannte, konnte sie Unbehagen lesen. Aber da war auch noch etwas anderes: der tiefe Schmerz über den Verlust, den sie erlitten hatten, die Tatsache, dass ihr Baby gestorben war, über die auch Anna nie würde hinwegkommen können. Irgendwann hatten sie die Trauer des anderen einfach nicht mehr ausgehalten.

Anna versuchte den stetig größer werdenden Kloß in ihrem Hals herunterzuwürgen.

»Scheint ja ein tolles Buffet zu sein!«, schwärmte Maja und reckte ihren schlanken Hals, um besser auf die von Köstlichkeiten überquellenden Teller blicken zu können, die ein attraktiver Mittvierziger gerade an ihrem Tisch vorbeitrug.

»Ich muss unbedingt etwas essen«, seufzte sie, woraufhin der Mann stehen blieb und Maja auffordernd einen der Teller entgegenstreckte.

»Ich überlasse Ihnen gern einen der Teller«, flirtete er und fügte schelmisch lächelnd hinzu: »Mein Tisch ist allerdings ganz weit da hinten.«

»Ein sehr verlockendes Angebot, das ich leider ablehnen muss«, entgegnete Maja lachend. Er zuckte bedauernd mit den Schultern, warf Tom einen anerkennenden Blick zu und zog von dannen.

Anna fragte sich, wie diese Frau es schaffte, so unbefangen und entspannt auszusehen, obwohl sie gerade der Noch-Ehefrau ihres Freundes gegenüberstand. Wahrscheinlich sah sie in ihr einfach keine Konkurrenz. Wie auch, dachte sie bitter.

Wenn Anna es auch ungern zugab, so war nicht zu leugnen, dass diese Maja umwerfend aussah. Vor allem aber strahlte sie im Gegensatz zu Anna vor Glück und Lebensfreude.

»Ihr kennt euch wahrscheinlich schon ewig, oder?«, fragte Maja, der nicht entging, wie Anna sie musterte.

Anna brauchte einen Moment, bevor sie begriff, dass diese Frage keineswegs sie und Tom betraf, sondern dass Maja auf ihre langjährige Freundschaft mit Georg anspielte.

»Ja«, antwortete Anna endlich. »Wir haben zusammen in Göttingen studiert.«

»Und vor allem unzählige Partys zusammen gefeiert«, unterbrach Georg sie lachend.

»Auch das«, bestätigte Anna.

»Habt ihr nicht sogar mal zusammen gearbeitet?«, fragte Maja.

»Ich hätte gern mit Anna zusammen gearbeitet«, antwortete Georg. »Aber sie hat es vorgezogen, sich der Justiz zu verschreiben und Straftäter zu verfolgen, anstatt gemeinsam mit mir eine anständige Firma aufzubauen.«

»Ist dir ja am Ende auch ohne Annas Hilfe ganz gut gelungen«, bemerkte Tom ironisch.

Tatsächlich hatte Georg einen beachtlichen beruflichen Werdegang hinter sich. Er beschäftigte in seiner Immobilienfirma inzwischen um die achtzig Mitarbeiter im In- und Ausland.

»Aber um ehrlich zu sein«, griff Georg Majas Frage wieder auf, »stimmt es schon, dass ich ohne Anna vielleicht nie auf die Idee gekommen wäre, ins Immobiliengeschäft einzusteigen.«

»Da siehst du mal, wie dankbar du mir sein kannst!«, sagte Anna selbstzufrieden. »Das erste Haus habe nämlich ich entdeckt. Wir waren damals mit ein paar Studienkollegen gemeinsam auf Mallorca«, erzählte sie. »In der Nähe unserer Finca stand ein ähnliches Objekt zum Verkauf, und ich habe gesagt: ›Komm, Georg, lass uns das doch kaufen.‹ Natürlich war es eigentlich nur ein Scherz, zumal wir alle auf Bafög-Niveau lebten. Aber Georg hat mich beim Wort genommen.«

»Ich nehme dich immer beim Wort«, sagte Georg grinsend. »Die Finca wurde damals zu einem tollen Preis angeboten«, erzählte er weiter. »1994 konnte man auf Mallorca noch einigermaßen preiswerte Immobilien erwerben. Wir waren damals zu sechst und haben alle Ersparnisse zusammengeworfen. Mir ist es heute noch ein Rätsel, dass die Banken uns am Ende grünes Licht für den Kauf gegeben haben.«

»Und ich bereue heute noch, dass wir die Finca damals gekauft haben«, sagte Anna etwas traurig. »Wir sechs waren vorher die besten Freunde, und nach zwei Jahren hatten wir den größten Krieg.«

»Wieso?«, fragte Maja.

»Zu viele Frauen dabei!«, sagte Georg scherzhaft. »Nein, im Ernst, wir hatten so die üblichen Probleme: Wer darf wann hinfahren, was fällt an Instandhaltungskosten an, wie hat man das Haus zu hinterlassen?«

Anna seufzte. »Ich gebe es ja ungern zu«, sagte sie dann. »Aber in diesem Fall hätte ich auf meine Eltern hören sollen.«

»Mache nie Geschäfte mit Freunden«, ergänzte Georg. »Außer mit Anna. Wir waren die Einzigen, die sich immer einig waren.«

Er zwinkerte Anna zu. Seine Anerkennung tat ihr gut. Zugleich konnte sie in Majas Augen eine Frage lesen, die sie sich selbst häufig gestellt hatte. Warum waren sie und Georg eigentlich nie ein Paar geworden?

»Wir haben die Finca jedenfalls sehr profitabel verkauft«, fuhr Georg fort. »Für mich war damals klar, dass sich so ein Geschäft wiederholen lassen müsste, und so habe ich mich dem Immobilienmarkt verschrieben und gelernt, um Freunde und Bekannte einen großen Bogen zu machen, wenn es um Geschäfte geht.«

»Vielen Dank«, schaltete sich Tom wieder ein. »Ich gehöre also nicht zu deinen Freunden.«

»Du bist durch den Job mein Freund geworden«, konterte Georg. »Das ist was anderes.«

Anna musste unwillkürlich schmunzeln. Tom und Georg waren in der Tat gute Freunde geworden. Bevor Georg Tom als zuverlässigen Ansprechpartner für seine Bauprojekte entdeckt hatte, hatte der sich im Wesentlichen als Architekt durch den Bau von Einfamilienhäusern über Wasser gehalten.

»Tom fliegt schon morgen«, sagte Maja zu Sabine.

»Es geht um ein Bauprojekt in Marbella«, fügte Tom hinzu, vermied es aber, Anna in die Augen zu blicken.

»Wann geht denn euer Flieger jetzt eigentlich?«, fragte Maja, »Dienstag oder auch Donnerstag wie meiner?«

»Am Dienstag«, antwortete Sabine und schlug die Augen nieder.

»Ich freu mich schon so!«, fuhr Maja unbefangen fort. »Zwei Wochen Sonne und relaxen, schade, dass ihr nur eine Woche mit dabei seid.«

Es tat Anna weh, dass die vier vorhatten, gemeinsam in den Urlaub zu fahren. Sie waren immer ein unzertrennliches Quartett gewesen, und nun war sie mit einem Mal ausgetauscht worden.

Maja merkte, dass sie durch die Erwähnung der Reise ein allgemeines Unbehagen ausgelöst hatte, und wechselte das Thema. Nur zu gern hätte Anna in Majas Blick einen böswilligen Ausdruck gefunden, der verriet, dass sie durch das Gesagte nur ihren Besitzanspruch an Tom hatte demonstrieren wollen. Irgendein Anzeichen dafür, dass sie sich Toms doch nicht sicher war. Einen Grund, der es ihr erlaubte, diese Frau unsympathisch zu finden.

Aber sie fand nichts dergleichen. Sie sah einfach nur eine Frau, die unüberlegt dahergeplappert hatte, wie man es eben tut, wenn man glücklich und verliebt ist.

Maja war sich ihrer selbst sicher, und diese Sicherheit gewann sie nicht aus ihrem Äußeren. Anna erkannte, dass Maja nicht die geringste Angst davor hatte, von Toms Vergangenheit eingeholt zu werden.

Sie verließ die Feier noch einsamer, als sie gekommen war.

2. KAPITEL

»Mist, verdammt!« Mit zusammengekniffenen Augen inspizierte Hauptkommissar Braun seine linke Schuhsohle. Die Feuchtigkeit kroch unangenehm kalt durch seine Socke. Irgendwo in diesem Drecksschuh musste ein Loch sein, analysierte er, konnte es aber auf der nassen Sohle nicht erkennen.

Behäbigen Schrittes setzte er seinen Weg fort und versuchte die quietschnasse Kälte zwischen seinen Zehen zu ignorieren. Einige Meter voraus konnte er hinter dem großräumig abgesperrten Waldareal schon die Kollegen von der Spurensicherung ausmachen. Bei dem diesigen Wetter sahen sie mit ihren tief in die Gesichter gezogenen Kapuzen auf groteske Weise wie uniformierte Außerirdische bei einem Pfadfinderausflug aus. Aber bei dem andauernden Regen beneidete er sie um ihre grünen Gummistiefel und durchsichtigen Regenanzüge. Sein weißes Oberhemd und die dünne Lederjacke waren jetzt schon vollständig durchnässt.

Er hatte sich auf einen Samstag im Büro eingestellt, den er, verdammt noch mal, dringend brauchte. Auf seinem Schreibtisch türmten sich die Akten und warteten darauf, aufgearbeitet zu werden. Es war immer dasselbe: Wenn er in den Urlaub fahren wollte, krochen die Täter plötzlich aus ihren Löchern, so als töteten sie nur, um ihn daran zu hindern, einmal im Leben mehr als eine Woche am Stück in seinem Häuschen an der Schlei zu verbringen. Für den Nachmittag hatte er seiner Frau einen Stadtbummel versprochen. Um diesen Teil des Tages, auf den er heute zweifelsohne ebenfalls würde verzichten müssen, war es allerdings nicht wirklich schade. Denn mit Sicherheit war ein Stadtbummel mit seiner Frau für ihn weit schlimmer als ein Mord.

»Guten Morgen, Teddy«, begrüßte ihn Karl Fischer von der Gerichtsmedizin, als er das Absperrband durchschritten und den Fundort erreicht hatte.

»Moin, Karl«, grüßte Braun zurück und blickte wie immer fasziniert in den mit Reagenzgläsern, OP-Besteck und geheimnisvollen Tiegeln überfüllten Spurensicherungskoffer, vor dem Fischer gerade kniete und herumkramte.

»Hast wohl deine Ballettschuhe angezogen?«, fragte Fischer scherzhaft, als sein Blick auf Brauns dunkelbraune Slipper fiel.

»Gisela wollte heute mit mir in die Stadt«, gab Braun mit einem gequälten Lächeln zurück, was für Karl Fischer als langjähriger Freund der Familie eine ausreichende Erklärung war. Ihm waren Gisela Brauns Leidenschaft für Mode und ihre verzweifelten Versuche, Teddy für etwas anderes als Jeans und Holzfällerhemden zu begeistern, ebenso vertraut wie dessen Abneigung gegen alles, was auch nur im Entferntesten gebügelt aussah.

Hauptkommissar Braun wurde nicht umsonst von seinen Freunden Teddy genannt. Er war gerade mal 1,75 Meter groß und dabei alles andere als schlank. Sein braunes, lockiges Haar wirkte nicht nur aufgrund des Regens derangiert, sondern die unzähligen kleinen Wirbel ließen ihn nahezu immer etwas zerzaust aussehen. Dennoch ergab er sich immer, wenn ein Stadtbummel mit seiner Frau oder eine Feierlichkeit anstand, treu ergeben seinem Schicksal und zog das an, was sie ihm ausgesucht hatte.

»Sie liegt dort drüben kurz vor dem Baum«, kam Fischer jetzt sachlich auf den Grund ihres Einsatzes zu sprechen.

»Kannst du schon was zu den Umständen sagen?«, fragte Braun, während sie gemeinsam zu der Leiche hinübergingen, die zum Schutz vor dem Regen mit einer dunkelgrünen Plane abgedeckt war.

»Nicht viel«, gab Fischer zurück und begann kurz zu referieren: »Ungefähr fünfundzwanzig Jahre alt, weiblich, Sportbekleidung, keine Papiere am Fundort, der«, er hielt einen Moment inne, »so viel kann ich mit hoher Wahrscheinlichkeit sagen, auch Tatort sein dürfte.«

Fischer kniete vor der Leiche nieder und ergriff die Plane, um diese jeden Moment lüften zu können, bevor er wieder Hauptkommissar Braun anblickte und weitersprach. »Fünf Stichwunden, davon eine im Halsbereich mit Durchtrennung der Halsschlagader.«

Durch ein Nicken gab Braun zu verstehen, dass er die Leiche jetzt sehen wollte, und ging ebenfalls in die Knie.

Fischer hob die Plane so an, dass sein Freund genügend sehen konnte, ohne die Tote dem Regen preiszugeben. Er hielt einen Moment inne, um Braun Gelegenheit zu geben, das Spurenbild auf sich wirken zu lassen, bevor er weitersprach.

»Todesursache vermutlich Verblutung, Tatzeit liegt mindestens vierundzwanzig Stunden zurück, Verlässlicheres nach näherer Untersuchung.«

Er hielt erneut inne und beobachtete, wie sein Gegenüber die Leiche mit der Professionalität eines Beamten begutachtete, der schon dreißig Jahre im Polizeidienst stand und nahezu alles gesehen hatte.

Hauptkommissar Braun hatte gelernt, das, was er sah, zu versachlichen und seine Emotionen zurückzudrängen. Zumeist gelang es ihm, Tatort und Leiche nur als Polizist und nicht als Privatmann zu betrachten. Dennoch musste er beim Anblick der jungen Frau schlucken. Die starren, leblosen Augen, die halb geöffneten blutleeren Lippen und die Art und Weise, wie der Körper unnatürlich zur Seite gedreht auf dem Boden lag, vermochten ihn nicht zu schockieren. Dafür hatte er schon zu viele Leichen gesehen.

Nein, was er für einen Moment nicht nur mit den Augen eines Polizisten, sondern mit denen Teddy Brauns wahrnahm, war die Tatsache, dass sie so verdammt jung war. Ein bildschönes Mädchen wie seine Lena oder seine Marie. Nur für einen winzigen, unachtsamen Augenblick kroch ihm die Angst des Vaters in den Nacken, der nicht immer wusste, wo seine Mädchen waren, mit wem sie sich trafen und welchen Gefahren sie sich aussetzten.

Er schob seine Angst beiseite und versuchte, sich auf die Fakten zu konzentrieren. Sein Blick nahm jedes noch so winzige Detail auf, weil er wusste, dass Dinge, die zunächst keine Bedeutung zu haben schienen, irgendwann für die Lösung des Falles dennoch von entscheidendem Wert sein konnten. Für eine Weile vergaß er seine nassen Füße, die Tatsache, dass er fror, und was ihn sonst nebenbei beschäftigte. Er richtete seine gesamte Aufmerksamkeit auf den Tatort.

Fischer erriet seine Gedanken, als Brauns geschulte Augen die Hände des Opfers untersuchten. »Es gibt keinerlei klassische Abwehrverletzungen an Armen und Händen«, beantwortete er die unausgesprochene Frage. »Die Stiche wurden jeweils frontal gegen den Körper geführt.« Fischer deutete auf die Einstichwunden im Brust- und Bauchbereich, die sich im Wesentlichen in der Körpermitte befanden, bevor er weitersprach. »Wir haben weder Einstiche im Rücken noch an den Körperseiten, wie sie bei Fluchtbewegungen typisch wären.«

»Sie ist also vermutlich vom Täter überrascht worden.« Hauptkommissar Brauns Worte glichen eher einer Feststellung als einer Frage.

»Vermutlich ja«, sagte Fischer mit einem Kopfnicken. »Offensichtlich hatte sie keine oder jedenfalls kaum Gelegenheit zur Gegenwehr.«

»Was wiederum bedeuten könnte«, ergänzte nun wieder Teddy Braun, »dass sie ihn möglicherweise kannte und deshalb keinen Angriff vermutete.«

»Möglich«, bestätigte Fischer, bevor er mit dem Referat seiner Fakten fortfuhr. »Tatwaffe: vermutlich ein Messer mit circa sechs Zentimeter Klingenbreite.«

»Das ist ja ein regelrechtes Schlachtwerkzeug!«, unterbrach ihn Braun erstaunt.

»Kann man so sagen«, pflichtete Fischer ihm bei. »Die Tiefe der Stichverletzungen lässt darauf schließen, dass mit erheblichem Kraftaufwand zugestochen wurde.«

»Hinweise auf ein Sexualdelikt liegen aber nicht vor«, fügte er noch hinzu und deckte die Leiche wieder zu.

»Noch etwas?«, fragte Hauptkommissar Braun, der an Fischers Art zu sprechen erkannte, dass dieser noch nicht fertig war.

»Was wir darüber hinaus gefunden haben«, Fischer deutete wenige Meter nach rechts, »sind erbrochene Knochenreste. Wir müssen sie analysieren, kann auch Zufall sein und von einem Wildtier stammen, vielleicht aber auch von einem Hund, gegebenenfalls ihrem Hund.«

»Weshalb vermutet ihr, dass das Opfer einen Hund hatte?«, fragte Braun interessiert.

»Sie hatte Hundekekse in der Tasche ihres Lauftrikots«, erläuterte Fischer.

In diesem Moment trat Brauns Kollege hinzu, der die letzten Worte aufgeschnappt hatte. Kommissar Ben Bendt nickte Fischer zu, den er am frühen Morgen zum Tatort gerufen hatte.

»Morgen, Teddy«, begrüßte er seinen Vorgesetzten

und musste beim Anblick seines Chefs unwillkürlich schmunzeln. Brauns Hemd, das unter der offenen, etwas knappen Lederjacke hervorlugte, klebte völlig durchnässt an seinem stattlichen Herrenbauch, und das Regenwasser tropfte ihm in die Stirn. In seinen durchnässten Bundfaltenhosen und den Sonntagsschuhen sah er ebenso unglücklich aus wie ein Lausbub bei der Kommunion.

»Schickes Outfit übrigens, Teddy«, bemerkte Bendt ironisch und zog die Kapuze seines langen, grünen Parkas wie einen Hut zum Diener in seine Stirn.

»Und so praktisch«, stieg Fischer in die Neckerei des jungen Polizeibeamten ein.

Hauptkommissar Braun verdrehte die Augen und erwiderte seufzend: »Ich sage nur: Gisela«, was von den anderen mit einem vielsagenden Grinsen kommentiert wurde, bevor sie sich wieder dem Ernst der Lage zuwandten.

»Sie hatte einen Hund«, bestätigte Bendt und griff damit den Gesprächsfetzen wieder auf, den er bei seiner Ankunft aufgeschnappt hatte. »Wir haben oben am Parkplatz einige Hundebesitzer befragt. Eine Zeugin konnte die Tote«, Bendts Blick streifte die Plane, »ziemlich gut beschreiben, kannte aber ihren Namen nicht. Nach Angaben der Zeugin müsste das Opfer einen braunen Labradorrüden gehabt haben.«

»Woher wollt ihr wissen, dass die Zeugin nicht irgendeine andere Joggerin im Kopf hatte?«, fragte Braun kritisch.

Bendt schüttelte energisch den Kopf. »Wir haben es

mit einer Dame zu tun«, er zog gewichtig die Augenbrauen nach oben, »die von sich nicht nur behauptet, in diesem Wald jeden Baum zu kennen, sondern auch jeden Spaziergänger.«

Er stieß einen leicht abfälligen Seufzer aus und beschrieb dann die Zeugin. »Ungefähr fünfundfünfzig Jahre alt, rote Fingernägel, Pelzmantel, Besitzerin eines stolz getrimmten Pudels, der mutmaßlich nicht nur Kind-, sondern auch Partnerersatz darstellt, lässt keinen Plausch über ihren Vierbeiner mit den anderen Hundebesitzern aus«, referierte Bendt und fügte nach einer kurzen Pause seufzend hinzu: »Du weißt, was ich meine.«

Braun rollte die Augen gen Himmel und nickte.

»Wir haben voraussichtlich auch schon ihre Personalien«, ergänzte Bendt, den Blick der Leiche zugewandt.

Fischer und Braun horchten erstaunt auf und folgten seinen Ausführungen mit steigendem Interesse.

»Die Zeugin hat einen grünen Geländewagen auf dem Parkplatz als Wagen der Toten identifizieren können. Wir haben das Fahrzeug geöffnet und die Fahrzeugpapiere gefunden. Sofern es sich bei der Toten um die Halterin des Wagens handelt, was wahrscheinlich ist, dürfte es sich um Sabrina Mertens handeln.«

»Wer hat sie überhaupt gefunden?«, fragte Braun, als ihm wieder bewusst wurde, wie erbärmlich er fror, weshalb er, ohne eine Antwort abzuwarten, in Richtung Fischer hinzufügte: »Wenn wir hier für den Moment fertig sind, sollten wir loswandern.«

Fischer bestätigte mit einem Kopfnicken, dass es nichts weiter zu besprechen gab.

»Gut«, sagte Hauptkommissar Braun erleichtert. »Wann kriegen wir von dir Genaueres, Karl?«

Fischer seufzte. »Ich mach, wie immer, so schnell ich kann«, sagte er. »Ich ruf dich an, sobald ich dir Genaueres sagen kann.«

»Gut«, sagte Braun, jetzt Bendt zugewandt, »dann lass uns gehen.«

Sie verabschiedeten sich von Fischer und marschierten los. Bendt musste sich erst einmal orientieren, um das Quietschen, das er vernahm, Hauptkommissar Brauns Schuhen zuzuordnen.

»Ich will nichts hören«, kommentierte dieser mit einem übertrieben strengen Blick in Richtung seines Kollegen, während er voranstapfte, »oder du wirst versetzt.«

Bendt konnte sich zwar ein Grinsen nicht verkneifen, enthielt sich aber für den Moment eines weiteren Kommentars. Ihr gutes kollegiales Verhältnis erlaubte ihnen trotz des Altersunterschieds einen lockeren Umgang miteinander, der es ihnen an Tagen wie diesem einfacher machte, das grauenvolle Alltagsgeschäft zu bewältigen.

»Also, wer hat sie gefunden?«, griff Braun seine letzte Frage wieder auf, als sie den von Tannennadeln und Zweigen übersäten Waldboden verlassen hatten und auf den Weg zurückgekehrt waren. Er stellte erleichtert fest, dass es aufgehört hatte zu regnen und der Himmel aufbrach.

»Ein Hundebesitzer hat sie gefunden«, antwortete Bendt. »Genauer gesagt, eigentlich nicht *er*«, er erhob vielsagend die Stimme, »sondern Daisy.«

»Und wer ist das?«, fragte Braun.

»Daisy ist sein Dackel«, erklärte Bendt. »Er ist ihm ausgebüxt und hat wohl so lange vor der Leiche gesessen und gebellt, bis er ihm nachgestiegen ist und ihn gefunden hat. Er war ziemlich durcheinander«, fuhr er fort, »es hat eine gewisse Zeit gedauert, bis wir herausgekriegt hatten, dass Daisy ein Hund ist und nicht vernommen werden kann.«

Hauptkommissar Braun lachte bitter auf. »Sie ist seit mindestens vierundzwanzig Stunden tot, schätzt Fischer«, sagte er dann versonnen.

Es entstand eine Pause. Beide wussten, was das bedeutete. Je länger die Tatzeit zurücklag, umso schwieriger würde es sein, Zeugen zu finden, die ihnen wertvolle Informationen liefern könnten. Denn wesentlich würden nur alltägliche Wahrnehmungen sein, die zur mutmaßlichen Tatzeit am Parkplatz oder im Wald gemacht wurden. Ein Fahrzeug, ein Fahrrad oder Mofa, das Zeugen vielleicht gesehen, jedoch schnell vergessen haben würden, weil es ihnen nicht wichtig schien. Gegebenenfalls auch Menschen, die ihnen begegnet waren.

Die Hundebesitzer, die den Wald zu ihren allmorgendlichen Spaziergängen aufsuchten, mochten sich heute noch erinnern, wen sie vor wenigen Stunden auf dem Parkplatz gesehen hatten. Mit jedem weiteren Tag aber würde es schwieriger für sie festzustellen, ob sich etwas gestern, vorgestern oder vorvorgestern abgespielt hatte.

Hauptkommissar Braun hatte seine Wahrnehmungen oft im Selbstversuch getestet und sich aus Trainingsgründen beispielsweise gefragt, wen er am Vortag im Fahrstuhl getroffen hatte – und war zumeist kläglich gescheitert.

Er und sein Kollege wussten, wie entscheidend es in einem Strafverfahren sein konnte, dass unabhängige Zeugen sichere Angaben zum Randgeschehen eines Falles machten. Zeugen, die unspektakuläre Geschehnisse, wie das Parken eines Wagens vor einem Haus zu einer bestimmten Uhrzeit, beobachtet hatten oder sich etwa an Licht im Treppenhaus, Musik oder anderes erinnerten.

»Wir brauchen eine Menge Leute, die in den kommenden Tagen Spaziergänger befragen«, sprach Bendt ihren gemeinsamen Gedanken aus.

»Werd sehen, wen wir kriegen können«, seufzte Braun bei dem Gedanken an die vorherrschende Personalknappheit resigniert.

»Was haben wir sonst noch?«, fragte er Bendt, der früher als er am Tatort gewesen war.

»Nicht viel.«

Sie wussten, dass die Spurenlage schon allein wegen des Wetters mehr als bescheiden war. Eventuelle DNA-Spuren, die der Täter zurücklassen hätte können, waren vermutlich längst vom Regen in den Waldboden gespült worden. Auch Schuh- oder Reifenspuren waren kaum noch zu sichern. Rund um den Tatort bot schon der unwegsame Waldboden mit seinen Tannennadeln und Ästen keine nennenswerte Möglichkeit, brauchbare Schuhspuren des Täters zu finden. Der Waldweg und der angrenzende Parkplatz waren überschwemmt, und zudem musste man davon ausgehen, dass insbesondere auf dem Parkplatz mögliche Reifenspuren des Täterfahrzeugs längst überfahren worden waren.

»Wie steht es mit dem Hund?«, fragte Hauptkommissar Braun weiter.

»Bisher niemand, der den Streuner gesehen hat«, antwortete Bendt.

Sie gelangten zum Parkplatz, wo die Spurensicherung im Wesentlichen abgeschlossen war. Bendt deutete auf einen der Einsatzwagen, vor dem eine Dame mit einem Pudel stand, die eifrig auf einen gehorsam lauschenden Herrn im Lodenmantel nebst Foxterrier einredete.

Braun stellte wieder einmal verblüfft fest, wie oft Hundebesitzer ihren Hunden tatsächlich ähnelten. Die getrimmte Lockenpracht der stolzen Pudeldame bildete das passende Äquivalent zu der brünett gefärbten Kurzhaardauerwelle ihrer Herrin. Ein ebenso stimmiges Paar bildeten der vornehm wirkende Herr mit gedrungener Statur und grau meliertem Haar und sein gleichermaßen gedrungen wirkendes weißes Knäuel Hund, das ehrerbietig die Schnauze der Pudeldame abschleckte, die dies mit einer Mischung aus Gleichgültigkeit und Langeweile mit sich geschehen ließ.

»Das ist die Zeugin«, sagte Bendt unnötigerweise, während sie näher traten.

»Wäre ich nie drauf gekommen«, antwortete Braun ironisch und tat einen Seufzer.

Die Wangen der Dame waren vom Wind und der Aufregung leicht gerötet, und ihr mit einer Feder geschmückter Jägerhut war ein wenig verrutscht. Ihre Körperhaltung und die Art und Weise, in der sie gestikulierte, zeugten schon von Weitem von einer gewissen Sensationslust, die sich mit ehrlich empfundenem Grauen vermischte.

Mit geschultem Blick analysierte Braun, dass sie es mit einer Person zu tun hatten, die das Geschehene vordergründig zweifellos schrecklich fand, zugleich aber die fragwürdige Gabe besaß, sich mit einer gewissen Freude dem gepflegten Grusel hinzugeben. Sie schien sich als Teil eines Live-Krimis zu begreifen, der ihr die Möglichkeit bot, aus der Tristesse ihres Alltags auszubrechen und ihrem Fleischer und Gemüsehändler endlich einmal etwas wirklich Unglaubliches zu erzählen.

Als sie die Dame erreicht hatten, streckte Braun ihr die Hand entgegen und stellte sich und seinen Kollegen vor.

»Von Hacht«, entgegnete sie ebenso wichtig wie stolz.

Bendt konnte sich ein Schmunzeln nicht verkneifen. Der Blick, mit dem die Dame Hauptkommissar Braun von oben bis unten abmaß, zeigte deutlich ihre Enttäuschung darüber, dass er nicht ihrem Idealbild eines echten Schimanskis entsprach.

»Leila, lass das!«, zischte sie ihre Pudelhündin an,

als diese sich an Bendts Hosenbein hinaufschnupperte, was Frau von Hacht offensichtlich als unschicklich erachtete und erröten ließ. »Das tut sie sonst nie«, entschuldigte sie sich und zog Leila am Halsband zurück.

»Natürlich nicht«, gab Bendt zurück und verkniff sich ein Grinsen.

Der Herr mit dem Terrier hatte gerade noch die Möglichkeit, sich als Herr Burmeister vorzustellen, als es auch schon aus Frau von Hacht herausplatzte.

»Ist es nicht eine Tragödie!«, rief sie gestelzt, während sie affektiert die Hände vor das Gesicht schlug. »So jung!«, fuhr sie fort. »Furchtbar!«

Sie blickte Aufmerksamkeit heischend in die Runde, bevor sie mit leiser Stimme und konspirativer Miene fortfuhr: »Ich hab ja schon immer gedacht ›Mädchen, Mädchen, Mädchen‹.« Sie schnalzte fast. »Dieser Aufzug, die engen Hosen … Na ja, ich will ja nichts sagen, aber wen wundert's?«

Frau von Hacht machte eine Kunstpause. »Aber«, fuhr sie fort, »das Kind hat sich ja doch immer zur Schau gestellt, nicht?«

Sie blickte, den Kopf gesenkt, mit hochgezogenen Brauen in die Runde, um den anderen Gelegenheit zu geben, ihre analytische Erkenntnis auf sich wirken zu lassen.

Herr Burmeister blickte betreten zur Seite.

»Also«, setzte sie erneut an, »wenn Sie meine Meinung wissen wollen …«

»Ihre geschätzte Meinung ist uns natürlich sehr wichtig«, unterbrach Hauptkommissar Braun, der den leicht ironischen Unterton in seiner Stimme nicht zu unterdrücken vermochte. »Nicht ganz so wichtig, aber ebenfalls nicht zu vernachlässigen, sind jedoch natürlich die Fakten.«

Sie hatte die Ironie in seiner Stimme nicht bemerkt und gab geschmeichelt zurück: »Natürlich, Herr Kommissar, das ist doch selbstverständlich.«

»Und deshalb«, präzisierte Braun, »würde es mich zuallererst einmal interessieren, was Sie beobachtet haben.«

»Ja also«, seufzte sie. »Wo fang ich da an?«

»Ganz von vorne!« Braun schenkte ihr sein unter diesen Umständen schönstes Lächeln.

Frau von Hacht berichtete ihren Zuhörern daraufhin zunächst in epischer Breite von den Schlafgewohnheiten ihres Hundes, bis sie endlich kundtat, den Parkplatz am Morgen gegen halb neun erreicht zu haben.

Braun wusste, dass man ihr bis zu einem gewissen Grad den Freiraum zum Erzählen gewähren musste. Es brachte nicht viel, Zeugen wie Frau von Hacht zu unterbrechen, um zum Kern der Sache zu gelangen. Im Gegenteil, unter Umständen bestand die Gefahr, dass sie sich beleidigt fühlte und so wertvolle Informationen verborgen blieben.

Denn irgendwo zwischen den Erzählungen über die Lebensgewohnheiten ihres Hundes und den etwaigen Lebensweisheiten würde sie möglicherweise Beobachtungen erwähnen, deren Relevanz sie unter Umständen überhaupt keine Bedeutung beimessen würde, weil sie allzu sehr mit sich selbst beschäftigt war. Er hoffte inständig, dass der Zeuge, der die Leiche gefunden hatte, ein etwas weniger weitschweifiges Naturell besaß.

»Also, ich kam also um halb neun hierher, wie gesagt«, fuhr sie – nunmehr nur noch Bendt zugewandt – fort. »Ich gucke also, wer schon da ist.«

»Und wer war dort?«, fragte Bendt.

»Der Herr Burmeister, der Herr Woltereck und«, sie senkte erneut die Stimme, »die Tote.«

Bendt und Braun sahen sie mit einer Mischung aus Entnervung und Irritation an. »Die haben Sie am Parkplatz gesehen?«, hakte Braun nach, der natürlich die Antwort kannte.

»Aber nein«, antwortete sie, als wäre der Hauptkommissar völlig begriffsstutzig. »Die war doch schon längst tot!«, ergänzte sie ungehalten, während sie energisch ihren Kopf schüttelte.

Dann ergänzte sie mit einem Blick zu Bendt, der verriet, dass sie nur von ihm Verständnis zu erwarten schien: »Ich wusste das natürlich wegen des Autos.«

»Also haben Sie zunächst niemanden gesehen, sondern aufgrund der Fahrzeuge, die Sie kannten, geschlussfolgert, wer noch im Wald war?«, fragte Bendt weiter.

»Das ist völlig richtig«, gab sie zurück und blickte Bendt mit dem Stolz einer Lehrerin an, deren Musterschüler gerade das Abitur mit einer glatten Eins bestanden hatte.

»Mir kam das komisch vor«, fuhr sie fort, »dass die Tote da war.« Sie deutete auf den etwa vierzig Meter entfernt stehenden Jeep. »Oder nur ihr Auto«, ergänzte sie mit einem abschätzigen Blick in Brauns Richtung, bevor sie sich wieder Bendt widmete. »Um diese Zeit ist sie eigentlich am Wochenende nicht da.«

Bendt bedeutete ihr mit einem Blick, dass er mehr hören wollte.

»In der Woche kam sie eigentlich immer eher um sieben, halb acht.«

»Und woher wissen Sie das?«, wollte jetzt Hauptkommissar Braun wissen.

»Der Herr Woltereck hat mir das erzählt«, antwortete sie.

»Und der wiederum weiß es woher?«, fragte Bendt.

»Der ist häufig schon sehr früh am Morgen hier«, schaltete sich jetzt schüchtern Herr Burmeister ein, der von Frau von Hacht sofort mit einem mahnenden Blick in die Schranken gewiesen wurde.

»Also«, setzte sie wieder an, »am Wochenende kam die Tote«, sie unterbrach sich selbst, »also bei der wusste man ja nicht, wie sie hieß, da kam man ja nicht ins Gespräch, stimmt's, Winfried?«

Winfried Burmeister nickte zustimmend, dankbar dafür, auch mal etwas beitragen zu dürfen.

»Also in der Woche«, fuhr die Zeugin fort, »da kam sie wohl eben immer sehr früh, wie ich sagte, so gegen sieben, halb acht, da hab ich sie eigentlich nur gesehen, wenn sie mal sehr spät dran war und ging, wenn ich gegen halb neun kam.« Sie hielt einen Moment inne.

»Ja, und am Wochenende war sie eigentlich nie morgens da. Da habe ich sie oft am Nachmittag gesehen, da hatte sie wohl nicht so feste Zeiten. Also ich für meinen Teil gehe ja in aller Regel um halb vier, weil ...«

Bendt unterbrach Frau von Hacht charmant genug, um in relativ kurzer Zeit neben ihrer und Leilas Mittagsschlaf- und Essgewohnheiten ihre maßgeblichen Beobachtungen zum Fall zutage zu fördern. Demnach war sie auf ihrem Spaziergang nach kürzester Zeit Herrn Woltereck begegnet, dessen Dackelhündin Daisy den grauenvollen Fund gemacht hatte.

»Das arme Tier«, stöhnte sie in ehrlicher Anteilnahme. »Wenn ich mir vorstelle, meine arme Leila hätte ...«, sie hielt einen Moment inne, »nicht auszudenken.«

Hauptkommissar Braun konnte sich des Gefühls nicht erwehren, dass Frau von Hacht für den Dackel Daisy größeres Mitgefühl empfand als für das Mordopfer.

»Wir sind dann jedenfalls sofort zurück zum Auto und haben mit meinem Mobiltelefon, das ich zum Glück immer für Notfälle in meinem Handschuhfach bereithalte, die Polizei verständigt.«

»Wissen Sie«, erlaubte sich Hauptkommissar Braun auch mal wieder eine Frage, »wo wir Herrn Woltereck jetzt finden?«

»Den haben sie im Krankenwagen mitgenommen, hatte wohl Herzflimmern«, antwortete sie.

»Auch das noch«, stöhnte Braun, der sich gern kurz ein eigenes Bild von den Wahrnehmungen des Zeugen gemacht hätte und wenig Lust verspürte, Herrn Woltereck in der Klinik zu vernehmen.

»Eine Frage noch, Frau von Hacht«, bat er. »Als Sie gestern Morgen hierher kamen, stand der Jeep da auch hier, oder haben Sie sonst etwas bemerkt?«

Frau von Hacht errötete leicht, bevor sie entschuldigend stammelte: »Also, als ich vorhin sagte, ich sei jeden Tag um halb neun hier, da meinte ich außer gestern. Das heißt, außer an den wenigen anderen Tagen, an denen ich …«, sie beugte sich vor und flüsterte: »… morgens schon zur Lymphdrainage gehe.«

3. KAPITEL

Er konnte sich nicht mehr erinnern, wie er sein Leben früher hatte aushalten können, als er ausschließlich Jörg Schleedorf war. Liebevoll strich er den Staub von seinem Monitor, bevor er den Rechner einschaltete und sich in seinem durchgesessenen Schreibtischstuhl zurücklehnte. Mit geschlossenen Augen hörte er versunken dem sanften Surren des hochfahrenden Computers zu. Das war seine Lieblingsmusik, seine Hymne. Wie immer waren seine Jalousien zugezogen, und nur die Schreibtischlampe war angeknipst. So war es am schönsten.

Der Raum, der ihm zur Verfügung stand – unendlich. Die schmutzigen, kahlen Wände seines Ein-Zimmer-Apartments wurden eins mit dem Grau der Dunkelheit, als existierten sie nicht mehr. Das diffuse Licht verhüllte seine Umgebung wie ein schützender Schleier und bedeckte das fleckige Laken seiner durchgelegenen Schlafcouch ebenso wie den schäbigen braunen Veloursteppich.

Als er die Augen öffnete, gab es nur noch die fröhlichen bunten Bälle, die über seine Bildschirmoberfläche jagten, als wollten sie ihn antreiben, das Spiel zu beginnen. Die Farben und Muster des nach einiger Zeit auftauchenden Bildschirmschoners waren ebenso unendlich wie seine Möglichkeiten. Grün, Gelb, Rot – vor allem Rot, das liebte er. Bälle mit Sternen, Streifen, sichel- oder kreuzförmigen Gebilden, die auf ihn zujagten und immer größer wurden und im nächsten Moment wieder wie kleine Punkte in die Tiefe des Bildschirms abtauchten, als wären sie nie vorhanden gewesen. Sie waren so vielfältig und so austauschbar wie er selbst.

Sein Blick fiel auf den rechten, unteren Bildschirmrand. Es war halb acht. Ein angenehmer Schauder durchzuckte seinen Körper. Marilyn würde dort sein. Er schob das rote Metallgestell seiner Brille mit dem Mittelfinger höher auf den Rücken seiner Nase und kniff automatisch seine eng stehenden Augen zusammen. Dann spreizte er die langen, sehnigen Finger seiner Hände und schob sie ineinander, um gleich darauf seine Handrücken mit einem vernehmlichen Krachen auseinander zu pressen. Danach bog er in seinem gewohnten Ritual jeden einzelnen seiner knochenlos wirkenden Finger zurück, als wolle er sie auf den Handrücken binden. Wie so häufig musste er bei dem Gedanken an den Ekel, den diese Angewohnheit früher bei seinen Mitschülern ausgelöst hatte, bitter grinsen.

Ekel und Abscheu – das war die Form von Aufmerksamkeit, die ihm immer gewiss gewesen war und ihn in seiner Jugend stets begleitet hatte. Die empfundene Zurückweisung war immer noch so gegenwärtig wie die Angst, die er empfunden hatte, wenn sie ihn ausgelacht und gejagt hatten. Ekel und Angst.

Er ließ seinen Kopf in alle Richtungen kreisen, überdehnte die Halswirbelsäule und wischte die aufkeimende Wut zur Seite. Dann rollte er seinen schmalen Rücken zu einem Katzenbuckel zusammen, formte, die schlaksigen Arme nach vorne ausgestreckt, ein »O« und atmete ein letztes Mal tief durch, bevor er seine Finger über die Tastatur schnellen ließ. Seine Hände gehorchten ihm blind. Er hielt einen Moment inne und ließ seinen Blick über die Liste der Anwesenden gleiten.

Lara Croft, Pocahontas, Moonshadow5. Sie waren online. Es dauerte nicht lange, bis er Marilyn entdeckt hatte. Er ließ sich mit einem Seufzen in die Rückenlehne zurückfallen. »Da bist du ja, meine Schöne«, sagte er, bevor er zu schreiben begann.

»Hallo, meine Liebe«, eröffnete er, weil er wusste, dass sie es mochte, wenn er sie so ansprach.

»Du ahnst nicht, wie erschöpft ich bin«, fuhr er fort. »Ich habe meinen Anschlussflug in London verpasst und bin erst vor zwei Stunden in Hongkong gelandet. Sobald ich mein Clubsandwich verzehrt habe, werde ich ins Bett fallen müssen. Dennoch war es mir ein Bedürfnis, Dir wenigstens noch ein paar Zeilen zukommen zu lassen …«

Er schrieb über die drückenden Temperaturen, die seine morgigen Besuche der Fabriken, die er abzuklappern hatte, nahezu unerträglich machen würden. Dabei formulierte er blumig und weitschweifig, wie Marilyn es mochte. Wie eigentlich alle es mochten, mit denen er im Chat zu tun hatte. Inzwischen war ihm klar, was sie gern hören wollten, wie sie tickten. Er war der Inbegriff des Frauenverstehers, nach dem sie sich alle verzehrten, und hatte gelernt, wie man ihnen Erfolg und Wohlstand vorspielte, ohne dabei prahlerisch zu wirken.

Zumeist trat er als Einkäufer größerer Textilunternehmen auf. Das gab ihm die Möglichkeit, seine permanenten Einsätze im Ausland als Rechtfertigung dafür zu nutzen, dass ein baldiges Treffen leider nicht möglich sei. Denn irgendwann wollten sie ihn immer irgendwann treffen. Er war ihre Hoffnung, ihr Jackpot. Denn letztlich war es doch das, worum es ihnen allen ging: den Jackpot zu knacken. Einen reichen Schnösel abzugreifen und solche Dumpfbacken an Kindern abzuwerfen, wie sie es selbst waren.

Er verachtete die, die er anschrieb, ebenso wie die, die er vorgab zu sein. Seine Schulbildung war der einzige, wenngleich magere Profit, den er aus seiner Vergangenheit schlagen hatte können. Deshalb war er in seinen Rollen überzeugend. Seine Ausdrucksweise ermöglichte es ihm, sein Spiel zu lenken und glaubwürdig zu sein. Er war es, der die Schnüre zog und für den sie wie Marionetten tanzten.

Im Chat imitierte er das Leben, das er hätte leben sollen. Das Leben, das SIE von ihm erwartet hatten. Vielleicht tat er es, weil er beweisen wollte, dass er alles hätte werden können, wenn er es nur gewollt hätte.

Marilyn antwortete: »Wie schade, dass Du so viel arbeiten musst und wir uns, wie es scheint, auch in den kommenden zwei Wochen nicht kennenlernen können. Unser Timing ist wirklich hundsmiserabel!«

Sie ahnt nicht, dachte er bitter, wie hundsmiserabel das Timing meines gesamten beschissenen Lebens gewesen ist. Hier war es ausnahmsweise mal gut.

Er tastete nach der Schachtel Filterzigaretten, die neben seinem überquellenden Aschenbecher lag, und zündete sich eine Zigarette an. In gierigen, tiefen Zügen atmete er den heißen Rauch ein, um ihn dann durch seine geschürzten schmalen Lippen intervallartig wieder auszustoßen. Sein Blick folgte den bizarren Formen, die der Rauch im Licht des Bildschirms zeichnete, wenn die Ringe sich auflösten und die Rauchschwaden in Richtung Zimmerdecke aufstiegen, wo sie sich in der Dunkelheit verloren.

Sein ganzes Leben zeichnete sich durch schlechtes Timing aus. Schon seinen ersten Atemzug im Leben hatte er zur falschen Zeit getan. Seine leibliche Mutter war erst fünfzehn gewesen, als sie ihn gebar, so viel wusste er. Man hatte ihn zur Adoption freigegeben, und dann kamen SIE. SIE hatten ihn adoptiert, weil es dieser Frau – er brachte es nicht über sich, sie als seine Adoptivmutter zu bezeichnen – über Jahre nicht gelungen war, schwanger zu werden. Die medizinischen Möglichkeiten ließen es damals noch nicht zu, die genauen Gründe zu analysieren. Jedenfalls glaubten SIE, kein eigenes Kind mehr bekommen zu können, und entschieden sich für ihn. Er war von Anfang an ein schrecklich schwieriger kleiner Junge gewesen, das hatten SIE bei jeder Gelegenheit betont. Er war schwächlich und dünn, aß schlecht und brüllte unentwegt. Wahrscheinlich hatte er den Schmerz herausgeschrieen, den es ihm bereitete, das Drama seines Lebens vorauszusehen.

Als er gerade erst zwei Monate alt war, wurden SIE doch noch schwanger. Spätestens zu diesem Zeitpunkt hatten SIE begonnen, seine Existenz zu bedauern. Aber ihre gesellschaftliche Stellung und ihr zur Schau getragenes Verantwortungsgefühl versagten es ihnen selbstverständlich, ihn als unerfreuliche Episode ihres Bilderbuchlebens zu betrachten, ihn wie einen bösen Traum aus dem Gedächtnis zu streichen und irgendwo abzugeben. Nein, sie behielten ihn, ohne dabei zu vergessen, ihm mit jedem ihrer Blicke die Sinnlosigkeit und Minderwertigkeit seines Lebens vor Augen zu führen.

Natürlich war ihr leiblicher Sohn perfekt. Ferdinand hatte, wie es hieß, nie grundlos geweint, sah als Kind aus wie der kleine Prinz und hatte ihnen nach eigenen Bekundungen ausschließlich Freude im Leben bereitet. Er war ein guter und beliebter Schüler, der begabteste Handballer der Schulmannschaft und später ein ehrgeiziger Student und begehrter Liebhaber.

SIE betrachteten Ferdinand als ihr Ein und Alles. Er war der würdige Erbe ihres Anwesens in der Kaiserallee. SIE alle passten in diese protzige Straße in Travemünde, in der die Häuser nicht verkauft, sondern lediglich vererbt wurden. Dorthin, wo es auch heute noch nach dem Reichtum und der Macht der mittelalterlichen Städtehanse roch, die einst den Ost- und Nordseehandel dominiert hatte.

Gott musste sich einen bitteren Scherz erlaubt haben, als er sich entschieden hatte, ihn in dieser Familie groß werden zu lassen. Denn wer nicht wusste, dass er adoptiert war – was nur selten vorkam, da SIE keine Gelegenheit ausließen, es zu erwähnen –, der hielt ihn meistens für eine unglückliche Laune der Natur. Er gehörte zu ihnen wie ein inoperables, hässliches Krebsgeschwür, das man dulden musste, solange es einen nicht zugrunde richtete.

Nicht nur Ferdinand, sondern auch SIE waren schön. SIE waren schlank, SIE waren sportlich, SIE waren erfolgreich. Er war nichts von alledem. Er hasste seine bläuliche Haut, die grotesk langen Arme und Beine, die an seinem viel zu dünnen Körper marionettenhaft herunterhingen, und vor allem seine gewaltige Nase, die ihm wie der Rest seines Gesichtes als vortrefflicher Nährboden für Akne schien. SIE hatten sich seiner immer geschämt.

Er hatte sich oft gefragt, ob es auch irgendetwas gab, was sie an ihm gemocht oder wenigstens nicht verabscheut hatten. Ihm fiel nur eine einzige Situation ein, die er als Rechtfertigung seiner Existenz hätte auslegen können. Sie hatte sich ereignet, als er gerade zwölf gewesen war und sich am Morgen versehentlich mit der Rasierklinge seines Vaters geschnitten hatte. Der Nassrasierer seines Vaters war heruntergefallen, als er nach einer Seife vom Fenstersims über dem Badewannenrand gefischt hatte, und war ihm so unglücklich über das Bein geglitten, dass eine kleine Schnittwunde entstanden war. Er hatte keinen Schmerz verspürt, sondern nur fasziniert das kleine Rinnsal aus Wasser und Blut bewundert, das, mit dem heißen Badewasser verbunden, ein bizarres Muster in den Schaum gezeichnet hatte, das ihm gefiel.

Mit Mühe hatte er zunächst ein, zwei weitere Tropfen aus der Wunde herausgepresst und auf seinem Bein verschmiert. Es hatte ausgesehen wie Fingerfarbe. Er wusste nicht, warum – das hatte er nie gewusst, weshalb auch ihre ewigen Fragen so quälend für ihn gewesen waren –, aber er hatte irgendwann begonnen, den Rasierer auf dem Oberschenkel zu verkanten und die Haut einzuritzen. Es hatte nicht wehgetan, wenn er sich schnitt, solange er darauf achtete, dass keine Seife in die Wunden gelangte, weshalb er die Knie angezogen und ein wenig Wasser abgelassen hatte. Er versuchte, die Bahnen, in denen das Blut in kleinen Rinnsalen sein Bein hinunterlief und sich mit dem Wasser verband, vorauszusehen. Es war, als würde er gegen sich selbst wetten.

Erst waren es nur kleine Schnitte gewesen, und er hatte jeden Blutstropfen herauspressen müssen, aber dann war er mutiger geworden und hatte den Rasierer so gut es eben ging immer wieder in das Fleisch gepresst, zunächst zaghaft und dann immer heftiger. Am besten hatte es funktioniert, wenn er ein Stück Haut zwischen dem Mittelfinger und dem Daumen der rechten Hand zusammengedrückt hatte, während er mit der linken den Rasierer über die entstandene Hautfalte schaben ließ.

Es war nicht ganz einfach, und er hatte sich beim Abrutschen ein paar Mal seine Fingerkuppen verletzt, aber es ging. Nach einer gewissen Zeit war er an die Grenzen des Machbaren gestoßen, und was er tat, verlor seinen Reiz.

SIE hatten derweil ohnehin schon begonnen, unten herumzubrüllen, dass er »verdammt noch mal endlich frühstücken sollte«. Eigentlich hatten sie immer wegen irgendetwas geschrien.

»Komme gleich«, hatte er zurückgerufen, während er aus der Wanne stieg.

Dann war ihm das Nageletui eingefallen, das SIE im Badezimmerschrank aufbewahrten, und er entschied sich nach kurzem Zögern, es zu holen. Das Blut hatte ohnehin schon ein paar Spuren auf der Badematte zurückgelassen, obwohl er sich bemüht hatte, die Tropfen mit Klopapier aufzufangen. Deshalb war sowieso klar gewesen, dass es wieder Ärger geben würde, weshalb er die Tür abschloss.

Er hatte sich dann die Schere geholt und war wieder in die Wanne gestiegen, weil er anfing zu frieren.

Es war toll, dass das Wasser von dem bisschen Blut schon so rot war. Es sah aus, als hätte man die ersten Tropfen eines Kirschsirups in ein volles Glas Wasser gegeben. Er goss heißes Wasser nach und hielt den Seifenspender mit der Öffnung nach unten direkt unter den Wasserstrahl, um sauberen Schaum zu produzieren. Es brannte ein bisschen, aber die Wirkung war gigantisch – weiße Wolken auf rotem Wasser! Mit der Schere ließ es sich ganz gut arbeiten, es tat zwar ein bisschen mehr weh, was ihn aber jetzt nicht mehr störte. Sein Ziel war es, einen roten Stern in den Schaum zu malen, was nicht einfach war, weil dieser sich so schnell verflüchtigte. Immer wieder verlor sich das begehrte Muster, denn das Wasser trieb die roten Wolken auseinander.

Er wurde von einem verzweifelten Ehrgeiz angetrieben, die wohl einzige Eigenschaft, die er mit IHNEN gemeinsam hatte. Immer wilder und hektischer bohrte er die Schere in seinen Arm und die Beine, bis Blut hervorquoll, mit dem er den Schaum verzieren konnte. Er stieß die Schere in seine Schenkel und verkantete sie, rührte darin und gewann dennoch nicht schnell genug Blut. Er war unsagbar wütend, und ihm waren die Tränen in die Augen geschossen, als es ihm wieder und wieder misslang, das begehrte Muster zu zeichnen. In einer Zeit, die ihm endlos schien, hatte er immer und immer wieder Wasser und Schaum nachgegossen, um das Bild, das ihm vorschwebte, endlich zu vollenden, und dann kamen SIE und zerstörten alles, natürlich gerade, als er es fast geschafft hatte!

Als sie an diesem Abend aus dem Krankenhaus zurückkamen, hatte er auf der Treppe im Flur gesessen und ihr Gespräch in der Küche belauscht. Man hatte seine Arme und Beine bandagiert, und er war dabei, an den störenden Verbänden herumzunesteln, während er in die Dunkelheit horchte, um sich nicht auf die ihn jetzt durchzuckenden Schmerzen konzentrieren zu müssen.

SIE hatten nicht im Geringsten begriffen, worum es ihm gegangen war. SIE faselten etwas von Selbstmord und Klinik und Anlagen der Eltern und davon, dass

SIE das nicht verdient hätten. »Wir hätten ihn nicht adoptieren sollen.«

Der Satz brannte in ihm wie Feuer, denn obwohl er immer gewusst hatte, dass SIE insgeheim wünschten, er hätte nie existiert, hatte er SIE es bis dahin nie wirklich sagen hören.

»Vielleicht hätten wir dann Ferdi nicht«, sagte ER am Küchentisch sitzend. »Vielleicht wärest du nie schwanger geworden, wenn wir uns nicht auf ihn konzentriert hätten.«

Ferdi war das Einzige, was sein Leben rechtfertigte, das Einzige, für das SIE ihn nicht hassten. Es war das Beste, was SIE je über ihn gesagt hatten.

»Bald werden wir uns sehen, Marilyn«, schrieb er. »Ich verspreche es. Jetzt verzeih, wenn ich Dich verlassen muss. In Gedanken bei Dir, Dein Jack.«

4. KAPITEL

Hausnummer sechs«, sagte Hauptkommissar Braun und wies mit der Hand aus dem Beifahrerfenster auf ein weißes Fachwerkhaus. Das Haus befand sich auf der Altstadtinsel, in unmittelbarer Nähe des Johanneums, eines Lübecker Traditionsgymnasiums. »Hier hat sie gewohnt, du kannst parken.«

Bendt stellte den Wagen am rechten Fahrbahnrand der schmalen, kopfsteingepflasterten Anliegerstraße ab.

Sie hatten auf der Fahrt wenig gesprochen, nachdem sie bei den Eltern des Opfers gewesen waren und diese, so gut es eben möglich war, zu den Lebensumständen ihrer Tochter vernommen hatten.

»Das ist der absolut beschissenste Teil unseres Jobs«, hatte Braun gesagt, während sie durch den Vorgarten der Familie Mertens auf die Haustür zugegangen waren. Er sagte das jedes Mal, wenn sie die Aufgabe hatten, den nahen Angehörigen eines Opfers die Hiobsbotschaft zu überbringen.

Manchmal fühlte sich Braun dabei selbst wie ein Mörder. Er war es, der anderen binnen Sekunden den Grund zum Leben nahm und ihr Glück zerstörte. Es gab nichts Schlimmeres für ihn, als Eltern mitzuteilen, dass sie ihre Kinder begraben müssten.

Sie hatten Barbara Mertens schon vom Vorgarten aus durch das Küchenfenster beobachten können. Eine dralle, freundliche Hausfrau, die gerade am Herd stand und den Tag zu genießen schien, während sie das Mittagessen für einen bis dahin ganz normalen Samstag vorbereitete. Durch das auf Kipp gestellte Küchenfenster war bis in den Vorgarten Schlagermusik zu hören gewesen, und sie hatten beobachtet, wie sie ihre Hüften beschwingt im Takt kreisen ließ.

Wie so oft hatte Braun einen Augenblick innehalten müssen, bevor er die Klingel betätigte. Es war ihm manchmal, als müsse er den Menschen noch einen letzten lebenswerten Moment gewähren, bevor er ihnen gegenübertrat und sie ins Bodenlose stürzen ließ.

Er hatte Frau Mertens – wie so viele vor ihr – binnen Sekunden altern sehen, während sie versuchte, das Unfassbare, das er ihr überbringen musste, zu begreifen. Sie hatte ihre Tochter und damit ihr einziges Kind verloren.

Er sieht verdammt schlecht aus, dachte Bendt, der den Kollegen besorgt von der Seite musterte, während sie eine Stunde später auf das Haus zugingen, in dem das Opfer gewohnt hatte. Fälle wie diese gingen ihm immer besonders an die Nieren, wenn sich Braun auch stets bemühte, seine Gefühle zu verbergen.

Sie standen nun vor dem weißen Fachwerkhaus, in dem, wie ein Blick auf die Klingelleiste zeigte, vier Parteien wohnten. Hauptkommissar Braun fischte aus seiner Hosentasche den Hausschlüssel, den sie bei der Leiche am Tatort gefunden hatten, und schloss auf.

Über eine knarrende alte Holztreppe stiegen sie in den ersten Stock hinauf und erreichten die Wohnungstür, an der ebenso wie an der Haustür und dem Briefkasten lediglich der Name Mertens verzeichnet war. Sie klingelten.

»Da brauchen Sie gar nicht weiter klingeln«, hörten sie eine weibliche Stimme aus dem Erdgeschoss, »Frau Mertens und Herr Jensen sind nicht da.«

Bendt beugte sich über das Geländer und erblickte auf dem unteren Treppenabsatz eine etwa siebzig Jahre alte Frau, die kritisch zu ihm heraufblinzelte.

»Sind Sie vom Ablesedienst?«, fragte sie misstrauisch, während sie einen Eimer Seifenwasser auf dem Treppenabsatz abstellte.

»Nein«, gab Bendt zurück, »wir sind von der Kriminalpolizei.«

Sie streifte umständlich einen ihrer gelben Gummihandschuhe ab und wischte sich mit dem Handrücken eine graue Haarsträhne aus dem Gesicht, als bräuchte sie einen Moment, um diese Information zu verarbeiten.

»Aha«, sagte sie dann und fügte mit Blick auf ihren Eimer hinzu: »Ich habe gerade die Kellertreppe geputzt.«

Bendt lächelte anerkennend. »Sieht ja auch tipptopp aus, das Haus«, lobte er. »Können wir uns kurz mit Ihnen unterhalten?«, fragte er dann freundlich.

Sie blickte sich um, als wollte sie sicherstellen, dass auch wirklich sie gemeint sei. »Meinetwegen«, antwortete sie dann mit einem Achselzucken, während sie die Treppe hinaufstieg. »Was wollen Sie denn wissen?«

Bendt und Hauptkommissar Braun warteten ab, bis sie den ersten Stock erreicht hatte, und stellten sich vor. Frau Leicht, so erfuhren sie, wohnte auf dem gleichen Stockwerk, gegenüber der Wohnung des Opfers.

Sie musterte die beiden Beamten argwöhnisch, und Bendt musste angesichts der bei älteren Damen nicht unüblichen Gewissenhaftigkeit schmunzeln, mit der sie ihre Dienstausweise studierte.

»Kennen Sie Herrn Jensen?«, ergriff schließlich der Hauptkommissar das Wort, der den Namen von Sabrinas Freund von ihrer Mutter erfahren hatte. »Wissen Sie, wann er zurückkommt?«

Sie schüttelte energisch den Kopf. »Da können Sie lange warten«, antwortete sie bestimmt. »Wer weiß, ob der überhaupt zurückkommt!«

Als sie die konsternierten Blicke der Beamten auffing, fügte sie fragend hinzu: »Worum geht es denn überhaupt?«

Hauptkommissar Braun vergewisserte sich kurz, dass sie zum Opfer lediglich ein rein nachbarschaftliches Verhältnis unterhalten hatte, und eröffnete ihr dann ohne Umschweife, dass ihre Nachbarin ermordet worden war.

Frau Leicht zeigte sich ehrlich schockiert. »So eine junge Frau«, sagte sie fassungslos. »Wer um Himmels willen tut so etwas?«

»Um das herauszufinden«, sagte Braun, »sind wir hier und wollen mit Herrn Jensen sprechen.«

»Was meinten Sie«, hakte Bendt nach, »als Sie sagten, er käme vielleicht nicht zurück?«

»Na ja«, antwortete sie nach einigem Zögern, »ich meine wegen des Streits.«

Die beiden Kommissare tauschten einen alarmierten Blick aus, den Frau Leicht sofort zu deuten wusste.

»Nein, nein«, wehrte sie ab, »also, wenn Sie meinen, dass der sie umgebracht hat ...« Sie musste trotz des Schocks lachen. »Der Junge tut keiner Fliege was zuleide und ihr schon gar nicht.«

Sie entschieden sich, das Gespräch in der Küche ihrer Zwei-Zimmer-Wohnung fortzusetzen. Nachdem sie Kaffee aufgebrüht hatte, nahmen alle drei am Küchentisch Platz, und sie begann zu erzählen.

»Wissen Sie«, setzte sie an, »die beiden hatten eine, wie soll ich sagen ...« Sie stockte, und Hauptkommissar Braun ließ ihr die Zeit, ihren Gedanken zu formulieren. »... eine ungewöhnliche Beziehung«, sagte sie schließlich achselzuckend.

»Was meinen Sie damit?«, fragte Bendt.

»Na ja«, setzte Frau Leicht erneut an, »sie waren ein ungleiches Paar, hatten wohl sehr unterschiedliche Vorstellungen, wie so eine Beziehung aussehen soll. Ich kann mich erinnern, dass er am Anfang, bevor er ihren Wohnungsschlüssel hatte, häufiger im Treppenhaus saß und auf sie wartete. Ich habe ihn ein-, zweimal angesprochen, wenn ich nach Hause kam.« Sie seufzte.

»Er war unheimlich hilfsbereit. Wenn er mich kommen hörte, lief er immer herunter und half mir mit den Einkäufen. Ein gut erzogener Junge, wirklich. Aber das interessiert Sie natürlich nicht«, sagte sie entschuldigend, als wolle sie ihnen nicht mehr Zeit als nötig stehlen.

»Das interessiert uns durchaus«, ermutigte Bendt sie. Er stellte erstaunt fest, dass die Nachricht sie sichtlich mehr mitnahm, als er es bei einem bloßen Nachbarschaftsverhältnis erwartet hätte. Obwohl es in ihrer Wohnung bullig warm war, umschloss sie ihre Kaffeetasse mit beiden Händen, als würde sie frieren.

»Der Junge hat mir immer ein bisschen leidgetan, wissen Sie«, fuhr Frau Leicht nachdenklich fort. »Es war wie das Bild vom Kaninchen und der Schlange mit den beiden, wobei er ganz eindeutig das Kaninchen war.« Sie lächelte bitter. »Ich hatte den Eindruck, als investiere er weit mehr als sie. Wenn sie dann heimkam und er saß auf der Treppe, habe ich hier und da Gesprächsfetzen aufgeschnappt. Das Treppenhaus ist wahnsinnig hellhörig, es ist wirklich nicht so, dass ich lauschen wollte«, rechtfertigte sie sich beschämt.

»Natürlich nicht«, sprach Hauptkommissar Braun seinen ehrlich empfundenen Eindruck aus. Frau Leicht gehörte nicht zu den Menschen, die sich in die Angelegenheiten anderer einmischten. Sie schien ein selbstständiges, beschauliches Leben zu haben, das wahrscheinlich im Wesentlichen aus einer Welt klassischer Literatur bestand, worauf die Fülle der Bücherregale schließen ließ, die ihren Flur säumte.

Frau Leicht interessierte sich anscheinend nicht für das Privatleben anderer und empfand es zudem als peinlich und belastend, in die Privatsphäre anderer einzudringen, auch wenn dies unfreiwillig geschah. So angenehm und sympathisch sie ihm als Mensch war, so sehr bedauerte er es in diesem Fall, es hier nicht mit einem Klatschweib wie Frau von Hacht zu tun zu haben. Denn er war überzeugt davon, dass diese ihm über ihre Nachbarn nicht nur eine lückenlose Biografie liefern könnte, sondern auch imstande wäre, das eine oder andere nicht für ihre Ohren bestimmte Gespräch im O-Ton wiederzugeben.

»Einmal kam ich gleichzeitig mit Frau Mertens nach Hause.« Frau Leicht holte tief Luft, als wäre ihr gerade der schreckliche Grund ihrer Befragung wieder ins Gedächtnis gerückt. »Sie blieb kurz stehen und guckte ihn …«, sie überlegte, wie sie es am besten ausdrücken sollte, »… geradezu abschätzig oder auch entnervt an. Und dann fragte sie: ›Waren wir verabredet?‹ Wissen Sie, man kann das auf unterschiedliche Weise fragen. Bei ihr klang es eher wie ein: ›Was willst du schon wieder hier?‹«

»Ich verstehe«, bestätigte Hauptkommissar Braun, »Sie meinen, im Grunde genommen hätte sie auch gut auf ihn verzichten können und zeigte ihm das auch.«

»Ja«, bestätigte sie nachdenklich. »Herr Jensen rechtfertigte sich dann, dass sie nicht angerufen hätte, und da sei er eben vorbeigekommen, sei zufällig in der Gegend gewesen und so weiter. Natürlich wusste Frau Mertens, dass er log und wahrscheinlich seit Stunden auf ihrer Treppe herumsaß. Er sah aus wie ein Schuljunge mit seinen geröteten Wangen und dem zerzausten Haar. Er war so verliebt und so verzweifelt.« Sie schüttelte bei der Erinnerung an die Szene mitfühlend den Kopf.

Braun fragte sich, ob Frau Leicht selbst Kinder hatte. Sie erzählte die Geschichte von dem jungen Mann wie eine Mutter, die ihren Sohn gern beschützend in den Arm genommen und getröstet hätte.

»Aber obwohl Sie den Eindruck hatten, dass das mit den beiden nicht lange gut gehen würde«, setzte er seine Befragung fort, »hat sie ihm doch irgendwann offenbar einen Schlüssel für ihre Wohnung gegeben, oder?«

»Das muss wohl so gewesen sein«, bestätigte sie. »Mich hat es, wenn ich ehrlich bin, gewundert. Ich habe nicht damit gerechnet. Frau Mertens war immer so unstet. Sie ging zum Beispiel häufig mit ihren Freundinnen aus. Das weiß ich, weil sie sich meistens vorher in ihrer Wohnung trafen und dann gemeinsam bestens gelaunt durch das Treppenhaus gackerten. Ich habe sie mal angesprochen, als ich gegen elf nach Hause kam, da waren sie gerade dabei loszugehen.« Braun lächelte ihr aufmunternd zu, und sie fuhr fort.

»Ich sagte dann so etwas wie: ›Na, um diese Zeit geht unsereins ins Bett, und Sie gehen erst los‹, und die Mädchen haben gelacht. Alle sehr hübsch übrigens«, unterbrach sie sich bei dem Gedanken an die jungen Frauen erneut.

»Auf jeden Fall hab ich ihm angesehen, dass er stolz war wie Oskar, einen Schlüssel zu besitzen«, griff sie den Gesprächsfaden wieder auf. »Als ich ihn das erste Mal traf und er die Tür öffnete, hat er mich jedenfalls glücklich strahlend angesehen. Wie ein Kind, dem man nach langer Zeit einen Herzenswunsch erfüllt hat.« Sie seufzte. »Ab dann ging es mit den Streitereien los. Er hat sich wohl dann die große Liebe vorgestellt oder so was. Zusammen aufstehen, zusammen ins Bett gehen, zusammen kochen, eine richtige Beziehung eben.«

»Und sie ging weiter auf die Piste«, sprach Bendt ihren Gedanken aus. »Kam spät heim, und es gab Krach.«

Sie nickte, erleichtert darüber, dass man sie so gut verstand.

»Können Sie zu dem Inhalt der Auseinandersetzungen Genaueres sagen?«, schaltete Hauptkommissar Braun sich wieder ein.

»Nicht viel«, seufzte Frau Leicht. »Ich hab mir die Decke über den Kopf gezogen und versucht, es zu ignorieren. Aber meistens ging die Streiterei schon im Flur los, weil er sie schon an der Tür empfing. Das war dann nicht zu überhören.« Sie seufzte. »Im Grunde hatte sich für ihn mit dem Besitz des Schlüssels nicht viel verändert. Es ging weiterhin darum, dass er nicht wusste, wann sie ging und wann sie kam. Und es war klar, dass sie fand, dass es ihn auch nichts anging. Ich glaube, sie hat ihn auch ein paar Mal vor die Tür gesetzt. Jedenfalls kam er dann einige Tage nicht. Zumindest stand sein Auto nicht vor der Tür, wo er üblicherweise parkte.«

»Wann haben Sie ihn denn zuletzt gesehen?«, fragte Bendt.

»Am Donnerstag müsste das gewesen sein«, sagte Frau Leicht zögerlich. »Zumindest habe ich ihn da gehört.« Ihr war anzusehen, dass sie angestrengt nachdachte. »Doch, Donnerstagnacht«, bestätigte sie dann bestimmter. »Es muss so gegen ein Uhr gewesen sein«, nahm sie Bendts nächste Frage vorweg.

»Frau Mertens polterte wieder mal ziemlich durchs Treppenhaus, das hat mich auch sonst manchmal geärgert. Sie war dann wohl in der Wohnung, und als ich im Bad war, ging das Gezänke los. Ich hab kein Wort verstanden, nur das gestritten wurde. Das ging eine Weile so, und dann ging wohl die Tür auf, und ich hab gehört, dass sie ihn angebrüllt hat.« Sie erhob die Stimme, um das Gehörte zu imitieren. »›Hau doch ab! Ich hab hier keinen Bock mehr!‹«

Sekunden später erstarrte sie, richtete den Kopf in Richtung Eingang und lauschte mit angestrengter Miene in den Flur hinein.

Bendt und der Hauptkommissar horchten ebenfalls auf, als sie Schritte im Treppenhaus vernahmen. Kurz darauf hörte man, wie jemand einen Schlüssel ins Schloss schob und eine Tür aufschloss.

»Ist das auf diesem Stockwerk?«, fragte Bendt sofort. Beide waren mit einem Satz an der Tür, kaum dass Frau Leicht das »Ja« ausgesprochen hatte. Braun drückte die Klinke hinunter.

Alexander Jensen war gerade dabei, in den Wohnungsflur einzutreten, und blickte sich sofort um, als er das Öffnen der Tür hinter sich vernahm. Er schrak zusammen, weil ihm nicht etwa die ihm bekannte Frau Leicht gegenüberstand, die er offensichtlich erwartet hatte, sondern plötzlich zwei ihm fremde Herren auftauchten.

Jensen sah ungepflegt aus, und Braun erkannte mit einem Blick, dass dieser junge Mann, selbst wenn er nicht der Täter sein sollte, über den Tod von Sabrina Mertens Bescheid wusste.

Er bot einen jämmerlichen Anblick. Seine Augen waren gerötet, er war unrasiert, und sein Haar wirkte zerzaust. Er trug Turnschuhe, Jeans und eine kakifarbene Jacke im Safaristil, die nur knapp sein fleckiges weißes Baumwollshirt verdeckte.

Jensen rührte sich nicht von der Stelle und blickte Braun aus großen, angstvollen Augen an. Dem kam das von Frau Leicht gezeichnete Bild vom Kaninchen und der Schlange in den Sinn, und er war verblüfft, wie gut es auch in dieser Situation auf den jungen Mann zutraf.

»Guten Tag«, sagte er freundlich, »Sie müssen Herr Jensen sein. Mein Name ist Braun, wir sind von der Mordkommission.«

Alexander Jensen fuhr herum und sprang mit einem Satz auf die Treppe zu, um zu fliehen. Auf diese heftige Reaktion waren Braun und Bendt nicht gefasst. Bendt gelang es zwar, über das Geländer zu greifen und Alexander Jensen am Arm zu packen, dieser riss sich jedoch mit einer solchen Kraft los, dass Bendt ihn nicht halten konnte und ins Straucheln geriet.

»Mach doch keinen Blödsinn, Junge«, rief Braun hinter Jensen her und ließ Bendt auf der Treppe an sich vorbeihasten, sicher, dass dieser auch allein imstande wäre, den Flüchtenden aufzuhalten.

Bendt nahm jeweils zwei Stufen auf einmal und hätte Jensen an der Haustür um ein Haar erneut erwischt, wenn dieser nicht so wendig gewesen wäre.

Braun fluchte innerlich, während er ihnen auf die Straße folgte, um zu sehen, wohin sie liefen und eine Fahndung rausgeben zu können. Es kam selten vor, dass sie sich als Ermittler der Mordkommission irgendwelche Verfolgungsjagden liefern mussten, wenn aber doch, hatte kaum jemand eine Chance gegen Bendt. Er war in seiner Freizeit ein begeisterter Triathlet und folglich nicht nur ein schneller Läufer, sondern auch mit der notwendigen Konstitution ausgestattet.

Braun war klar, dass es vergebene Liebesmüh gewesen wäre, Bendt bei der Verfolgung zu Fuß zu unterstützen. Stattdessen zog er sein Diensthandy aus der Tasche.

Alexander Jensen rannte über das Kopfsteinpflaster auf die andere Straßenseite und verschwand etwas weiter die Straße hinunter in einem Fußweg zwischen den Häuserreihen. Er war verdammt schnell, Bendt schien in ihm einen angemessenen Herausforderer gefunden zu haben.

»Wir brauchen sofort Verstärkung!«, brüllte Braun in der Zwischenzeit in sein Handy. »Was ihr an Wagen kriegen könnt, schickt in den Bereich der Chrysanderstraße. Person männlich, circa dreißig Jahre, 1,85 m groß, blond, schlank, dunkle Kakijacke, Jeans, weißes T-Shirt, flüchtet in Richtung Hauptstraße in nördlicher Richtung!«

Frau Leicht stand fassungslos am Fenster und versuchte das soeben Erlebte zu verarbeiten. Wie erstarrt nahm sie wahr, dass Hauptkommissar Braun unten auf der Straße in sein Auto stieg, während er unentwegt in sein Handy brüllte und schließlich in die Richtung davonbrauste, in die Alexander Jensen verschwunden war. Sie fröstelte bei dem Gedanken, sich in dem Jungen getäuscht zu haben.

5. KAPITEL

Anna Lorenz fühlte sich von ihrem immer wiederkehrenden nächtlichen Albtraum wie zerschlagen. Sie war dankbar, dass Hubert sie, wie schon so oft, von ihrer nächtlichen Qual erlöst hatte. Er hatte sie angestupst und besorgt winselnd ihr Bett umkreist, bis sie endlich zu sich gekommen war. Liebevoll schmiegte er jetzt seinen wuscheligen schwarzen Kopf an ihre schweißnassen Hände. Sie saß da und starrte in die Dunkelheit, während sie ihn streichelte und beruhigend auf ihn einredete, um ihrer beider Angst und Unruhe Herr zu werden.

Seine Nähe empfand Anna wie immer als tröstlich. Sie wälzte sich noch einige Zeit unruhig im Bett hin und her, ohne dabei Ruhe zu finden, und raffte sich schließlich dazu auf, den Tag zu beginnen und einen Kaffee zu kochen.

Es war Sonntag. Früher hatte sie sich immer auf das Wochenende gefreut. Sie hatten viel unternommen, waren segeln gegangen, hatten Tennis gespielt oder sich mit Freunden zum Brunch getroffen. Natürlich gab es auch die unschätzbar kostbaren Sonntage, an denen sie keine Pläne gemacht und sich einfach durch den Tag hatten treiben lassen. Sonntage, an denen sie ausgeschlafen und anschließend lange und gemütlich in ihrer Küche gefrühstückt hatten, während der Regen gegen die imposante Terrassenfront prasselte.

Damals hatte sie vor allem die Küche geliebt. Von hier aus konnte man durch die breiten Panoramafenster die auf der Trave vorbeiziehenden Fährschiffe beobachten und die unzähligen Sportboote bewundern, die ihre Bahnen zogen.

Es war ein Glücksfall gewesen, dass Tom mit Georgs Hilfe den Bauplatz auf dem Priwall gefunden hatte. Tom hatte das Haus selbst entworfen und nach ihren Vorstellungen bauen lassen. Seitdem waren erst fünf Jahre vergangen. Es kam ihr vor wie eine Ewigkeit.

Die moderne Wohnküche war der Dreh- und Angelpunkt des Hauses. Von hier aus blickte man direkt durch einen breiten ovalförmigen Durchgang in das linker Hand gelegene Esszimmer. Auf der anderen Seite lag das ebenfalls frei zugängliche Wohnzimmer mit dem großen Kamin, der Bibliothek und den eierschalfarbenen Sofas. Sie hatten oft darüber gesprochen, die Sofas austauschen zu müssen, sobald sie Kinder hätten, die laufend mit ihren Schokoladenhänden darauf herumpatschen würden.

»Ihr werdet wahnsinnig werden«, hatte Sabine prophezeit. Wie sehr sie sich jetzt nach dieser Form von Wahnsinn sehnte …

Es war immer noch dunkel draußen, und die Küche erschien ihr grau und trostlos. Das Haus war viel zu groß für sie allein, und zudem verfügte sie nicht über die finanziellen Möglichkeiten, es zu unterhalten. Tom hatte den Löwenanteil des Eigenkapitals eingebracht und zahlte immer noch den Großteil der Raten für die Finanzierung allein. Als er auszog, hatte er ihr angeboten, so lange zu bleiben, wie sie es für richtig hielt, und sie war dankbar dafür gewesen. Natürlich war beiden klar, dass es keine Dauerlösung sein konnte. Sie wohnte jetzt seit einem Jahr allein hier und wusste, dass es langsam Zeit wurde, sich zu lösen.

Ich habe Toms Großzügigkeit lange genug strapaziert, dachte sie und rührte gedankenverloren in ihrer Tasse.

Vielleicht fiel ihr das Wegziehen deshalb so schwer, weil sie damit die letzte noch vorhandene Brücke zu Tom abbrechen müsste. Vielleicht scheute sie sich auch vor der Entscheidung, nicht nur einen Neuanfang in einem anderen Haus, sondern auch in einer anderen Stadt zu versuchen. Anna konnte sich ein Leben außerhalb Lübecks mit seinem mittelalterlichen Flair, den zahlreichen Bürgerhäusern, den Kirchen und Klöstern überhaupt nicht vorstellen.

Sie zog den Kragen ihres Bademantels etwas enger zusammen, weil sie fror. In weiter Ferne durchbrach das Heulen einer Schiffssirene die Stille. Ansonsten vernahm sie nur das leise Surren des übergroßen amerikanischen Kühlschranks in der Ecke. Sie hatte nur das abgedimmte Oberlicht über dem Tresen eingeschaltet, sodass die anderen Räume in der Dunkelheit lagen.

Der heiße Kaffee tat ihr gut, vermochte aber die innere Kälte, die sie empfand, nicht zu vertreiben. Hubert lag zusammengerollt vor dem Küchentresen, an dem sie auf einem Barhocker kauerte. Er hatte wie immer den Platz gewählt, der die größtmögliche Körpernähe zu ihr gewährleistete. Die ergebenen Versuche des Tieres, ihr Nähe und Trost zu spenden, rührten sie. Anna fixierte das Innere ihrer Tasse, als erwartete sie, irgendetwas darin ergründen zu können.

Sie dachte an Marie. Eigentlich dachte sie immer an Marie. Ihren kleinen, zerbrechlichen Körper und die warme, weiche Haut des nur zwei Pfund schweren bläulichen Bündels, das sie in den Armen gewiegt und an sich geschmiegt hatte. Sie war so unglaublich niedlich gewesen: das zarte Gesicht, der zauberhafte kleine Mund, jeder einzelne ihrer Finger, die sie immer wieder liebevoll an ihre Lippen gepresst und geküsst hatte.

Sie hatte sich jedes winzige Detail eingeprägt, es unauslöschlich in ihrem Kopf und Herzen eingebrannt. Manchmal war ihr, als könne sie noch immer den wohligen Duft der Babyhaut riechen, den sie in sich aufgesogen hatte. Sie hatte um jede der wertvollen Sekunden gekämpft, die sie miteinander hatten verbringen dürfen. Sie war so überwältigt und glücklich gewesen über diese gänzlich neue Dimension von Liebe, die sie erfahren hatte. Es war der schönste und zugleich schmerzvollste Moment ihres Lebens gewesen, weil sie gewusst hatte, dass ihre Tochter sterben würde.

Tom hatte neben ihr auf dem Bett des Kreißsaales gelegen und sie beide mit seinen Armen eng umschlungen, als wollte er sie für ewig festhalten und so Marie daran hindern zu gehen. Drei Stunden hatte das kleine

Herz auf dem ihren geschlagen. Sie hatten den kleinen, nackten Körper auf ihrem gewärmt und sie mit der dicken Daunendecke umhüllt. Es waren friedliche Momente, und die Stille war von den zarten, wohligen Lauten der Kleinen erfüllt gewesen. Für drei Stunden waren sie eine richtige Familie. Als Marie aufhörte zu atmen, war auch ein Teil von Anna gestorben.

Sie war erleichtert, als sich der Kloß in ihrem Hals löste und sie zu weinen begann. Erst leise, dann immer heftiger. Sie ließ den Schmerz, der ihren ganzen Körper durchströmte, gewähren. Tränen rannen ihr über das Gesicht und tropften auf die Granitarbeitsplatte und in ihren Becher. Es störte sie nicht.

Hubert schleckte mit seiner Zunge ihre nackten Füße und blickte sie mit seinen riesigen schwarzen Augen traurig an. Sie streichelte ihm liebevoll über das Fell, und nach einer Weile gelang es ihr, sich wieder zu fassen.

»Komm, Hubert, wir gehen laufen«, sagte sie. »Wir gehen laufen und dann arbeiten, das Einzige, was hilft.«

6. KAPITEL

Bendt fluchte, als er Alexander Jensen verloren hatte. Er war zwar mit Sicherheit der bessere Läufer, und wahrscheinlich hätte ihm Jensen auf Dauer konditionell nichts entgegenzusetzen gehabt, dieser war aber ohne Zweifel der bessere Kletterer.

Es war Bendt zunächst gelungen, ihn eine ganze Weile zu verfolgen. Er hatte ihn durch die historischen Gassen der Altstadt gejagt und das Kopfsteinpflaster und die verwinkelten, engen Straßen verflucht, die ihm die Verfolgung erschwert hatten. Er hätte ihn das eine oder andere Mal beinahe fast greifen und zu Fall bringen können, wenn es Jensen nicht immer wieder geschafft hätte, sich über irgendein Hindernis zu retten, bei dem Ben abbremsen musste. Schließlich war Jensen über einen hohen Zaun geklettert und auf ein Grundstück geflüchtet, auf dem sich seine Spur verlor.

Bendt hatte zwar den Zaun im zweiten Anlauf überwunden, war aber beim Abstieg so ungünstig abgerutscht, dass er sich eine Zerrung zugezogen hatte und nicht mehr weiterlaufen konnte. Auch den Besatzungen der Einsatzwagen war es bislang nicht gelungen, Jensen zu stellen.

»Tut verdammt weh«, stöhnte Bendt, während er

gemeinsam mit Hauptkommissar Braun über den dunklen Flur des Gebäudes der Staatsanwaltschaft Lübeck humpelte. Der muffige Geruch des gebohnerten Linoleumbodens und das teils typisch braune Behördenmobiliar riefen jedes Mal in ihm unangenehme Erinnerungen an seine Schulzeit wach. Am Wochenende, wenn die überwiegende Anzahl der Bürotüren verschlossen war und sich kaum ein Staatsanwalt zum Arbeiten hierher verirrte, wirkte das Gebäude mit seinen kalkigen, längst renovierungsbedürftigen Wänden noch trostloser.

»Armer Kerl«, bedauerte Braun ihn ehrlich mitfühlend, als er sah, dass Bendt das Gesicht bei jedem Schritt schmerzvoll verzog.

Er war froh, Staatsanwältin Anna Lorenz am Sonntag im Büro erreicht zu haben. Eigentlich war am Wochenende der Eildienst der Staatsanwaltschaft und der Gerichte für den Erlass von Haftbefehlen und sonstige unaufschiebbare Entscheidungen zuständig. Da Hauptkommissar Braun jedoch wusste, dass Anna Lorenz die für diesen Fall zuständige Staatsanwältin war, hatte er versucht, sie telefonisch im Büro zu erreichen und ohne jegliche Verwunderung festgestellt, dass sie tatsächlich im Büro war. Sie war in letzter Zeit immer dort, es sei denn, man erfuhr im Sekretariat, dass sie sich in einer Sitzung befand.

»In dieser Gruft würde ich nicht einen Tag freiwillig am Wochenende arbeiten«, sagte Bendt naserümpfend.

»Das tun ja auch die wenigsten«, antwortete Braun. »Zumal die keine einzige Überstunde bezahlt kriegen, die sie schieben.«

»Das wusste ich gar nicht«, antwortete Bendt erstaunt.

»Die Lorenz«, fuhr der Hauptkommissar fort, »hat schon früher häufiger mal am Wochenende gearbeitet.«

Bendt nickte. Ihm war bekannt, dass aufgrund von Sparmaßnahmen der Regierung bei der Staatsanwaltschaft die gleichen Personalnöte herrschten wie bei der Kripo.

»Na, und in letzter Zeit scheint sie ständig hier zu sein.«

Sie tauschten einen verständnisvollen Blick und stiegen die Treppe in den dritten Stock hinauf. Am Ende des Flures, in den durch die verstaubten Fenster nur diffuses Licht fiel, lag das Büro von Anna Lorenz, deren Anwesenheit durch einen Lichtschein am unteren Türrand sichtbar wurde.

»Herein«, beantwortete sie das Klopfen und richtete ihren Blick zur Tür.

Sie war nicht besonders begeistert gewesen, als Hauptkommissar Braun gegen Mittag angerufen hatte, um ihr ihren neuen Fall zu unterbreiten. Zwar war es weit interessanter, in einem Mordfall zu ermitteln, als den Serienbetrüger einer Versandhauskette zu verfolgen, aber gerade heute war ihr nicht nach Kommunikation zumute. Allerdings ging es ihr inzwischen besser als am Vormittag. Das Laufen hatte ihr gut getan, und sie hatte sich emotional wieder einigermaßen im Griff. Dennoch steckte ihr die unruhige Nacht immer noch in den Gliedern, und sie fühlte sich in ihren Jeans und dem alten grauen Kapuzenpullover auch nicht nach einer Dienstbesprechung, mit der sie am Sonntag auch nicht hatte rechnen müssen. Sie trug kein Make-up und hatte ihre Haare lediglich zu einem nachlässigen Knoten aufgebunden, was ihr jetzt peinlich auffiel.

Sie mochte unglücklich sein, aber eitel war sie trotzdem. Zudem bemühte sie sich stets, wenigstens im Dienst ihr privates Unglück nicht noch durch eine ungepflegte Erscheinung zu unterstreichen. Nichts hasste sie mehr, als bemitleidet zu werden. Dementsprechend schminkte sie sich an jedem Tag der Woche und achtete peinlich genau auf ihre Garderobe, um immerhin äußerlich Haltung zu bewahren.

Als die beiden Beamten ihren Besuch angekündigt hatten, war sie verärgert gewesen, dass sie nicht einmal einen Lippenstift, geschweige denn Wimperntusche dabeihatte. Sie hatte lediglich ihre störrischen Locken hochstecken können, was den jämmerlichen Gesamteindruck ihrer Meinung nach nicht wettmachen konnte.

Sie wusste jetzt schon, dass der Hauptkommissar sie mit einem besorgten Papa-Blick mustern würde. Die Tatsache, dass er seinen gut aussehenden Kollegen im Schlepptau hatte, den sie zwar nicht sonderlich mochte, vor dem sie aber dennoch nicht als Vogelscheuche dastehen wollte, machte es nicht besser.

Hubert war mit einem Satz an der Tür und begrüßte Braun schwanzwedelnd, als sie eintraten.

»Hallo, Frau Lorenz«, sagte Braun herzlich und fuhr Hubert über das struppige schwarze Fell. Wie immer fand er, dass die riesige Promenadenmischung aus Bernhardiner, Neufundländer und wer weiß was noch mehr einem Kalb als einem Hund ähnelte.

Als Hubert kritisch Bendts Bein beschnupperte, meinte Braun augenzwinkernd: »Ihr Hund hat Menschenkenntnis, stelle ich fest.«

»Aber Geschmack hat er keinen«, gab Bendt grinsend zurück, »denn er scheint dich zu mögen.«

Hauptkommissar Braun ersparte es sich zurückzufrotzeln und wandte sich wieder Anna zu. »Was machen Sie hier schon wieder am Wochenende?«, fragte er mit gespielter Strenge.

»Einer muss ja wohl auf Sie warten«, antwortete sie schlagfertig.

Er lächelte nachsichtig. Obwohl sie sich nach außen hin fröhlich gab, sah Braun sofort, dass es ihr nach wie vor schlecht ging. Er kannte sie jetzt schon eine ganze Weile und arbeitete gern mit ihr zusammen. Sie war intelligent und engagiert und stets hilfsbereit, wenn sie einen Staatsanwalt brauchten, der bereit war, auch außerhalb der Zuständigkeitsregelung einzuspringen und eine Entscheidung zu treffen.

Er schätzte sie jedoch nicht nur als Juristin, sondern mochte sie auch als Mensch. Ihr Schicksal berührte ihn. Vielleicht lag es daran, dass er sich selbst an den Gedanken gewöhnen müsste, irgendwann Opa zu werden, und sie ihn an seine Töchter erinnerte, wenngleich sie auch älter war. Er hatte sich aufrichtig für sie gefreut, als sie ihm strahlend von dem nahenden Mutterschutz berichtet hatte, und sich erlaubt, anerkennend über den im fünften Monat schon recht stattlichen Bauch zu streicheln.

Sie hatte mit jeder Pore den Optimismus und die Freude einer Frau ausgestrahlt, die vor dem Beginn des Abenteuers »Mutter werden« steht. Soweit er wusste, hatte sie das Kind nur wenige Wochen darauf zur Welt bringen müssen, ohne dass es eine Chance gegeben hätte, das Leben des Babys zu retten.

»Sie haben Kaffee gekocht«, stellte Bendt mit Blick auf die gurgelnde Kaffeemaschine fest und riss Braun so aus seinen Gedanken.

»Wie gesagt, ich habe auf Sie gewartet«, antwortete sie lächelnd und schenkte jedem von ihnen einen großen Becher ein.

Bendt sah sich in ihrem Büro um, während Braun Anna einen Überblick über den Tathergang und die bisherigen Ermittlungsergebnisse lieferte.

Sie hat sich im Vergleich zu den meisten anderen Kollegen richtig nett eingerichtet, dachte Bendt anerkennend.

Anna hatte das gesamte Behördenmobiliar ausnahmslos durch eigene Möbel ersetzt. An der Rückwand des Zimmers hatte sie ein breites, nahezu bis zur Decke reichendes weißes Bücherbord aufgestellt, in dem ihre juristischen Bücher und einige Aktenordner aufgereiht waren. Er und Braun hatten in mintfarbenen Schalenstühlen Platz genommen, die hervorragend zu dem über Eck verlaufenden großen Glasschreibtisch passten, an dem sie ihnen in einem dunkelblauen Drehstuhl gegenübersaß. Aufmerksam verfolgte sie Hauptkommissar Brauns Ausführungen und machte sich hier und da Notizen.

Ihr Gesicht sah grau aus. Es stand irgendwie in einem traurigen Kontrast zu den leuchtenden Farben und den überwiegend in Orange und Gelb gehaltenen Tönen des hinter ihr an der Wand hängenden großformatigen Druckes, dessen Urheber Bendt unter den Impressionisten vermutete.

»Gibt es weitere Tatortfunde?«, wollte Anna wissen, nachdem Braun von den erbrochenen Knochenresten berichtet hatte, die mutmaßlich von dem Hund des Opfers stammten.

»Wir haben zweierlei«, antwortete er, »das interessant sein könnte. Zum einen eine Zigarettenkippe, die in der Nähe des Fundortes der Leiche im Gehölz aufgefunden wurde. Es ist angesichts der Nähe zum Tatort zumindest möglich, dass diese vom Täter stammt.«

Anna nickte. »Haben Sie eine DNA-Probe, die sicher dem Beschuldigten zugeordnet werden kann?«, forschte sie weiter.

Die Reaktion Alexander Jensens auf die Anwesenheit der Kripobeamten im Haus der Ermordeten hatte Anna sehr erstaunt. Es gab bisher mit Ausnahme seiner Flucht keinerlei wesentlichen Indizien, die ihn belasteten. Er hatte sich durch sein Fluchtverhalten selbst von der Rolle des Zeugen in die Rolle des Beschuldigten katapultiert. Allein der Umstand, dass es Freitagnacht, und damit nach dem vorläufigen Befund der Gerichtsmedizin nur wenige Stunden vor der Tat, zum Streit gekommen war, vermochte Alexander Jensen nicht wesentlich zu belasten. So wie es Hauptkommissar Braun geschildert hatte, war es nach Aussage der Nachbarin nicht ungewöhnlich, dass es zwischen Jensen und dem Opfer Streit gegeben hatte.

»Wir haben in der Wohnung des Opfers«, berichtete Braun weiter, »die wir direkt vor unserem Besuch bei Ihnen untersucht haben, einige Zigarettenkippen und einen Rasierapparat mitgenommen, der Jensen gehören dürfte.«

»Ich beantrage gleich morgen einen Beschluss für eine molekulargenetische Untersuchung«, sagte Anna und nahm damit eines der Anliegen des Hauptkommissars vorweg. »Dann wissen wir vielleicht schon in Kürze, ob Jensen am Tatort war.«

»Wir haben noch einen ungewöhnlichen Fund gemacht«, fuhr Braun mit seinem Bericht fort. »Die Spurensicherung hat im Gehölz einige Hundert Meter vom Fundort der Leiche entfernt einen abgenagten Knochen gefunden.«

Annas Blick verriet, dass sie die Knochenreste eines Tierkadavers im Wald nicht für besonders ungewöhnlich hielt.

»Kein Kaninchenknochen oder Ähnliches«, beantwortete Braun kopfschüttelnd ihre unausgesprochene Frage. »Der Knochen muss von einem weit größeren Tier stammen. Zudem fanden sich daran auf den ersten Blick keinerlei Tierhaare oder dergleichen.«

Anna überlegte kurz, bevor sie versuchte, Brauns Gedankengang zu rekapitulieren. »Sie meinen«, sagte sie dann, »der Täter könnte zur Ablenkung des Hundes, der nach wie vor nicht auffindbar ist, einen Rindsknochen oder so etwas zum Tatort mitgenommen haben?«

Der Kommissar nickte anerkennend darüber, dass sie diese Möglichkeit sofort in Betracht zog.

»Könnte aber auch Zufall sein«, schaltete sich Bendt jetzt erstmals aktiv in die Unterhaltung ein.

»Natürlich«, sagte Anna ironisch, »wir können nicht ausschließen, dass Hase und Igel ein Grillfest veranstaltet und vorher bei Aldi Rindswürste und Lammkoteletts eingekauft haben.«

»Kommt ja jeden Tag vor«, griff Hauptkommissar Braun den Witz auf und musste herzhaft über Bendts bedröppelte Miene lachen. Er freute sich, dass seine Kollegin trotz der Trauer ihre Schlagfertigkeit und ihren Humor nicht eingebüßt hatte.

Bendt dagegen ärgerte sich. Wenn sie ihm auch wegen ihrer persönlichen Tragödie, von der Teddy ihm berichtet hatte, leidtat, so hielt er sie dennoch für maßlos arrogant.

»So hab ich das nicht gemeint«, verteidigte er sich mürrisch. »Schließlich ist es ja durchaus möglich, dass es andere Erklärungen dafür gibt, warum man auf den ersten Blick keine Tierhaarreste fand.«

Anna schenkte ihm ein abschätziges Lächeln und wandte sich wieder seinem Chef zu. »Wenn der Knochen tatsächlich aus einem Supermarkt stammt«, fuhr sie fort, »spräche das wohl eher gegen eine Täterschaft von Jensen.«

Braun nickte. »Daran habe ich auch gedacht«, bestätigte er. »Der Hund ist ihm vertraut. Weshalb sollte er ihn also in dieser Form ablenken müssen?«

»Das ändert aber dennoch nichts an dem dringenden Tatverdacht gegen Jensen«, warf Bendt etwas zu eifrig ein.

»Natürlich nicht«, sagte Anna mit einem leicht genervten Unterton und blickte ihn mit ihren großen dunklen Augen eindringlich an, »Sie kriegen ja auch Ihren Haftbefehl«, fügte sie dann gnädig hinzu.

Sie spricht mit mir wie mit einem begriffsstutzigen Praktikanten, dachte Bendt wütend.

Ihre Arroganz ärgerte ihn. Es war das erste Mal, dass er enger mit ihr zusammenarbeiten sollte, und ihr Verhalten bestätigte den Eindruck, den ihm andere Kollegen geschildert hatten. Sie gab sich stets sehr distanziert. Anders als andere Kollegen erschien sie nur selten zu den jährlichen Sommerfesten der Kripo. Sie trank dann allenfalls ein Glas Wein, sprach nie über persönliche Dinge, sondern blieb zumeist bei dienstlichen Themen und verabschiedete sich schon nach kurzer Zeit wieder. Sie vermied grundsätzlich, wie es bei anderen Kollegen durchaus üblich war, sich mit jüngeren Beamten der Kripo zu duzen oder private Kontakte zu knüpfen. Sie war höflich und gab sich verbindlich, wirkte aber immer unnahbar und kühl. Offensichtlich hielt sie sich aufgrund ihres Studiums für etwas Besseres.

Sie sah ziemlich gut aus, das war allerdings nicht zu leugnen. Ihre langen Beine, die hohen Wangenknochen und das schmale Gesicht gefielen ihm. Die Mischung aus Melancholie und Strenge in ihren Augen dagegen flößte ihm Respekt ein.

»Warum muss eine junge Frau, die in der Altstadt wohnt und morgens wunderbar an der Trave joggen könnte, unbedingt in das Lauerholz hinausfahren?«, fragte Anna.

Hauptkommissar Braun zuckte mit den Schultern. Auch er hatte sich diese Frage bereits gestellt. Am Kanal und an der Trave waren ständig unzählige Jogger und Spaziergänger mit Hunden unterwegs.

»Ihre Mutter sagte uns, dass sie die Fahrt zum Wald in Kauf nahm, um Beißereien ihres Hundes mit anderen Rüden aus dem Weg zu gehen«, sagte Bendt.

Anna nickte. Das nordöstlich an das Lübecker Stadtgebiet angrenzende Waldgebiet war mit seinen über neunhundert Hektar riesig und bot hinreichend Möglichkeiten, ungestört spazieren oder laufen zu gehen. »Apropos, gibt es schon etwas Neues zu dem Hund?«, fragte sie, während sie unter dem Schreibtisch ihre Beine in die andere Richtung übereinanderschlug, als bemerke sie, dass Bendt sie musterte.

Hauptkommissar Braun schüttelte den Kopf.

»Ungewöhnlich«, sagte Anna nachdenklich und gab ihrem sofortigen Bedürfnis nach, Hubert zu streicheln, der sich unter ihrem Schreibtisch ausgestreckt hatte.

»Wir werden den Förster befragen und weiter nach ihm Ausschau halten lassen«, sagte Braun. »Wir werden den Streuner schon erwischen.«

Anna nickte besorgt. Das Schicksal des Hundes rührte sie ersichtlich.

»Ich glaube, wir sind für heute fertig«, sagte Bendt entschlossen und überreichte ihr eine vorläufige Ermittlungsakte, in der sich im Anhang die Tatortfotos befanden.

»Ich beantrage die erforderlichen Beschlüsse«, gab sie zurück, während sie in der Akte blätterte. Sie schrak zusammen, als sie versehentlich die Anhangmappe mit den Bildern aufschlug. Obwohl sie seit sieben Jahren Staatsanwältin war, bereitete es ihr noch immer größte Schwierigkeiten, sich Tatortfotos und bebilderten Obduktionsberichten zu widmen. Sie unterdrückte den Impuls, die Akte zuzuschlagen, weil sie sich vor dem jungen Möchtegern-Schimanski keine Blöße geben wollte.

»Furchtbar, nicht wahr?«, sprach Braun jedoch ihre Gedanken aus.

»Entsetzlich jung«, fügte Anna hinzu, während sie die Akte wieder zuklappte und sich erhob, um sich zu verabschieden.

»Nochmals danke«, sagte der Hauptkommissar, »dass Sie sich heute die Zeit genommen haben.« Er erhob mahnend den Finger. »Aber Sie bleiben nicht mehr zu lange hier, es ist schließlich Sonntag.«

»Keine Angst«, antwortete sie. »Am Wochenende immer nur das Nötigste.«

Braun ließ seinen Blick über den Stapel der Akten neben ihrem Schreibtisch schweifen, bevor er ihr wieder in die dunklen Augen sah, in denen so viel Trauer lag. Natürlich wusste er, dass sie log. Im Ausgangsfach lagen bereits die bearbeiteten Unterlagen für den Folgetag. Er hatte zudem selten ein Büro gesehen, in dem so wenige Akten herumlagen wie in diesem. Es schien nicht die geringste Notwendigkeit für sie zu geben, das Wochenende im Büro zu verbringen.

»Manchmal sollte man auch etwas anderes tun, als zu arbeiten«, gab er vielsagend zu bedenken. Es brach ihm das Herz, zu sehen, dass sie sich so sehr in die Arbeit stürzte.

Sie wirkt genauso einsam und verlassen wie der im Wald herumstreunende Hund des Opfers, dachte er. Am liebsten hätte er sie mit nach Hause genommen und seine Frau gebeten, ihr heißen Kakao einzuflößen und sie zu trösten. So mancher Kummer seiner Töchter war vor dem heimischen Kachelofen auf diese Weise gelindert worden.

Anna wich seinem Blick aus. »Wir sehen uns«, sagte sie dann mit einem Lächeln.

»Ja«, antwortete Hauptkommissar Braun. »Hoffen wir, dass wir den Täter schnell kriegen.«

Sie verließen das Büro, und Anna war wieder allein.

7. KAPITEL

»Ich bin gleich bei dir«, beantwortete Oberstaatsanwalt Tiedemann die Rufe seiner Tochter aus dem Badezimmer. Der täglichen Routine folgend, hatte er sich angezogen, während sie unter der Dusche war. Beim Zuknöpfen seines Hemdes stellte er ärgerlich fest, dass schon wieder einer der Knöpfe fehlte. Die Unachtsamkeit, mit der man in der Reinigung mit seinen Sachen umzugehen schien, verärgerte ihn zutiefst. Er streifte das Hemd wieder ab und suchte im Schrank nach einem neuen. Schließlich nahm er ein weiteres weißes Oberhemd von der Stange und zog es über, während er über den Flur zum Badezimmer ging.

»Mann, ich erfriere!«, vernahm er erneut ihre Stimme, während er die Tür öffnete.

»Bin ja schon da«, beschwichtigte er sie und schob den Rollstuhl zur Seite, um besser an die Duschwanne herantreten zu können. Er griff nach den beiden Frotteehandtüchern auf der Heizung und öffnete die ebenerdig angebrachte Duschkabine. Sie saß, den Rücken an die Wand gepresst, auf dem weißen Klappsitz. Zwei weiße Silikonschalen an der Wand stützten ihren Brustkorb und gaben ihr zusätzlich Halt. Sie blickte ihm voller Ungeduld entgegen.

»Wo bleibst du denn?«, jammerte sie beleidigt. »Mir ist so kalt!«

Mit der linken Hand hatte sie den auf Sitzhöhe angebrachten Wasserhahn abgedreht.

»Hättest ja noch einen Moment das Wasser anlassen können«, gab er zurück, während er ihr das eine der Handtücher in die rechte Hand gab. Dann bückte er sich und frottierte ihre muskellosen dünnen Beine und trocknete ihr Haar.

Sie bestand darauf, ihren Oberkörper, so gut es ging, selbst abzutrocknen. Sie bestand darauf, alles allein zu tun, was irgendwie ging. Schließlich war sie fast sechzehn Jahre alt.

Mühsam hob sie ihren rechten Arm ein wenig und fuhr mit dem Handtuch über ihre Brüste und den Bauch. Als sie fertig war, was sie ihm mit einem ebenso mürrischen wie missbilligenden Blick zu verstehen gab, lehnte er ihren Oberkörper, den sie mit dem Handtuch bedeckte, über seinen linken Arm und frottierte mit der anderen Hand ihren Rücken, bevor er sie wieder aufrichtete.

»Das hätten wir«, sagte er. Sie gab kein Wort von sich. Er sah in ihre permanent trotzigen Augen, seufzte und hob ihren schlaffen Körper in den Rollstuhl.

»Hilf mir ein bisschen«, mahnte er sie. Eigentlich kam seit ein paar Wochen der Pflegedienst und half ihnen bei der Morgenroutine. Heute hatte der Dienst jedoch wie so oft angerufen, um mitzuteilen, dass der Zivildienstleistende sich wegen Personalmangels verspäte. Kein Grund für Sophie, nicht pünktlich um halb neun fertig zu sein. Allerdings ging es ihr dabei nicht, wie sie vordergründig behauptete, darum, pünktlich in der Schule zu sein. Sophie konnte nur den Gedanken nicht ertragen, dem Zivildienstleistenden, der sie täglich gegen halb neun abholte, unfrisiert gegenüberzutreten. Auf diese Aussicht hatte sie am Morgen derart hysterisch reagiert, dass Oberstaatsanwalt Tiedemann schließlich nachgegeben hatte.

Obwohl er sich von ihr mal wieder hatte anweisen lassen, sich für den Sitzungsdienst am frühen Morgen durch einen Kollegen vertreten zu lassen, schenkte sie ihm nicht einmal ein Lächeln.

Für Sophie schien es selbstverständlich zu sein, dass er rund um die Uhr für sie zur Verfügung stand. Ein Nein war für sie nicht akzeptabel. Er war selten in der Lage, ihr einen Wunsch abzuschlagen, und noch weniger vermochte er es, Verbote auszusprechen. Es lag an der Art, wie sie ihn ansah. Mit jedem ihrer Blicke klagte sie ihn an. Sie machte ihn dafür verantwortlich, nicht wie ein normaler Teenager aufwachsen zu können. Und er fühlte sich schuldig und ließ sie gewähren.

Sophie streifte umständlich ihre Unterwäsche über, und er stöpselte den Föhn ein. Sosehr sie es auch immer wieder verzweifelt versuchte, sie vermochte es gegenwärtig nicht, ihren rechten Arm hoch genug zu heben, um sich selbst die Haare zu föhnen und sich gleichzeitig mit der linken Hand zu frisieren.

Vor ein paar Wochen war sie beim Rollstuhlbasketball gestürzt und hatte sich das Schlüsselbein gebrochen. Dass sie ihren rechten Arm deshalb nicht vernünftig gebrauchen konnte, machte sie noch unselbstständiger und damit noch störrischer als sonst. Sie hasste es, sich von ihrem Vater helfen lassen zu müssen, und ließ ihn das auch spüren. Ansonsten kam sie verblüffend gut mit ihrer Behinderung zurecht und war den Umständen entsprechend selbstständig. Ihr Unfall hatte ihnen beiden jedoch vor Augen geführt, wie sehr sie in solchen Situationen doch auf Hilfe angewiesen war.

»Du musst sie mehr nach hinten kämmen«, kommentierte Sophie nun seine Bemühungen, ihre lockigen braunen Haare zu trocknen. Ihr Schopf schien so widerborstig wie sie selbst.

So wie sie ihn in dem rollstuhlgerecht angebrachten Spiegel ansah, glaubte er, dass sie ihn hassen, auf jeden Fall aber zutiefst verachten musste.

»Alle Teenager hassen ihre Eltern für eine gewisse Zeit«, hatte seine Kollegin Anna Lorenz zu ihm gesagt. »Das ist ganz normal. Machen Sie sich darum keine Sorgen.«

Er war sich nicht sicher, ob es wirklich normal war. Sicher war allerdings, dass er sich Sorgen machte und sich überfordert fühlte. Die meisten Menschen haben schon genügend Schwierigkeiten damit, einen gesunden Teenager zu erziehen, dachte er. Seine heftig pubertierende Tochter war für ihn ein Buch mit sieben Siegeln. Er hatte nicht die geringste Ahnung, wie er mit ihr umgehen sollte.

Und offensichtlich war sie in diesen Zivi verliebt oder schwärmte jedenfalls für ihn. Ein Typ, der aussah wie die Kreuzung aus einem Gespenst und einem Igel.

Der Gedanke, dass sie mit irgendeinem Jungen etwas anfangen könnte, war ihm eine Qual. Immerhin konnte Sophie, anders als andere Teenager, nicht allein durchbrennen. Das beruhigte ihn in gewisser Weise.

»Aua«, beantwortete sie unwirsch ein winziges Ziepen, das er beim Bürsten verursachte, und riss ihn so aus seinen Gedanken.

»Entschuldigung«, antwortete er, »aber ich verstehe dieses dauernde Haarewaschen auch nicht.«

Sophie schnaubte nur verächtlich und starrte weiterhin feindselig in den Spiegel, wobei ihm nicht klar war, ob sie nur ihn oder auch sich selbst nicht leiden konnte.

Sie war kein hässliches Mädchen. Woher auch? Die Ähnlichkeit mit ihrer Mutter war frappierend. Beate war eine schöne Frau gewesen. Obwohl sie noch lebte, verbot er sich, von ihr in der Gegenwart zu sprechen. Sie war Vergangenheit und für ihn gestorben – daran glaubte auch Sophie.

Beate hatte sie verlassen, als Sophie vier Jahre alt war. Sie hatte sich wie ein Verbrecher aus der Verantwortung gestohlen. Schlimmer als all jene, die ich im Alltag verfolge, dachte er voller Bitterkeit.

Erpresser, Räuber, Mörder und Diebe. Sie alle hatten ein nachvollziehbares Motiv. Meist ging es um Habgier, Rachsucht oder Hass. Es gab irgendetwas, was ihr Verhalten plausibel machte.

Beate hatte keines. Es konnte für eine Mutter keinen Grund dafür geben, ihr behindertes Kind zu verlassen. Und vor allem gab es keine Strafe für das, was sie ihnen angetan hatte. Und das war das Schlimmste von allem. Die Strafgewalt, für die er eintrat, kannte für dieses Verbrechen – und er hielt es für ein Verbrechen, seine Familie im Stich zu lassen – keine Sanktion.

Sie hatte sich bei Nacht und Nebel davongestohlen. Ihn und das Kind sitzen lassen. War einfach abgehauen und mit irgendeinem gewissenlosen Tunichtgut nach Südfrankreich durchgebrannt. Wie immer, wenn er an Beate dachte, verspürte er unsagbare Bitterkeit.

Er schaltete den Föhn aus.

»Wir sind noch nicht fertig!«, protestierte Sophie.

Er seufzte. »Die sind staubtrocken«, gab er zurück und hob wie zum Beweis eine Strähne hoch.

»Aber es sitzt nicht!«, nölte sie weiter. »Sieht doch scheiße aus.«

»Ich finde nicht einmal, dass es anders aussieht als vor dem Haarewaschen«, antwortete Tiedemann und hob in einer Geste der Ratlosigkeit die Schultern. »Ich finde, es sieht immer gleich aus.«

Das Klingeln an der Tür erlöste ihn von der weiteren Auseinandersetzung. Es war der Pflegedienst. Endlich konnte er ins Büro.

8. KAPITEL

»Sie ist so arrogant!«, schnaubte Ben verächtlich. Dann imitierte er Anna Lorenz' Stimme: »Ooooch, war Jensen schneller als Sie?«, säuselte er und schob seine Hand in den Nacken, als wolle er wie sie seine Haare zurückwerfen. »Glaubt man gar nicht, wo Sie doch Sportler sind!« Er schlug affektiert die Augen auf.

Bendt war gerade bei Anna Lorenz im Büro gewesen und hielt nun den Haftbefehl gegen Alexander Jensen in Händen. Durch Zufall waren sie noch einmal auf die Verfolgung von Alexander Jensen zu sprechen gekommen, und die Häme, mit der sie auf seine Versuche reagierte, sich für Jensens gelungene Flucht zu rechtfertigen, kränkte ihn. Hauptkommissar Braun hatte im Wagen gewartet, da Bendt trotz seiner immer noch schmerzenden Zerrung beteuert hatte, dass ihm der Weg in das Büro der Staatsanwältin keine Probleme bereiten würde.

Braun kugelte sich vor Lachen. »Ich versteh dich gar nicht«, sagte er dann. »Sie hat dir doch ein Kompliment gemacht!«

»Es ist nicht, *was* sie sagt«, gab Ben zurück, »sondern *wie* sie es sagt. Sie hat immer diesen leicht ironischen Unterton in ihrer affektierten Stimme!«

»Ich mag sie«, entgegnete Braun und sah Bendt, der wie meistens, wenn sie mit dem Auto unterwegs waren, am Steuer saß, von der Seite spitzbübisch an. »Und attraktiv ist sie allemal, oder etwa nicht?«

»Geht so«, gab Bendt betont desinteressiert zurück. »Leider nicht mein Typ.«

Hauptkommissar Braun gab lediglich ein bedeutungsschweres »Haha« von sich und grinste.

»Brauchst gar nicht so blöd zu grinsen«, sagte Bendt.

»Ich grinse blöd, aber unheimlich gern, musst du wissen.« Braun genoss die Unterhaltung sichtlich, während er sich in dem bequemen Autositz streckte und schmunzelte.

»Ich freu mich einfach«, sagte er dann.

»Ist ja schön«, seufzte Bendt ironisch und lenkte den Wagen die Neue Hafenstraße entlang. »Und worüber, wenn ich fragen darf?«

»Ich freu mich«, antwortete Braun, »dass ich so'n alter Sack bin und mir dich Vollidioten angucken kann.« Er seufzte einmal tief, zog die Schultern beim Einatmen hoch und ließ sie beim vernehmlichen Ausatmen wieder fallen.

»Haha«, sagte er dann noch einmal, was Bendt unkommentiert ließ.

Schließlich erreichten sie das Cube, die kleine Bar, die direkt an der Untertrave lag.

Die Gerichtsmedizin hatte den Todeszeitpunkt für Sabrina Mertens inzwischen mit Bestimmtheit auf Freitag zwischen sieben und acht Uhr morgens festlegen können. Nach Auskunft ihrer Eltern war Sabrina am

Abend vor ihrem Tod vermutlich in der Bar gewesen, da es sich um ihr Stammlokal handelte. Donnerstags ging im Cube immer der Punk ab, wie Bendt sich ausgedrückt hatte, und so bestand eine hohe Wahrscheinlichkeit, dass Sabrina dort gewesen war.

Möglicherweise hatte das Geschehen am Donnerstagabend für Alexander Jensen, nach dem noch immer erfolglos gefahndet wurde, das Mordmotiv geliefert. Allerdings stand dieser bislang nicht zweifelsfrei als Täter fest, sodass die Kommissare allen Ermittlungsansätzen, die sich ihnen boten, nachzugehen hatten.

Nino Batini, der die Bar führte, war gerade dabei, eine Getränkelieferung zu kontrollieren, als Braun und Bendt ankamen. Ganz vertieft in seinen Lieferschein, stand er vor dem Getränkelaster und hakte die einzelnen Positionen mit einem Kugelschreiber ab.

Er blickte ihnen mit missmutiger Miene entgegen, als sie auf ihn zukamen.

»Moin.« Hauptkommissar Braun streckte ihm zur Begrüßung die Hand entgegen. »Mein Name ist Braun, das ist mein Kollege Herr Bendt«, erklärte er kurz. »Ich nehme an, wir haben heute Morgen miteinander telefoniert.«

Nino nickte. Er wies den Fahrer kurz an, die Getränke weiter abzuladen, bevor sie gemeinsam das Lokal betraten. Unangenehm beißender, kalter Rauch schlug ihnen entgegen, und Braun fragte sich wie schon so oft, was junge Leute eigentlich dazu veranlasste, ihre Freizeit in derartigen Lokalen zu verbringen.

Die Bar war relativ klein, und bei Tageslicht konnte

man erkennen, dass das Mobiliar und vor allem der weiße Anstrich der Wände schon ziemlich gelitten hatte. Die Rückseite des Bartresens war verspiegelt, um den Raum optisch ein wenig zu vergrößern. Durch die hellgrüne Neonbeleuchtung der mit Glasborden versehenen Rückwand erhielt die Bar den szenetypischen Charakter.

Braun überlegte, wie viele Alkoholflaschen wohl auf den nahezu bis zur Decke reichenden Borden Platz fanden.

Nino trat hinter den Tresen. Bendt und Braun setzten sich auf zwei der verchromten und mit Ledersitzen versehenen Barhocker, bevor Bendt das Gespräch eröffnete.

»Vielleicht haben Sie heute in der Zeitung von dem Mord im Lauerholz gelesen?«, fragte er und fuhr, ohne eine Antwort abzuwarten, fort. »Eine junge Frau ist erstochen worden. Wir vermuten, dass sie sich am Donnerstagabend in Ihrer Bar aufhielt.«

»Aha.« Ninos Gesichtsausdruck verriet Desinteresse. Er war allenfalls Mitte vierzig, sah aber, vom Nachtleben gezeichnet, älter aus. Seine etwas zu langen schmierigen Haare unterstrichen unverkennbar den Typ des gealterten italienischen Playboys. Bendt war überzeugt davon, dass Nino – wenn inzwischen vielleicht auch mit abnehmendem Erfolg – noch heute die eine oder andere seiner grundsätzlich extrem attraktiven Barmädels flachzulegen versuchte.

Bendt zog ein Porträtfoto der Verstorbenen aus der Tasche und legte es vor Nino auf den Tresen. Dieser blickte nur kurz auf das Bild und sagte dann: »Weiß ich nicht, ob die hier war. Kenn ich nicht.«

Bendt tippte energisch mit dem Finger auf das Bild und sah Nino scharf an, während er sich über den Tresen beugte. »Hör mal, Kumpel«, sagte er dann mahnend. »Dein Laden hier ist keine Massendisco – wie viele Leute kriegst du hier rein? Vielleicht vierzig, maximal fünfzig, wenn es ganz super läuft. Und du willst mir ernsthaft erzählen, dass dir da ausgerechnet diese tolle Biene, die hier Stammkundin war, nicht aufgefallen ist?«

»Die hätte ja sogar ich bemerkt«, mischte sich Hauptkommissar Braun ein und fügte augenzwinkernd in Ninos Richtung hinzu: »So alt, dass wir schon blind wären, sind wir beide doch nun auch noch nicht, oder?«

Nino ließ seinen Blick erneut widerwillig über das Bild wandern. »Mag sein, dass ich die hier das eine oder andere Mal gesehen habe«, sagte er dann ausweichend.

Bendts Miene brachte unmissverständlich zum Ausdruck, dass er mehr hören wollte.

»Kam meistens mit zwei anderen Schnecken hierher«, ergänzte Nino daraufhin. »Alle hübsch.«

»Geht doch«, fuhr Bendt zufrieden fort. »Und was war am Donnerstag?«

Jetzt beugte sich Nino ein Stück vor und fixierte seinerseits Bendt. »Hör mal, Meister«, zischte er. »Das ist hier keine katholische Klosterschule, sondern eine Bar, klar? Ich führ hier kein Buch darüber, wer hier ein und aus geht und vor allem nicht, wann, ja? Bei mir muss man sich weder an- noch abmelden.«

»Das ist allerdings sehr bedauerlich«, sagte Bendt.

Sie waren sich nun so nahe, dass sich ihre Nasen fast berührten. Mit gesenkter Stimme fuhr Bendt fort: »Wenn hier nämlich Buch geführt würde, könnte man nämlich sicher sehen, dass das eine oder andere Mädchen, das hier ein und aus geht, noch unter sechzehn ist.«

»Eben«, seufzte jetzt Hauptkommissar Braun gelangweilt. »Und solche Razzien sind ja auch eher schlecht fürs Geschäft.« Interessiert musterte er seine Fingernägel, als wolle er die Beiläufigkeit seiner Äußerung unterstreichen.

»Stimmt«, pflichtete Bendt seinem Kollegen bei. »Das kann so einen Abend ganz schön kaputt machen.«

»Ich sag euch, was das Geschäft kaputt macht!«, schnaubte Nino. »Wenn mir die Presse hier auf den Pelz rückt und morgen in der Zeitung steht, dass das Schneckchen ihren Mörder im Cube kennengelernt hat! Vielleicht wird die Geschichte dann noch schön garniert mit einer Analyse des immer schlechter werdenden Publikums bei mir, und dann kann ich meine Bude zumachen! Ist eh schwer genug, mein Geschäft. Heute ist dein Laden top und morgen ein Flop.«

»Ist schon ein schweres Schicksal, das du da trägst«, sagte Bendt ironisch. »Aber vielleicht kannst du ein gewisses Verständnis dafür aufbringen, dass wir die Ermittlungen in diesem Mordfall nicht zum Schutz deiner vollen Kassen einstellen können?«

»Schon gut«, winkte Nino ab. »Ich hab sie gesehen am Donnerstag. Sie war mit den zwei anderen Mädchen hier. Hab aber keinen Namen.«

Bendt sah ihn erneut scharf an.

»Ehrlich nicht«, beteuerte Nino und unterstrich seine Äußerung, indem er seine Hände gen Himmel streckte.

»Haben die Mädchen mit jemandem gesprochen?«, forschte Bendt weiter. »Mit irgendwelchen Typen vielleicht, die du kennst?«

»Leute«, Nino verdrehte die Augen, »ich habe eine Bar, klar? Ich bin nicht der Gesprächsleiter eines Debattierclubs. Hier war wie immer die Hölle los. Da hab ich echt keine Zeit, mir zu merken, wer hier mit wem blöde rumquatscht.«

Bendt ließ nicht locker. »Solche Mädels«, sagte er, »werden doch garantiert permanent angesprochen.«

»Logisch!«, rief Nino ungeduldig. Seine in Falten gelegte Stirn dokumentierte deutlich, was er von Polizeibeamten hielt.

»Natürlich werden die angequatscht«, wiederholte er dann. »Solche Schnitten brauch ich hier auch, sonst kämen ja die Kerle nicht. Das waren alles echte Sahneschnitten.« Er küsste die Fingerkuppen seiner rechten Hand, bevor er fortfuhr. »Echt knackig und frisch und immer appetitlich verpackt, die Girls.«

»Und«, Bendt hob die Brauen, »wie haben sich die Sahneschnitten so benommen?«

Nino stützte jetzt beide Ellenbogen auf den Tresen und verdrehte die Augen. »So«, setzte er an, »wie sie es alle tun. Sehen aus, als wollten sie einen Aufriss machen, und wenn einer sie anquatscht, tun sie so, als hätte man sie auf der Couch beim Fernsehen gestört.«

»Kann das ein alter Mann wie ich ein bisschen genauer hören?«, fragte Hauptkommissar Braun dazwischen.

»Also«, fuhr Nino fort. »Wenn die Mädels einer gefragt hat, ob es sie stört, wenn er raucht, dann haben die geantwortet, dass es sie nicht mal stört, wenn er brennt, okay?«

Der Hauptkommissar konnte sich ein Schmunzeln nicht verkneifen.

»Sie hier«, Bendt deutete auf das Bild, »soll aber kein Kind von Traurigkeit gewesen sein.«

»Mag sein«, gab Nino zurück, »aber dann musste auch schon einer aussehen wie James Dean, und der ist eben nicht jeden Donnerstag dabei.«

»Völlig klar«, antwortete Bendt. »Wie stand es denn nun an diesem Donnerstag? Was Interessantes?«

»Da ist so eine Bohnenstange um die Mädels rumgeschlichen«, antwortete Nino. »Hat mich genervt, weil er sich den ganzen Abend an einem Bier festhielt. Ansonsten haben die getanzt, was weiß ich, mit wem.«

Bendts Blick war zu entnehmen, dass er Nino nicht glaubte.

»Is' so!«, bekräftigte dieser jedoch seine Äußerung, und Bendt wusste, dass es wenig sinnvoll war, weiter nachzuhaken.

»Okay«, sagte er darum. »Wenn dir noch was einfällt«, er reichte ihm eine Visitenkarte, »weißt du, wo du uns findest.«

»Ist schon möglich«, schaltete Hauptkommissar Braun sich nochmals ein, »dass wir Ihre Bedienung noch mal befragen wollen. Wäre also nett, wenn Sie uns die Personalien aufschreiben könnten.«

»Muss ich raussuchen«, gab Nino zurück. »Hab ich jetzt nicht hier, muss ich erst ins Büro.«

»Macht nichts«, sagte Bendt resigniert. »Dann werd ich mich morgen melden.«

Nino beobachtete die Kommissare durch das Fenster, während sie zum Wagen gingen. Christoph hatte genug Ärger mit den Bullen und war mit Sicherheit kein Mörder. Warum also seinen Namen rausrücken?

9. KAPITEL

Alexander Jensen schnippte eine weitere Zigarettenkippe in den See. Er blickte auf das Wasser und verfolgte den Weg der Kippe, die im friedlichen Takt der Wellen davonschwappte. Der Steg, auf dem er saß, reichte bis weit in den Müritzsee.

Hinter ihm lag das zum Ferienhaus umgebaute ehemalige Bootshaus. Die auf Pfählen errichtete Hütte der Eltern seines Freundes Sebastian war vor wenigen Wochen winterfest gemacht worden. Er hatte geholfen, das Segelboot ins Winterquartier zu bringen, und war deshalb sicher, dass Sebastians Eltern das Haus in den kommenden Monaten bestimmt nicht nutzen würden. Überdies gab es auch für die Polizei keine Anhaltspunkte, ihn hier zu vermuten.

Die Hütte lag relativ abgelegen mitten im dichten Schilfgras, und er hätte sich an der winterlichen Idylle erfreuen können, wenn die Angst ihm nicht gnadenlos im Nacken gesessen hätte.

Jeder Einkauf, jeder Schritt in die Öffentlichkeit bedeutete Gefahr. Soweit erforderlich, holte er das Fahrrad aus dem Schuppen, um in den umliegenden Supermärkten das Nötigste einzukaufen. Den Wagen konnte er nicht nehmen, denn das Risiko, seinen Aufenthaltsort anhand der Nummernschilder zu ermitteln, erschien ihm zu hoch.

Er benötigte Zeit, um eine Entscheidung treffen zu können. Auf seiner Flucht hatte er zunächst die Autobahn in Richtung Norden genommen, seinen Wagen vollgetankt und an einem Geldautomaten fünfhundert Euro abgehoben, bevor er an der nächsten Abfahrt gewendet und die Fahrtrichtung geändert hatte. Dementsprechend würde man ihn, solange er seine EC-Karte nicht mehr benutzte, nicht in Richtung Osten vermuten, hoffte er.

Heute waren nur wenige Wolken am Himmel, und er blickte auf die vereinzelten Segelboote, die in der Wintersonne über den See schipperten.

Bruno lag lang ausgestreckt neben ihm. Der Hund hatte sich einigermaßen erholt und sogar erstmals wieder ein paar Bissen zu sich genommen. Dennoch war er immer noch sehr schwach und döste seit Stunden vor sich hin.

Alexander Jensen kraulte ihm liebevoll das Fell, während er mit angezogenen Beinen auf dem Bootssteg hockte und darüber nachdachte, wann sein Leben schon einmal eine so verhängnisvolle Wendung erfahren hatte.

Mai 1993

Die Aula war bis auf den letzten Sitz gefüllt und alle – vor allem die Schülerinnen – jubelten schon, als die Jungs von »Your Way« nur ihre Gitarren stimmten. Es war das Ereignis des Jahres auf dem Hamburger Gymnasium Uhlenhorst-Barmbek.

»Your Way« war die legendäre Schulband, und da drei ihrer Mitglieder zum Abitur-Jahrgang zählten, war klar, dass die Band auf dem Abschlussfest spielte.

Alex lehnte cool an einer der Säulen im hinteren Teil der Aula und trank sein Bier. Es ging ihm gut. Es ging ihm sogar verdammt gut. Thomas und Mathias hatten nicht schlecht gestaunt, als er mit dem Golf Turbo Diesel seines Bruders auf dem Schulparkplatz vorgefahren war.

Stolz hatte er verkündet, dass dies schon in Kürze seine eigenen Schüssel sein würden. Sie hatten den Wagen mehrfach umkreist, und Mathias hatte anerkennend durch die Zähne gepfiffen, während sie sich gegenseitig abklatschten: »Hey, Mann«, »Cool, Mann«, »Alles klar, Mann«.

Er hatte eine ganze Menge Leute begrüßt und stand anschließend so lange wie möglich lässig an die offene Fahrertür gelehnt, während er mit seiner neuen Ray-Ban-Sonnenbrille herumspielte. Ihm war bewusst, dass er in seiner kurzen Fliegerjacke aus Leder und den Stiefeln von La Scarpa unendlich cool aussah. He was the king of the road. *Die Welt lag ihm zu Füßen.*

Der Wagen war aber nicht das Beste. Das Beste war Christina. Er hatte sie und ihre Schwester zu Hause abgeholt. Christina hatte neben ihm auf dem Beifahrersitz gesessen. Sie hatten Musik von Depeche Mode gehört und an den Ampeln wild herumgeknutscht. Dass die zwei Jahre jüngere Claudia hinten saß, war ihm total egal gewesen. Christina war das *Mädchen der Stufe zwölf. Sie war eine absolute Traumfrau, und seit drei Wochen ging er ganz offiziell mit ihr.*

Als die Band anfing zu spielen, löste sich Alex von seinem

Platz an der Säule und schlenderte durch die Menge in Richtung Bühne. Ihm war, als würde das Publikum für ihn extra eine Schneise bilden. Er warf hier und da zur Begrüßung ein »Hey, Mann, was geht ab?« in die Menge und bahnte sich selbstbewusst seinen Weg zu ihr – zu Christina.

Sie hatte einen guten Platz relativ weit vorn an der Bühne ergattern können und kicherte dort mit ihren Freundinnen herum. Sie klangen wie Hühner auf einem Bauernhof, fand er, aber es störte ihn nicht. Christina war trotzdem süß.

Er stellte sich hinter sie und legte lässig seine linke Hand um ihre schmale Taille, selbstverständlich ohne das Bier aus der Hand zu legen. Sie lehnte sich an ihn, und beide wippten gemeinsam im Takt der Musik hin und her.

Die Band war der Hammer. Der Leadsänger gehörte zum Abitur-Jahrgang und war der Älteste des Jahrgangs. Er wollte Musiker werden, und die Mädchen fuhren extrem auf ihn ab. Blond, blaue Augen, Surfertyp – das mochten sie. Der Typ hieß Robert, wurde aber natürlich Robbie genannt. Alex fand ihn insgeheim ziemlich zum Kotzen, aber die Musik gefiel ihm trotzdem.

Die Band spielte »My heart for you«, und viele zündeten ihre Feuerzeuge an und hielten sie mit gestreckten Armen in die Höhe. Alle sangen gemeinsam, und im Glanz der Lichtpunkte erschien ihm die Aula plötzlich nicht mehr wie ein Schulgebäude, sondern wie ein gigantischer Konzertsaal oder dem, was er sich darunter vorstellte.

Die Menge tobte, als das Lied zu Ende war. Robbie genoss den Beifall und heizte sein Publikum weiter an. Es war eine Riesenparty. Er zeigte mit dem Arm in die Menge und brüllte: »Seid ihr alle da?« Und sie antworteten: »Yeah!«

»Ich hab euch nicht gehört!«, schrie Robbie.

Und sie brüllten erneut »Yeah!«, und dann stimmte er für seine Stufe und die Zukunft, die vor ihnen lag, »We are the Champions« an, und alle sangen mit.

Bis zu diesem Punkt war Alexander Jensens Erinnerung klar. Alles, was danach folgte, schien begraben unter einem undurchsichtigen Schleier.

Irgendwann kam der Moment, in dem Robbie verkündete, dass er mit dem schönsten Mädchen der Schule tanzen wolle. Erneut zeigte er ins Publikum, und sein Finger und sein Blick trafen sie – Christina.

Zuerst fühlte Alex sich geschmeichelt, weil er anscheinend mit dem schönsten Mädchen der Schule zusammen war. Robbies Kompliment schien das Sahnehäubchen dieses unübertrefflichen Abends zu sein.

Aber dann spürte er, wie Christina von ihm abrückte und sich von Robbies Augen einfangen ließ. Sie blickte wie in Trance zu ihm auf. Ihre Wangen glühten. Die Blicke der ganzen Schule waren auf Alex gerichtet, jedenfalls empfand er es so. Und dann fragte Robbie: »Willst du zu mir raufkommen?«

Ohne sich auch nur umzublicken, ging Christina auf die Bühne zu und ergriff Robbies Hand, während sie hinaufstieg.

Die Menge tobte. Die Mädchen kreischten total hysterisch los, als die Band wieder zu spielen begann. Die Bässe hallten dumpf in Alex' Brust wider, während er zu ihnen hinaufblickte.

Er steckte sich eine Prince an und trank einen Schluck

Bier, dankbar, sich an etwas festhalten zu können. Er versuchte, so unbeteiligt es ging in die Menge zu blicken. Es war eine Mischung aus Neugier und Amüsement, die ihm entgegenschlug. Christina war auf der Bühne. Robbie hielt ihre Hand, und dann sang er eine Coverversion von »Christine«.

Sie stand einfach nur da. Hilflos, hypnotisiert, unendlich schön.

Als das Lied zu Ende war, half Robbie ihr wieder von der Bühne. Sie blieb ganz vorn, blickte sich nur einmal kurz nach Alex um. Er vermochte nicht in ihren Augen zu lesen, was sie dachte. Es stand nichts darin. Keine Schuld, keine Entscheidung, nichts. Sie kehrte auch nicht zu ihm zurück, sondern ließ sich wieder von Robbies Blick einfangen.

Alex bewahrte Haltung. Er kehrte, so souverän es ging, zu seiner Säule zurück und gab sich cool. Noch blieb abzuwarten, was geschehen würde. Bis jetzt hatte Robbie nur eine Show geliefert, und es stand keinesfalls fest, dass er wirklich etwas von Christina wollte. Die Erkenntnis, dass es allein Robbie war, der darüber entscheiden würde, ob Alex in Christinas Welt weiterhin existieren durfte, grub sich wie ein giftiger Pfeil mitten in sein Herz.

Es galt zunächst, sich keine Blöße zu geben. Er trank noch ein Bier.

Als die Band aufhörte zu spielen, verschwand Christina mit einem Pulk von Mädchen aufs Klo. Sie mied ihn, wich ihm aus.

Er unterhielt sich mit den Jungs. Sie kommentierten das Geschehene nicht. Ihm blieb keine andere Möglichkeit, als abzuwarten und hier und da nach Christina und Robbie Ausschau zu halten.

Letzteren sah er vereinzelt in der Menge und an der Bar auftauchen. Christina sah er nicht.

Um zwölf machte er sich auf die Suche nach ihr. Es war eine laue Sommernacht, und viele Schüler standen draußen. Alex hielt sich an einem weiteren Bier fest und fand schließlich Claudia. Sie wusste angeblich nicht, wo ihre Schwester war.

»Ich fahr jetzt«, sagte er. »Wenn ihr mitwollt, kommt zum Parkplatz, sonst bin ich weg.«

»Wir müssen mit!«, antwortete sie schrill. »Meine Eltern sind sonst total sauer, du kannst uns hier nicht einfach stehen lassen.«

Sein Blick sagte ihr, dass er konnte.

»Ich such sie!«, sagte Claudia dann entschlossen. »Hau bloß nicht ab.« Sie verschwand.

Er ging zum Parkplatz. Logisch, dass auch dort Leute rumstanden. Nur dass es ihm jetzt nicht mehr so recht war, dass sie ihn anglotzten.

Er öffnete seinen Kofferraum und tat so, als müsse er an seinen Boxen herumbasteln. Eine Ewigkeit schien zu vergehen, bevor die beiden endlich auftauchten.

Sie sprachen zunächst nicht. Sie stiegen hinten ein, steckten ihre Köpfe auf der Rückbank zusammen und tuschelten. Es tat weh. Christina kicherte immer wieder, während er durch die Dunkelheit brauste. Er ließ den Motor an jeder Ampel vernehmlich aufheulen, um ihr Gackern zu übertönen.

»Wo warst du den ganzen Abend?«, fragte Alex sie dann.

Christina antwortete nicht.

Einer spontanen Eingebung folgend, fuhr er in Ham-

burg-Eidelstedt auf die Autobahn. Er brauchte eine Erklärung für ihr Verhalten.

»Sag mal, spinnst du?«, zickte sie ihn von der Rückbank an, und jetzt war es an ihm, nicht zu antworten. Stattdessen beschleunigte er und donnerte in Richtung Elbtunnel über die Autobahn. Es tat gut, so schnell zu fahren.

»Wo willst du denn hin?«, fragte sie jetzt schrill. »Fahr langsamer!«

Ihre Stimme klang ängstlich, und das gefiel ihm. Es verlieh ihm ein wenig Macht und schien ihm ein Stück seiner Würde zurückzugeben, die sie auf der Feier mit Füßen getreten hatte.

»Bist du jetzt mit diesem Typen zusammen oder was?«, fragte Alex statt einer Antwort.

Die Autobahn war nur gering befahren, und die Lichter der Autos, die er rechts liegen ließ, jagten an ihnen vorbei.

»Halt an, verdammt noch mal!«, rief Christina. Ihre Stimme überschlug sich fast. Er genoss es, zu sehen, wie sie vergebens auf der Rückbank nach einem Anschnallgurt tastete.

»Ob du mit dem Typen zusammen bist, will ich wissen!«, forderte er erneut eine Antwort und schaltete einen Gang zurück, sodass die Mädchen grob in ihre Sitze gepresst wurden.

»Weiß ich nicht«, gab sie zurück, und er spürte, dass sie fast heulte.

Sie durchquerten den Tunnel, und er schrak zusammen, als er plötzlich stark abbremsen musste, um einen Zusammenprall mit einem Lkw zu vermeiden, der beim Überholen eines Getränkelasters träge über seine Spur schlich.

Es bereitete ihm Genugtuung, zu sehen, wie die Mädchen auf der Rückbank instinktiv zusammenzuckten und die Hände vor das Gesicht schlugen.

»Du spinnst echt«, keuchte Christina. »Lass uns gefälligst aussteigen!«

»Gute Idee, mitten auf der Autobahn«, lachte Alex.

Er entschloss sich, in Meckelfeld abzufahren. Der Motor dröhnte, als er in den dritten Gang zurückschaltete und mit siebzig Stundenkilometern die Kurve der Ausfahrt nahm. Dann fuhr er ohne Ziel weiter. Sie passierten eine Ortschaft und gelangten auf die unbeleuchtete Landstraße.

»Keine Sorge«, sagte Alex, »Ich lass euch gleich raus.« Claudia schluchzte hilflos. Er drängte das in ihm aufkeimende Gefühl des Mitleids zurück und gab Gas. Christina hatte es verdient.

Die Bäume der Platanenallee, durch die sie fuhren, rasten an ihnen vorbei. In der Kurve schaltete er erneut zurück und nahm die scharfe Linkskurve mit so hohem Tempo, dass er um ein Haar hinausgetrieben wurde. Die Mädchen klammerten sich kreischend aneinander fest.

»Bist du mit ihm zusammen?«, brüllte Alex erneut.

»Ja«, schluchzte Christina kaum hörbar.

»Ich hab dich nicht verstanden!«, schrie er wütend.

»Ja!«, sagte sie jetzt etwas lauter. »Ich flehe dich an, fahr langsamer!«

»Ich hab Angst!«, fügte Claudia verzweifelt hinzu. »Wo fährst du denn überhaupt hin?«

Er wusste es selbst nicht und raste weiter ziellos durch die Nacht. Das Fahren löste den Schmerz und lieferte seinem Herzen ein Ventil.

Endlich machte er eine Vollbremsung und blieb stehen. »Okay, raus«, sagte er.

Claudia weinte verzweifelt. »Aber wir müssen doch nach Hause!«, schluchzte sie. »Ich darf sonst nie wieder mit Christina weggehen.«

Ihre Verzweiflung rührte ihn, aber er wollte die Situation noch einen kurzen Moment auskosten. »Christina raus, Claudia kann bleiben.«

»Mein Vater wird dich umbringen!« Christina war jetzt wieder ausschließlich sauer.

»Is mir scheißegal«, gab er zurück. »Raus, hab ich gesagt!«

Christina zögerte einen Moment, öffnete dann aber die Autotür. Im selben Moment fuhr Alexander mit quietschenden Reifen an. Er johlte auf, als sie in den Sitz zurückgeschleudert wurden.

»Du hast mir fast den Arm abgerissen!«, keifte sie ihn an, nachdem es ihr gelungen war, die Tür zu schließen. »Du hast doch 'ne Vollmeise«, fügte sie dann hinzu. »Nur gut, dass ich mit einem Idioten wie dir nicht mehr zusammen bin!«

Alex gab wieder kräftig Gas. »Im Moment schon«, sagte er überlegen und rang dem Wagen das Äußerste ab. Er tastete im Handschuhfach nach seinen Zigaretten.

Ein entgegenkommendes Fahrzeug hupte, als Alex' Fernlicht den Fahrer in der Kurve blendete. Rechts und links flitzten die Felder vorbei, und der Wagen holperte durch die vereinzelt auftretenden Schlaglöcher.

»Hier ist siebzig erlaubt, Mann«, sagte Christina.

Er schnaubte nur verächtlich und zündete die Zigarette an.

»Du bist echt so ein Spinner!«, sagte Christina verächtlich, und in ihrem Blick, den er im Rückspiegel auffing, lag tiefe Verachtung.

»Auch eine?«, fragte er und drehte sich, die Schachtel in der rechten Hand, zu ihr um, während er mit der Zigarette in der linken lenkte.

»Pass auf!«, waren die letzten Worte, die er in dieser Nacht vernahm. Danach erinnerte er sich nur noch an das bedrohlich zuckende Blaulicht und die heulenden Sirenen der Rettungsfahrzeuge.

Claudia Schulte starb am 24. Juni 1993 im Alter von fünfzehn Jahren bei einem tragischen Verkehrsunglück.

10. KAPITEL

Anna Lorenz schlug die Akte zum Verfahren gegen Alexander Jensen zu und schauderte. Der Bundeszentralregisterauszug, den sie über den Beschuldigten angefordert hatte, wies eine Jugendstrafe wegen fahrlässiger Tötung aus, weshalb sie am Vortag seine Akte aus dem Archiv angefordert hatte. Ihr war es nicht gelungen, die Unterlagen neutral wahrzunehmen. Beim Lesen standen ihr die Tränen in den Augen. Es nahm sie mit. Alles nahm sie in letzter Zeit so schrecklich mit.

Dabei war es wichtig, die Schriftstücke sachverständig zu lesen. Zu hinterfragen, welches Aggressionspotenzial in Alexander Jensen steckte. Die Beurteilung seiner Persönlichkeit und der Tatumstände aus dem Urteil herauszufiltern. Doch alles, was sie im Moment wahrzunehmen imstande war, war der Schmerz, den Christinas Mutter verspürt haben musste, als sie eines ihrer Kinder verloren hatte.

Anna legte die Akte auf die Fensterbank und griff nach einem Stapel anderer Verfahrensakten, entschlossen, sich mit ein paar einfachen Fällen wie Urkundenfälschung oder notorischen Schwarzfahrens abzulenken. Sie nahm einen tiefen Schluck aus dem Becher, der unberührt neben ihr stand. Der Tee war bereits kalt.

Die Haare zurückstreichend, atmete sie einmal tief durch, bevor sie das erste Schriftstück ergriff und zu arbeiten begann.

Oberstaatsanwalt Tiedemann huschte an ihrem Büro vorbei, blickte kurz herein und deutete auf die Robe über seinem Arm. Er war ersichtlich in Eile. Dennoch verweilte er einen Moment in der Tür.

»Ich bin spät dran«, erläuterte er mit einer hilflosen Geste. »Meine Tochter ...« Er verdrehte die Augen.

Anna lächelte verständnisvoll.

»Der Pflegedienst war wieder mal unpünktlich«, erklärte er sein eigenes Zuspätkommen.

»Sie machen sicher drei Kreuze, wenn Sophies Schlüsselbeinbruch verheilt ist«, sagte Anna lächelnd.

»Mit Sicherheit! Dann wird alles wieder etwas einfacher«, seufzte er.

Anna nickte nur.

»Ich weiß nicht, was ich mit diesem Kind machen soll«, bemitleidete er sich selbst. »Sie ist so verschlossen.«

»Sie ist fast sechzehn«, seufzte Anna. »Was erwarten Sie? Alle Kinder sind in diesem Alter so.«

Es behagte ihr nicht, dass sie in den vergangenen Wochen mehr und mehr zu seiner Ansprechpartnerin in Erziehungsfragen geworden zu sein schien. Oberstaatsanwalt Tiedemann fehlten offenbar private Kontakte. Er vergrub sich in seiner Arbeit und schien unglücklich zu sein.

Dabei besteht für ihn wenig Anlass dazu, dachte sie bitter. Er besaß in ihren Augen alles, was man sich wünschen konnte.

Der Oberstaatsanwalt hatte ein Kind. In seinem Leben gab es Sophie, und für Anna war es gänzlich unverständlich, dass er sich ständig dafür zu bedauern schien, dass sein Kind behindert war. Natürlich war es ihr klar, dass es für ihn als alleinerziehender Vater nicht einfach war. Aber in erster Linie war Sophie ein intelligentes Mädchen, und Anna war überzeugt, dass sie ihr Leben trotz der Behinderung gut meistern würde. Sicher, Sophie war in der Pubertät, aber statt diesem Umstand mit der nötigen väterlichen Gelassenheit und vielleicht auch mit etwas Humor zu begegnen, war er ständig am Stöhnen.

Natürlich war es nicht leicht, dass ihm bei der Erziehung keine Frau zur Seite stand und Sophie keine Mutter hatte. Jedenfalls keine, die präsent war. Nach allem, was Anna wusste, glaubte Sophie, ihre Mutter sei verstorben.

Vielleicht ist das besser, als immer mit der Frage leben zu müssen, warum man verlassen worden war, überlegte Anna. Sie war sich nicht sicher, ob man Sophie auf Dauer die wahren Umstände vorenthalten sollte, aber wahrscheinlich hatte Tiedemann recht, wenn er den augenblicklichen Zeitpunkt für nicht geeignet hielt, die Wahrheit zu offenbaren.

Das Klingeln des Telefons riss Anna aus ihren Gedanken. Kommissar Bendt war am Apparat.

»Guten Morgen, Frau Lorenz«, begrüßte er sie.

»Hallo, Herr Bendt, was gibt's Neues?«, fragte Anna.

Anders als bei den Gesprächen mit Hauptkommissar Braun hielt Anna sich bei Bendt nicht mit Höflichkeiten und Fragen nach seinem Befinden auf, sondern kam gleich zur Sache.

»Wir haben das Ergebnis der molekulargenetischen Untersuchung«, sagte er.

»Und? Alexander Jensen war am Tatort, stimmt's?«

»Korrekt«, sagte er. »Woher wissen Sie das?«.

»Das war zu vermuten«, gab sie zurück. »Wenn die Probe nicht zuzuordnen gewesen wäre, wäre die Nachricht keinen Anruf wert gewesen.«

»Es hätte ja auch sein können«, warf er ein, »dass die DNA-Probe von einem berüchtigten Massenmörder stammt.«

Seine Besserwisserei nervte Anna, weshalb sie den Einwurf überging. »Haben Sie sonst noch etwas Neues?«

»Bei den aufgefundenen Knochenresten handelte es sich tatsächlich um eine Lammkeule«, fuhr Bendt fort.

Sie verkniff es sich, erneut auf das mutmaßliche Grillfest der Waldbewohner hinzuweisen.

»Sie war mit Rattengift getränkt«, ergänzte er.

Auch wenn inzwischen vieles für Alexander Jensen als Täter sprach, wollte es Anna nicht recht einleuchten, weshalb ausgerechnet er den Hund hätte vergiften sollen.

»Vielleicht ein Ablenkungsmanöver?«, erriet Bendt ihren Gedanken.

»Vielleicht, wer weiß?«, antwortete sie. »War das alles, Herr Bendt, oder brauchen Sie noch irgendetwas von mir?«

Es war einen Moment still am anderen Ende der Leitung.

Anna wusste selbst nicht recht, weshalb sie so abweisend war.

»Hauptkommissar Braun hielt es für wichtig, Sie zu informieren«, sagte Bendt dann kühl. »Er meinte wohl, dass es Sie interessieren würde. Aber selbstverständlich können wir uns in Zukunft darauf beschränken, Sie nur noch zu konsultieren, wenn wir eine Entscheidung benötigen.«

»Nein, nein«, sagte sie schnell und bereute es, so schroff gewesen zu sein. »Natürlich interessiert es mich!«

»Gut«, antwortete Bendt.

Sie spürte, dass er sie für eine eingebildete Kuh hielt.

»Wir melden uns erforderlichenfalls«, fügte er hinzu, bevor sie sich verabschiedeten und auflegten.

Anna kämpfte sich bis zum Nachmittag durch ihre Schriftstücke. Die Wintersonne schien einladend durch ihr Fenster, und einer spontanen Eingebung folgend, entschloss sie sich, nach Timmendorf zu fahren, um dort einen ausgiebigen Strandspaziergang mit Hubert und anschließend einen kleinen Stadtbummel zu machen. Vielleicht hatte ihr auch Oberstaatsanwalt Tiedemann mit seiner zur Schau getragenen Einsamkeit den Anstoß zu diesem Ausflug gegeben. Anna wusste, dass sie irgendwann beginnen musste, wieder richtig am Leben teilzunehmen, anstatt sich ständig in ihrer Arbeit zu verkriechen und Trübsal zu blasen.

In Timmendorf angekommen, sog sie den salzigen Duft der Ostsee ein, lauschte dem Kreischen der Möwen und fühlte sich gleich ein wenig besser.

Hubert stob mit gewaltigen Sätzen durch die Wellen und bellte, als wolle er die Brandung immer wieder ermuntern, an Land zu schlagen. Während sie zur Promenade hinaufstieg, beschloss sie, sich in Zukunft häufiger von ihrem Büro zu lösen und nach anderen Ablenkungen zu suchen. Sie schlenderte die Einkaufszeile entlang und schmunzelte über ihren Hund, der artig vor jedem Schaufenster ausharrte, während Anna die Damenboutiquen nach einem Schnäppchen durchkämmte. Sie genoss das herrliche Wetter, kaufte sich ein Eis und war entschlossen, sich endlich einmal wieder etwas Schickes zum Anziehen zu gönnen.

Ein Nadelstreifenanzug in einer Schaufensterauslage erregte ihre Aufmerksamkeit. Sie versuchte von außen das Preisschild zu entdecken, als sie plötzlich im Ladeninneren Maja sah. Ihr Herz begann zu pochen. Anna schaute wie gebannt auf Toms neue Freundin, die in ein Gespräch mit einer Verkäuferin vertieft war, und stellte erneut fest, wie hübsch sie doch war.

Maja trug enge Jeans, dazu hohe Stiefel und einen legeren Parka. Ihre blonde Mähne hatte sie zu einem lockeren Zopf zurückgebunden.

Anna wollte sich gerade von ihrem Anblick losreißen und sich aus dem Staub machen, als Maja ihren Blick durch das Fenster auffing und ihr zuwinkte.

Verflucht, dachte Anna, die nun keine andere Möglichkeit mehr sah, als in den Laden zu gehen, wo Maja ihr schon in Richtung Eingangstür entgegeneilte. Anna spürte, dass auch ihr Gegenüber ein wenig angespannt wirkte.

»Hallo«, sagte sie etwas zu hastig. »Was treibt dich denn um diese Zeit hierher?«

»Hallo«, gab Anna lächelnd zurück. »Ich habe heute früher Feierabend gemacht.«

Es entstand eine peinliche Pause.

»Ich habe den Anzug gesehen«, sagte Anna dann endlich und deutete in die Schaufensterauslage.

»Ein toller Schnitt, nicht wahr?«, schaltete sich nun übereifrig die Verkäuferin ein. »Ganz exklusives italienisches Design.«

»Und auch ein exklusiver Preis, fürchte ich«, sagte Anna trocken, und Maja grinste.

»Sehr schick«, seufzte Maja und bewunderte den Anzug, den die Verkäuferin mit einem Griff von einem Ständer gefischt hatte und stolz präsentierte.

»Der könnte mir auch sehr gefallen«, fügte Maja anerkennend hinzu und erntete für ihre Unterstützung prompt ein dankbares Lächeln der Verkäuferin.

»Größe sechsunddreißig, tippe ich?«, flötete diese schmeichelnd, als habe sie nicht bemerkt, dass Anna auf dem Etikett vor allem nach dem Preis suchte.

Der Anzug war erschwinglich.

»Probieren Sie ihn doch einfach an!«, drängte die Verkäuferin.

»Ja, mach doch mal!«, ermutigte sie nun auch Maja. »Ich würde auch solange deinen Hund halten.«

Anna fühlte sich etwas unschlüssig. In Gegenwart von Toms neuer Freundin Klamotten anzuprobieren verursachte ihr Unbehagen.

»Nein, danke«, wehrte sie darum ab. »Ich wollte

eigentlich nur mal ein bisschen schauen. Aber probier du ihn doch, wenn er dir gefällt.«

»Können Sie sehr gerne!« Die Verkäuferin wandte sich jetzt an Maja und unterbrach sich unmittelbar darauf durch ein albernes Lachen selbst. »Ach nein, wie dumm«, sagte sie dann und machte eine Handbewegung in Richtung von Majas Bauch. »Was sollten Sie jetzt mit so einem Anzug?«, winkte sie ab. »Ich vergaß, Sie hatten es ja vorhin erwähnt, als ich Ihnen diesen bezaubernden Rock zeigte.«

Dumpf dröhnte das Geplapper der Verkäuferin in Annas Kopf, während sie sich der Bedeutung des Gesagten bewusst wurde.

»Hach, Gott!«, rief diese darauf erschrocken aus, als ihr klar wurde, dass aus den Gesichtern beider ihrer Kundinnen die Farbe wich. »Jetzt habe ich wohl ein Geheimnis verraten.«

Maja blickte Anna schuldbewusst an. Es war spürbar, wie sehr sie bedauerte, dass Anna es auf diese Art und Weise erfuhr.

»Im wievielten Monat bist du?«, vernahm Anna ihre eigene Stimme aus weiter Ferne.

»Vierter«, antwortete Maja und fügte hinzu: »Tom wollte es dir sagen, aber …«

»Ist schon gut«, brachte Anna hervor und rang sich ein Lächeln ab. »Ich freue mich für euch.«

»Wollen Sie ihn nicht doch einmal probieren?«, erinnerte sich die etwas hilflos wirkende Verkäuferin an ihre eigentliche Aufgabe und streckte Anna erneut den Anzug entgegen.

»Danke, nein«, antwortete Anna und kämpfte mit dem Kloß in ihrem Hals.

»Ist aber wirklich etwas Besonderes«, nervte die Verkäuferin weiter.

»Sie will ihn aber nicht!«, fuhr Maja die Verkäuferin scharf an.

Anna gelang es, sich ohne Tränen von Maja zu verabschieden und die Boutique zu verlassen. Sie wollte nur noch weg.

Einige Wolken hatten sich vor die Sonne geschoben, und der Ostseewind brannte ihr in den Augen. Es fiel ihr schwer, dem Drang zu widerstehen, einfach loszurennen. Sie nahm die Menschen, an denen sie sich auf ihrem Weg zum Auto vorbeidrängte, nur schemenhaft wahr. An Huberts Leine zerrend, zwang sie ihren Hund, nicht stehen zu bleiben und zu schnuppern, bis sie ihren Wagen nach einer gefühlten Ewigkeit endlich erreicht hatte. Wie eine Verfolgte startete sie hektisch den Motor und fuhr los. Erst als sie auf der Autobahn war, löste sich ihre Anspannung, und sie begann hemmungslos zu weinen.

Zu Hause angekommen fühlte sie sich völlig erschöpft, kam jedoch trotzdem nicht zur Ruhe und beschloss, laufen zu gehen.

Hubert freute sich über die unverhoffte Menge Auslauf, die ihm sein Frauchen an diesem Tag gönnte. Es dröhnte und hämmerte in Annas Kopf, während sie rannte und rannte. Ihre Schuhe klangen dumpf auf dem Asphalt. Es dämmerte bereits, als sie den Waldweg erreichte, aber die hereinbrechende Dunkelheit störte Anna nicht. Sie wollte bis zur Erschöpfung laufen, so als gelte es, den in ihr tobenden Schmerz abzutöten.

Sie haben es alle gewusst, als sie auf der Feier der von Rehbens waren, dachte sie. Sie alle hatten es gewusst, und keiner hatte es ihr gesagt! Auch Tom nicht. Ihre Tränen vermischten sich mit dem Schweiß in ihrem Gesicht. Laufen, einfach nur laufen …

11. KAPITEL

Hauptkommissar Braun baute sich im Vernehmungszimmer vor Alexander Jensen auf, während sich Kommissar Bendt im Hintergrund hielt. Es war bereits später Nachmittag.

Man hatte Jensen am Vorabend in Mecklenburg-Vorpommern festgenommen. Die Kassiererin einer Bäckerei hatte ihn aufgrund der Fahndungsfotos in der Zeitung erkannt und sofort die Polizei verständigt, als sie ihn vor ihrem Geschäft am Zeitungskiosk hatte stehen sehen.

Dann war alles rasend schnell gegangen. Ein Streifenwagen war sofort vor Ort gewesen, und die Beamten hatten Jensen, da er keinen Widerstand leistete, problemlos festnehmen können. Am Morgen war er mit dem erstmöglichen Transport in das örtliche Untersuchungsgefängnis überstellt worden.

Hauptkommissar Braun hatte Anna Lorenz nicht erreichen können. Er hatte ihr anbieten wollen, an der Vernehmung teilzunehmen, aber sie schien wie vom Erdboden verschluckt. Niemand hatte ihm sagen können, wo sie sich aufhielt, aber das war, angesichts der schlechten Besetzung der Geschäftsstellen, auch kein Wunder. Also hatte Braun ihr eine Nachricht hinterlassen, bevor er Jensen in das Polizeipräsidium hatte bringen lassen. Hier dauerte die Vernehmung jetzt bereits zwei Stunden an.

Alexander Jensen war müde und erschöpft. Vor ihm stand ein überquellender Aschenbecher. Die Luft war unerträglich stickig im Raum. Braun hatte absichtlich nicht gelüftet. Die Sauerstoffarmut unterstrich die Enge und Kargheit des Vernehmungszimmers. Er konnte förmlich spüren, dass die grauen Wände in Jensens Wahrnehmung immer dichter an diesen heranrückten. Jensen fühlte sich in die Enge getrieben und wirkte langsam mürbe. Sie hatten ihn nahezu dort, wo sie ihn haben wollten.

»Ich habe es Ihnen doch gesagt«, stammelte Jensen verzweifelt, während er sich auf seinem Stuhl kauernd eine weitere Zigarette ansteckte. »Ich habe sie nicht getötet!«

»Und ich fasse noch einmal zusammen«, gab Braun unmittelbar zurück. Er stand, die Arme auf den Vernehmungstisch gestützt, dem Beschuldigten direkt gegenüber und hielt beharrlich Augenkontakt.

»Bis vor einer Stunde wollten Sie weder mit Frau Mertens gestritten haben noch am Tatort gewesen sein. Sie haben angegeben, der Hund sei zufällig wieder aufgetaucht, wobei Sie nicht einmal imstande waren, uns zu sagen, wo!«

Er machte eine Pause, bevor er fortfuhr. »Als wir Ihnen vorgehalten haben, dass Ihre Nachbarin den Streit bemerkt hatte, wollten Sie dann plötzlich doch gestritten haben.« Braun nahm direkt gegenüber von

Alexander Jensen Platz. »Nachdem wir Ihnen dann eröffnet hatten, dass eine Zigarettenkippe von Ihnen am Tatort gefunden wurde, waren Sie dann angeblich auch rein zufällig dort.«

»Das nennt man Salamitaktik«, schaltete sich nun Bendt ein. Er stand schräg hinter Alexander Jensen an die Wand gelehnt. Jetzt löste er sich mit einem Ruck und schritt durch den Raum, während er weitersprach. »Sie räumen scheibchenweise ein, was Sie nicht mehr bestreiten können.« Er sah Jensen herausfordernd an. »Sieht gar nicht gut aus für Sie«, sagte er dann und stützte sich nun seinerseits auf den Vernehmungstisch.

Jensen wich seinem Blick aus. Er schien in seinem Stuhl immer kleiner zu werden. »Ich weiß, wie das aussieht«, jammerte er geradezu. »Aber ich habe sie nicht getötet! Zum hundertsten Mal, ich bin am Morgen wieder zur Wohnung gefahren. Nach unserem Streit am Abend habe ich mir erst mal in meiner Wohnung ein paar Bier hinter die Binde gekippt und versucht zu schlafen. Ich kam aber nicht richtig zur Ruhe, weil ich so wütend auf sie war. Ich bin dann wieder zu ihr gefahren und habe wer weiß wie lange vor ihrem Haus im Auto gesessen und mich gefragt, was ich ihr sagen soll, wenn ich zu ihr raufgehe. Da ich sie nicht nach Hause kommen sah, ist sie wohl schon wieder da gewesen und schlief bereits. Morgens kam sie dann irgendwann raus und stieg in ihr Auto. Ich bin ihr einfach hinterhergefahren. Mir war klar, dass sie zum Wald wollte. Ich weiß schließlich, in welchem Teil des Lauerholzes sie lief. Ich bin ihr nachgefahren und habe eine Weile auf dem Parkplatz auf sie gewartet …«

»Warum hätten Sie warten sollen?!«, unterbrach ihn Bendt. »Sie sagen doch selbst, Sie sind ihr sofort nachgefahren. Warum haben Sie sie nicht gleich angesprochen?«

»Oder sie direkt vor der Tür abgefangen?«, ergänzte Braun.

»Weil ich dachte«, fuhr Jensen resigniert fort, »dass es nicht schlecht wäre, wenn sie sich erst etwas abreagiert, verdammt!«

Die beiden Kommissare verständigten sich mit einem Blick darauf, Jensen nicht sofort wieder ins Wort zu fallen.

Er fuhr fort: »Ich dachte, wenn sie gelaufen ist, steht sie weniger unter Dampf. Sie ist dann aber nicht zurückgekommen. Ich bin ihr dann entgegengegangen, weil ich dachte, dass vielleicht der Hund abgehauen ist und sie Hilfe braucht.«

»Wie lange haben Sie denn ungefähr gewartet?«, forschte Bendt.

»Lange, hab ich doch gesagt!«

»Sie haben heute auch schon mal gesagt, dass Sie nicht am Tatort waren«, erinnerte Bendt ihn ironisch. »Ich will ja nur sicherstellen, dass sich Ihre Aussage nicht gleich wieder ändert.«

Alexander Jensen atmete tief durch und kämpfte seine aufkeimende Wut herunter. »Ich schwöre, dass es so war!«, sagte er dann. »Ich hab sie gesucht, weiß Gott wie lange, und dann kam der Hund.«

»Und der hat Sie dann zum Tatort geführt, und da haben Sie erst mal in Ruhe eine geraucht«, provozierte Bendt ihn weiter.

Jensen war mit einem Satz vom Stuhl und drückte Bendt, der sofort zurückwich, gegen die Wand. Aber Hauptkommissar Braun war schon an seiner Seite und ergriff den Arm, mit dem Jensen seinen Kollegen am Kragen gepackt hatte.

»Hey, hey, hey«, sagte Bendt betont ruhig. »Ganz sachte! Ein bisschen aggressiv heute, was?«

Jensen ließ Bendt los. »Ich bin aggressiv, weil ihr mich hier für etwas verurteilen wollt, das ich nicht getan habe!«

»So weit sind wir noch nicht«, sagte jetzt Braun beschwichtigend und bugsierte den Beschuldigten zurück auf den Vernehmungsstuhl. »Verurteilen könnte Sie aber der Richter, und zwar dann, wenn Sie uns zu viele Geschichten erzählen! Wir hätten hier gern die Wahrheit gehört.« Er drückte ihn sanft in den Stuhl.

»Aber es ist wahr!«, rief Jensen verzweifelt aus. »Ich hab sie gefunden und hatte auf dem Weg schon eine geraucht. Ich bin einfach durchgedreht, weil alles so irreal war. Der Hund hat sich gekrümmt. Es ging ihm schlecht, ich war total in Sorge. Und dann hat er mich trotzdem zu ihr geführt.«

»Klingt ein bisschen nach Lassie«, sagte Bendt spöttisch und erntete einen vernichtenden Blick.

»Dann bin ich nur noch gerannt. Mann, da war das Blut, und sie war tot und …« Er verstummte.

»Warum haben Sie nicht die Polizei gerufen?«, fragte Bendt nun. »Das wäre doch nahe liegend gewesen.«

»Weiß ich nicht«, gab Jensen zurück. »Keine Ahnung. Ich hatte Angst, dass man mir nicht glaubt, wegen der Geschichte damals.«

»Wegen der Verurteilung in der Straßenverkehrssache?«, ergänzte Bendt.

»Ja, hab ich ja auch schon tausendmal gesagt. Keine Sau hat mir damals wirklich abgenommen, dass ich nicht mutwillig einen Unfall verursacht habe. Christina hat damals vor Gericht ausgesagt, ich hätte uns alle umbringen wollen und wäre mit voller Absicht in den Kleinlaster reingefahren.«

»Wenn man Ihnen damals nicht geglaubt hätte«, konterte Bendt, »hätte man Sie damals wegen Totschlags und nicht wegen fahrlässiger Tötung verurteilt. Sie …«

Die Tür zum Vernehmungszimmer wurde aufgerissen und unterbrach Bendts Redefluss.

»Raus hier, verdammt!«, fuhr Hauptkommissar Braun die Beamtin an, die in der Tür erschien. »Wir sind mitten in einer Vernehmung!«

»Sie müssen sofort kommen«, sagte die junge Frau unsicher.

»Kann das nicht warten?!«, herrschte er sie an.

»Ich fürchte nein«, gab sie kleinlaut zurück und fügte mit verzweifeltem Blick hinzu: »Wir haben noch eine tote junge Frau in einem der Lübecker Forste.«

Der Ärger in Brauns Blick wich augenblicklich der Besorgnis.

»Eine Joggerin«, fuhr sie fort. »Sie ist in der Nähe des Moorsees im Waldhusener Forst erstochen worden. Die Identität steht noch nicht fest.«

Braun und Bendt wechselten einen alarmierten Blick.

»Gibt es nähere Erkenntnisse zur Tatzeit und den Tatumständen?«, fragte der Hauptkommissar.

Sie nickte, und ihr Blick verriet Braun, was sie dachte. Während sie seit Stunden Alexander Jensen vernahmen, gab es dort draußen einen Serientäter, der wie eine Zeitbombe tickte – und sie hatten nicht die geringste Spur.

Hauptkommissar Braun griff nach dem Hörer seines Telefons. Sie hatten die Vernehmung Alexander Jensens vorläufig abgebrochen und seine Rückführung in das Untersuchungsgefängnis veranlasst. Auf Brauns Schreibtisch stapelten sich die Post-its mit Rückrufbitten: Der Pressesprecher der Staatsanwaltschaft bat dringend um Informationen, und der Dienststellenleiter musste ebenfalls auf den neuesten Stand gebracht werden.

In den Abendnachrichten würde bereits von einem weiteren Frauenmord in einem der Lübecker Forste berichtet werden, vermutete Braun. Die Presse hatte Kenntnis von dem Vorfall, und er wusste, dass die Reporter sich wie eine Meute hungriger Kojoten auf den Fall stürzen würden.

Er musste zum Tatort, wohl wissend, dass es außerhalb der Polizeiabgrenzungen nur so von Fernsehwagen wimmeln würde. Im Geiste sah er schon die Schlagzeilen der nächsten Tage vor sich: *Polizei tappt im Dunkeln!, Jack the Ripper in Lübeck!* Braun stöhnte unwillkürlich und rieb sich die Augen.

Nur zweimal ertönte das Freizeichen, dann wurde der Hörer abgenommen. »Braun«, vernahm er die Stimme seiner Frau am anderen Ende.

»Ich bin es, Gisela«, sagte er. »Es wird leider nichts mit der Oper heute.«

Es war kurz still am anderen Ende, dann antwortete sie verständnisvoll: »Macht nichts.«

Wie immer war er verblüfft, wie gut es ihr gelang, seine Stimmungen wahrzunehmen. Er hatte seine Arbeitsbelastung in der Vergangenheit nicht selten als Ausrede benutzt, um Opernabenden, Theateraufführungen oder Besuchen bei ungeliebten Bekannten zu entgehen. Manchmal schien es ihm, als könne Gisela schon am Klingeln hören, ob er log. Wenn dies der Fall war, konnte sie am anderen Ende der Leitung zur Furie werden. Gott hatte wohl Erbarmen, dachte Braun, als er sich entschied, keine Polizeilaufbahn für seine Frau vorzusehen. Sie hätte jede Lüge durchschaut.

Jetzt jedoch klang ihre Stimme liebevoll warm. Sie wusste, dass er wirklich unabkömmlich war und es nicht ändern konnte.

»Es gibt einen weiteren Frauenmord – diesmal im Waldhusener Forst«, beantwortete er ihre stille Frage und hörte, wie sie tief durchatmete.

»Ein Serientäter also?«, fragte sie betroffen.

»Das wissen wir bis jetzt noch nicht«, gab er zurück. »Das müssen wir erst herausfinden.«

Braun wusste, dass sie am anderen Ende nickte. »Sag den Mädchen, sie sollen vorsichtig sein«, sagte er dann.

»Mach ich«, antwortete sie gepresst. »Und pass auf dich auf!«, fügte sie hinzu.

12. KAPITEL

Er ließ sich erschöpft zurück auf seine Schlafcouch sinken. In seinem Kopf dröhnte es. Müde tastete er nach seiner Brille auf dem Nachtschrank und blickte auf die LED-Anzeige seines Radioweckers. Es war ein Uhr. Er ließ sich auf die Seite rollen, wissend, dass er diese Nacht keinen Schlaf mehr finden würde.

Die Träume hatten ihn überrollt. Sein Unterbewusstsein hatte die Unachtsamkeit des Schlafs genutzt, um die Dämonen der Nacht heraufzubeschwören.

Der Tag, an dem die Bundesjugendspiele veranstaltet wurden, war neben Heiligabend der schlimmste eines jeden Jahres. Weihnachten war das Fest der Familie, es war IHR Fest, an dem SIE seine Demütigung zelebrierten. Am Tag der Bundesjugendspiele allerdings wurde die Demütigung öffentlich.

Es gab in diesem Jahr kein Entrinnen für ihn. Er hatte das dritte Jahr in Folge den Spielen fernbleiben und krankmachen wollen, aber es war ihm verwehrt worden. SIE hatten ihm schwerwiegende Konsequenzen angedroht, sollte er sich erneut drücken. SIE hatten ihm angekündigt, seinen Computer zu konfiszieren.

Es sei gut für ihn, wenn er auch einmal etwas in der Ge-

meinschaft unternehme, hatten SIE gesagt, und er hatte keinen anderen Ausweg gesehen, als sich ihnen zu fügen.

Die Sonne brannte auf den Sportplatz. Er hatte das Kugelstoßen bereits hinter sich gebracht. In den Blicken der Lehrer las er Verachtung, noch bevor er seine letzte Stoßübung beendet hatte. Der Gedanke an den nahenden Weitsprung trieb ihm den kalten Schweiß auf die Stirn.

Das Publikum klatschte derweil den 100-Meter-Läuferinnen aufmunternd zu. Es ging ein Raunen durch die Menge, als es Torsten Kuhn, einem seiner Mitschüler, beim Hochsprung gelang, 1,80 Meter zu überwinden.

Trotz allem wusste er, dass er heute die Kraft haben würde, den Wettkampf zu überstehen. Seit drei Wochen, zwei Tagen und vier Stunden gab es für ihn einen Grund zum Atmen.

Wie immer hatte sie im Englischunterricht zwei Reihen vor ihm gesessen. Er hatte auf ihren makellosen Nacken und den vollen Haarzopf geblickt und ihre Anmut und Schönheit bewundert. Er kannte sie in- und auswendig, konnte jede ihrer Bewegungen voraussehen. Es bestand Magie zwischen ihnen.

Wenn sie in die Klasse kam, stellte sie grundsätzlich erst mal ihre Tasche auf den Tisch. Dann setzte sie sich, nahm ihre Federtasche und danach ihr Heft heraus und schlug ihr rechtes Bein über. Sie tat es immer auf die gleiche Weise. Genauso, wie sie immer mit der linken Hand eine Haarsträhne aus dem Gesicht strich, bevor sie sich zu Wort meldete. Es war, als gäbe es zwischen ihnen eine stille Übereinkunft, und sie enttäuschte ihn nie. Die Verlässlichkeit ihrer Bewegungen war zu einem gemeinsamen und vertrauten Ritual gewor-

den. Eine Art Geheimsprache, mit der sie ihm signalisierte, dass er nicht allein war. Zugegeben – es war ungewöhnlich, dass sie ausgerechnet ihn auserwählt hatte, aber so war es nun mal.

Vor drei Wochen hatte sie sich zu ihm umgedreht, ihm in die Augen gesehen und den bestehenden Bund bestätigt. Für jeden anderen hätte dieser Blick vielleicht nichts bedeutet. Er wusste jedoch, dass diese scheinbar kleine Geste seine Welt verändern sollte. Er spürte, dass sie ihn verstand, und war nun ganz sicher, dass sie sich nach ihm ebenso sehnte, wie er nach ihr.

Suchend hielt er auf dem Sportplatz Ausschau nach ihr. Sie gehörte zu den Läuferinnen des Leichtathletikteams der Schule. Er wollte vermeiden, dass sie ihn ansah. Sein magerer Körper passte zu den kurzen Sportshorts und dem Laufshirt wie eine Badehose in den Weltraum.

Noch heute wollte er sie endlich ansprechen. Am Abend der Urkundenverleihung und dem damit verbundenen jährlichen Sommerfest.

Ein freudiger Schauder der Erwartung durchzuckte seinen ganzen Körper. Er machte den Anlauf zum Weitsprung. Sein Kopf trieb seine ungelenken Beine an. Dann überschritt er die Markierung. Der Versuch war ungültig, aber es störte ihn nicht. Sie verlieh ihm einen Panzer, der die Dinge erträglicher machte, ja ihm nahezu das Gefühl der Unbesiegbarkeit verschaffte. Er fragte sich, wie er je ohne sie hatte leben können.

Ihm gelang leidlich ein zweiter Sprungversuch, und er verzichtete auf den dritten. Er hatte seine Pflicht erledigt, seine Aufgabe erfüllt und machte sich auf den Weg zu den Umkleidekabinen.

Er passierte den schmalen Gang, der zwischen den Tribünen zu den Waschräumen führte, und spülte sich am Becken das Gesicht ab. Die Umkleidekabine war voll von seinen johlenden Mitschülern. Die Jungs klatschten sich gegenseitig ab, verglichen ihre erreichten Punkte und prahlten herum. Sie stießen sich an und grinsten, weil er wieder nicht duschte, sondern einfach nur seine Jeans über seine Shorts streifte. Er hatte nicht vor, seinen Körper zur Schau zu stellen und sich ihrem unvermeidbaren Gelächter auszusetzen.

Ferdi kam in die Kabine, und es wurde gejohlt und applaudiert. Er gehörte mal wieder zu den Besten und ging an ihm vorbei, ohne ihn auch nur eines Blickes zu würdigen. Er sah einfach über ihn hinweg, als sei er Luft für ihn. »Dein Bruder, die alte Drecksau«, sagte Volker aggressiv zu ihm, »hat wieder mal nicht geduscht!«

Plötzlich war es still im Raum, und Ferdi, der gerade dabei war, sein T-Shirt abzustreifen, drehte sich ganz langsam zu seinem Mitschüler um. Er musterte Volker voller Verachtung. Jeder wusste, dass man gegenüber Ferdi nicht ungestraft über seinen »Bruder« sprechen durfte.

»Vielleicht will er ja noch zu deiner Mutter, der Hure!«, konterte er schlagfertig. »Da wäre doch wohl jeder Tropfen Wasser zu schade, oder?«

Er hatte es kaum ausgesprochen, als sie schon aufeinander losgingen. Sie rollten über den glitschigen Boden der Umkleide, und es gelang Ferdi, zwei gute Treffer auf Volkers Kinn zu landen. Der heulte auf, gab aber immerhin zwei Schläge in die Magengrube zurück.

Die umstehenden Jungs feuerten die Kampfhähne an, und der Geräuschpegel wuchs stärker an als draußen auf dem

Sportplatz. Immerhin dauerte es nicht lange, bis ein Lehrer den Trubel bemerkte und sie trennte.

»Was ist hier los?«, herrschte Dr. Jakob Ferdi und Volker an, während er sie gemeinsam mit zwei anderen Jungen nur mit Mühe davon abhalten konnte, erneut aufeinander loszugehen.

»Volker hat meinen Bruder beleidigt!«, sagte Ferdi wütend und wischte sich mit dem Handrücken den Schweiß von der Stirn. Er freute sich diebisch über die klaffende Wunde an Volkers Lippe, während der mit gequälter Miene seine Hand auf die zusätzlich lädierte Nase presste und das Blut hochzog.

Dr. Jakob nickte. Natürlich musste er beide Jungen zur Verantwortung ziehen. Dennoch galt Ferdinands Adoptivbruder als Problemschüler, und wann immer Ferdi öffentlich für ihn eintrat, wurde es insgeheim vom Lehrstuhl gutgeheißen. Zwar war Ferdinand knapp ein Jahr jünger als sein Adoptivbruder, er wirkte jedoch allein aufgrund seiner kräftigen Statur, seiner makellosen Haut und der markanten Gesichtszüge ungleich älter und robuster.

Sein Adoptivbruder überragte ihn zwar in der Körperlänge, war dabei jedoch derart dürr und schlaksig, dass jeder Windhauch ihn umzublasen drohte. Zudem prangte in seinem schmalen Gesicht eine überproportional große, mit Akne übersäte Nase.

»Ich will, dass hier augenblicklich Schluss ist, klar?!«, befahl Dr. Jakob streng, woraufhin Ferdi und Volker artig nickten.

Der Lehrer suchte seinen *Blick. »Du hast einen guten Bruder«, sagte er, gab Ferdinand einen anerkennenden Klaps auf die Schulter und verließ den Raum.*

Volker und Ferdi standen sich einen Augenblick reglos gegenüber.

»Du nennst ihn nie mehr meinen Bruder, klar?!«, sagte Ferdi drohend. Seine Stimme bebte, und er war bereit, jeden Moment wieder auf Volker loszugehen.

»Ist ja gut, Mann«, antwortete Volker beschwichtigend. Sie versetzten sich gegenseitig einen versöhnlichen Faustkick auf die Schulter. Dann drehten sie sich gemeinsam zu ihm um und blickten ihn einen Moment in stiller Übereinkunft an.

Es schnürte ihm unwillkürlich die Kehle zu. Niemand in der Umkleide sprach ein Wort.

»So«, sagte Ferdi dann, und seine Augen wurden zu schmalen Schlitzen. »Dann wollen wir die Drecksau jetzt mal duschen!«

13. KAPITEL

Anna mochte nicht aufstehen. Sie wollte am liebsten nie wieder aufstehen, zog ihre Decke über den Kopf und versuchte das laute Läuten an der Tür zu ignorieren.

Hubert war unten im Flur, und sein Bellen dröhnte ihr zusätzlich in den Ohren. Sie hatte sich krankgemeldet, hatte sich nicht imstande gefühlt, ins Büro zu gehen.

Es klingelte erneut. Offensichtlich war dort unten jemand, der nicht bereit war aufzugeben. Sie rollte sich zur Seite und tastete zwischen den Taschentüchern und den diversen Schachteln Niederegger-Marzipan nach dem Hörer ihrer Gegensprechanlage.

»Hallo?«, meldete sie sich schließlich genervt.

»Gott sei Dank!«, vernahm sie Georgs besorgte Stimme am anderen Ende. »Ich hätte hier unten jeden Moment die Tür eingeschlagen, wenn du jetzt nicht gleich drangegangen wärst. Ich habe schon gedacht, dir ist etwas zugestoßen!«

Sie seufzte.

»Ich lebe noch, wie du hörst«, sagte sie mit leisem Sarkasmus in der Stimme. »Du kannst also beruhigt wieder gehen.«

»Ich rühre mich hier nicht vom Fleck, bevor du mir die Tür aufmachst!«, gab er entschieden zurück.

»Ich will aber nicht mit dir sprechen«, sagte sie störrisch und vergrub ihren Kopf unter dem Kissen.

»Du machst mir jetzt sofort die Tür auf!«, forderte er, und seine Stimme ließ keinen Widerspruch zu.

»Also gut«, gab sie sich geschlagen und schälte sich aus dem Bett. »Ich muss mir nur schnell was anziehen.«

Sie streifte sich eine Jeans und einen Pulli über. Ein Blick in den Spiegel verriet ihr, dass sie verheerend aussah. Sie stieg die Treppe hinab, öffnete die Haustür, machte wortlos kehrt und ging in die Küche. Georg folgte ihr. Sie schaltete die Espressomaschine ein und nahm zwei Tassen aus dem Regal.

»Du willst doch einen, oder?«, fragte sie statt einer Begrüßung, und er nickte.

»Du siehst grauenvoll aus«, sagte er dann schonungslos, wenngleich er fand, dass sie auch mit ihren verheulten Augen und den strähnigen Locken, die ihr ungekämmt auf die Schultern fielen, immer noch attraktiv war.

»Vielen Dank für das reizende Kompliment«, antwortete sie ironisch, während sie die Milch aufschäumte. »Da fühle ich mich ja gleich besser.«

Er nahm am Küchentresen Platz. »Maja hat uns erzählt, was passiert ist«, beantwortete er ihre stille Frage. »Es tut insbesondere Tom wahnsinnig leid, dass du es auf diese Weise erfahren musstest.«

Sie knallte den Edelstahlbehälter, in dem sie die Milch zubereitet hatte, hart auf die Arbeitsfläche und herrschte ihn an: »Wie zum Teufel hätte ich es denn sonst erfahren sollen!? Mit mir redet ja niemand!«

Ihre Stimme überschlug sich fast, und sie kämpfte erneut mit den Tränen. »Ihr habt es alle gewusst!«, fauchte sie. »Ihr habt es verdammt noch mal alle gewusst.« Anna blickte ihn anklagend an und wandte sich dann wieder mit übertriebener Geschäftigkeit ihrer Espressomaschine zu.

Georg widerstand der Versuchung, aufzustehen und sie in die Arme zu nehmen. Er kannte sie gut genug, um zu wissen, dass sie ihn zurückweisen würde.

»Natürlich haben wir es gewusst«, sagte er stattdessen sanft. »Aber wie hätten wir uns denn verhalten sollen? Tom wollte es dir sagen, und wir fanden das auch richtig. Es ist …« Er stockte und suchte nach den richtigen Worten. »Es ist für ihn auch nicht einfach«, sagte er dann schlicht.

Anna antwortete nicht, sondern füllte aufgeschäumte Milch in zwei Gläser und gab jeweils eine Tasse Espresso hinzu.

»Für uns ist es auch nicht leicht, mit dieser Situation umzugehen!«, fuhr er fort.

Sie sah ihn verständnislos an. »Für euch ist es nicht leicht?«, fragte sie tonlos und schüttelte den Kopf. »Habt ihr auch nur irgendeine Ahnung, wie es dann für mich ist?!«

Georg zuckte hilflos mit den Schultern. »Wir alle können nur erahnen, was du durchgemacht hast«, sagte er beschwichtigend. »Und es tut uns von Herzen leid …« Er verstummte.

Anna stellte die Gläser auf dem Tresen ab. »Ihr habt mich ausgetauscht!«, sagte sie wütend, und in ihren Augen sammelten sich die Tränen. »Ihr habt euch einen Dreck um mich gekümmert!«

»Das ist doch Blödsinn!«, verteidigte Georg sich. »Kein Mensch hat das getan, und du weißt, dass das ungerecht ist, was du da sagst. Du bist die, die sich die ganze Zeit verschanzt hat! Wir haben so oft versucht, dich einzuladen, und du weißt auch, dass du uns immer willkommen bist. *Du* hast dich verkrochen, nicht wir!«

Sie blickte durch die Terrassenfenster nach draußen auf die Trave und wünschte sich, mit einem der Sportboote davonsegeln zu können, die heute so zahlreich auf dem Wasser waren. Im Innersten wusste sie, dass ihr alter Freund recht hatte.

»Du«, fuhr Georg fort, »hast gesagt, dass du Zeit brauchst, und nachdem wir uns an deiner geschlossenen Tür ein paar Mal die Nase gestoßen hatten, haben wir es für das Beste gehalten, deinen Wunsch zu akzeptieren.«

Anna setzte sich auf einen Hocker und starrte auf ihr Glas. »Ich weiß nicht, wie es weitergehen soll«, sagte sie schließlich.

Er legte seine Hand auf ihre, und die Wärme eines anderen Menschen zu spüren tat ihr gut. Sie blickte zu ihm auf. »Was soll ich nur machen?«, fragte sie verzweifelt, und erneut sammelten sich Tränen in ihren Augen.

»Einfach nur ein- und ausatmen fürs Erste«, riet er ihr sanft. »Einfach nur ein- und ausatmen.«

Als Georg zwei Stunden später das Haus verließ, fühlte sich Anna ein wenig besser. Sie hatten sich für Ende der Woche verabredet. Georg wollte wie in alten Studentenzeiten wieder einmal für Anna kochen und später mit ihr ausgehen. Sabine war mit den Kindern in ihrem gemeinsamen Haus auf Sylt, und so, meinte Georg, wäre es für beide gut, sich ein bisschen Ablenkung zu verschaffen.

Anna verbrachte den Abend in ihrer Küche am Laptop und hielt bei eBay nach antiquarischen Möbeln Ausschau. Zwar wollte sie nicht ernsthaft etwas kaufen, aber es brachte sie immerhin auf andere Gedanken. Dennoch stellte sie nach einer Weile fest, dass sie Kommunikation brauchte, ohne in der Stimmung zu sein, mit jemandem wirklich sprechen zu wollen, der sie kannte und irgendwann unwillkürlich auf ihre private Situation zu sprechen käme.

Im Hintergrund lief im Fernsehen eine Reportage über Bekanntschaften, die im Internet geschlossen worden waren und vor dem Standesamt geendet hatten. Anna war verblüfft, wie viele nette Leute es offensichtlich gab, die über dieses Medium Kontakte knüpften.

Nicht, dass sie selbst auch nur das geringste Interesse daran gehabt hätte, über das Web einen Mann kennenzulernen, aber sie gab ihrer Neugier nach und loggte sich in eines der im Bericht genannten Portale ein.

Anna Lorenz war im Chat.

14. KAPITEL

Hauptkommissar Braun saß in seinem Büro und zermarterte sich das Hirn. Es gab nach bisherigen Erkenntnissen keinerlei Verbindung zwischen den beiden Opfern. Dennoch war nach den Ergebnissen der beiden Obduktionen relativ sicher, dass die Frauen von ein und demselben Täter getötet worden waren. Die Tatwaffe war mit hoher Wahrscheinlichkeit identisch. Auch die Anzahl der Stichverletzungen und die Tatsache, dass beiden Opfern die Halsschlagader durchtrennt worden war, sprach dafür.

Der Computer von Sabrina Mertens war ausgewertet worden: Weder aus ihren Mail-Kontakten noch aus der Aufstellung ihrer Telefonverbindungen hatten sich Erkenntnisse ergeben, die auf eine Verbindung der beiden Opfer schließen ließen.

Bendt trat ein und erlöste den Hauptkommissar von seinen Gedanken. »Die Zeugin Seeland ist da«, sagte er.

Braun erhob sich. »Gut«, seufzte er erleichtert. »Hol sie gleich rein.«

Karen Seeland und Anja Maaß waren am Vorabend der Ermordung gemeinsam mit Sabrina Mertens im Cube gewesen und hatten dort gefeiert. Karen Seeland war am nächsten Abend in Unkenntnis der Geschehnisse direkt nach Spanien in den Urlaub geflogen. Aber nachdem sie vom Tod ihrer Freundin erfahren hatte, war sie mit der nächsten Maschine zurückgekehrt und hatte sich, sobald es ging, für eine Vernehmung zur Verfügung gestellt.

Dennoch erwartete sich der Hauptkommissar von der Vernehmung letztlich nicht viel Neues, denn auch die Vernehmung von Anja Maaß hatte keine Ermittlungsansätze zutage gefördert.

Braun reichte der jungen Frau die Hand. Die Urlaubsbräune, die das gute Aussehen der brünetten Schönheit unterstrich, vermochte nur auf den ersten Blick von ihren traurigen Augen abzulenken.

Braun bat sie, ihm gegenüber am Schreibtisch Platz zu nehmen, während Bendt sich am langen Ende des Tisches auf einen Stuhl setzte. Das Angebot eines Kaffees oder eines anderen Getränks lehnte sie ab.

Es war zu spüren, wie aufgeregt sie war, weshalb der Hauptkommissar, während er mit seinem Diktiergerät kämpfte, eine kurze Anekdote über die steinzeitliche Ausstattung seines Büros zum Besten gab, um ihr ein bisschen die Scheu und Anspannung zu nehmen. Er schaltete das Gerät ein, belehrte sie über ihre Rechte und Pflichten als Zeugin und begann nach der Aufnahme der Personalien die Befragung zur Sache.

»Frau Seeland«, Braun steuerte ganz bewusst auf eine offene Frage zu, »Ihnen ist der Grund der Vernehmung bekannt gegeben worden. Was können Sie uns zu dem Mord an Sabrina Mertens sagen?«

»Zur Tat selber kann ich gar nichts sagen, und alles,

was ich ansonsten weiß, hat meine Freundin Anja Ihnen bestimmt schon erzählt«, antwortete sie. »Ich schließe mich dem, was sie gesagt hat, an.«

»Wir wissen, dass Sie mit Frau Maaß gesprochen haben«, sagte Braun. »Und wir sind sicher, dass Sie meinen, nichts weiter beitragen zu können. Wir möchten aber von Ihnen noch einmal alles hören, was uns gegebenenfalls Aufschluss über den Täter und die Hintergründe der Tat liefern kann. Behandeln Sie uns so, als hätten wir nie mit Frau Maaß gesprochen.«

Karen Seeland seufzte tief und bat jetzt doch um ein Glas Wasser, das Bendt ihr reichte. Sie trank einen Schluck und begann von Neuem.

»Also, wie gesagt, zur Tat selber kann ich nichts sagen. Ich habe Sabrina zuletzt am Donnerstagabend gesehen. Wir waren gemeinsam im Cube.«

»Erzählen Sie uns einfach davon!«, forderte Hauptkommissar Braun sie aufmunternd auf.

»Es gab nichts Besonderes«, antwortete sie mit einem hilflosen Schulterzucken. »Es war eigentlich wie immer, nur dass wir uns an dem Abend nicht bei Sabrina, sondern bei mir getroffen haben. Wir haben noch gemeinsam ein Glas Wein getrunken und sind dann gegen halb elf mit Sabrinas Auto ins Cube gefahren.«

»Hat Frau Mertens«, unterbrach Braun, »Ihnen irgendetwas erzählt, das darauf hindeutete, dass es Probleme mit Alexander Jensen oder anderen Personen gab? Hatte sie Feinde, oder gab es jemanden, dem sie so eine Tat zutrauen würden?«

Karen Seeland schüttelte energisch den Kopf. »Nein,

nicht im Geringsten. Mit Alex war alles wie immer. Er nervte sie mal wieder, weil wir zu dritt und ohne ihn ausgingen. Ich habe aber nie auch nur eine Minute gedacht, dass er der Täter sein könnte. Er ist im Grunde ein ganz Netter. Auch sonst habe ich nicht die geringste Idee, wer das getan haben könnte.« Karen Seeland kämpfte ersichtlich mit den Tränen.

»Hatte Frau Mertens vielleicht einen …«, Hauptkommissar Braun überlegte kurz, »ich sag mal: einen neuen Verehrer? Oder gab es sonst jemanden in ihrem Leben, mit dem sie sich traf, den Sie vielleicht auch nur vom Hörensagen kennen?«

»Nein«, sagte Karen Seeland nachdenklich und drehte ihr Wasserglas zwischen den Händen. »Sie war schon relativ lange mit Alex zusammen, da gab es niemanden.«

»Es soll von ihrer Seite aber vorher oder vielleicht auch gleichzeitig«, schaltete sich Bendt von der Seite ein, »durchaus Kontakte zu anderen Männern gegeben haben.«

»Wie man's nimmt«, wehrte Karen Seeland ab. »Also, ich weiß, dass Sabrina mit niemandem außer Alex geschlafen hat, solange sie mit ihm zusammen war. Da hat sie eigentlich immer einen ganz glatten Schnitt gemacht. Wenn Schluss war, war Schluss, und zusammen war zusammen.«

»Ihre Freundin, Anja Maaß, erzählte allerdings, dass Sabrina Mertens schon recht gern geflirtet hat?«, forschte Bendt weiter.

»Klar«, bestätigte sie bestimmt, »das tun wir ja alle.

Aber eben auch nur geflirtet! Wenn jemand Ihnen eingeredet hat, Sabrina hätte einfach irgendwelche Männer mit nach Hause genommen, stimmt das bestimmt nicht.«

»Haben Sie beziehungsweise hat Frau Mertens an dem genannten Abend geflirtet oder mit jemandem getanzt?«

Karen Seeland zog die Stirn in Falten und dachte nach. »Anja und ich haben uns da natürlich auch schon den Kopf drüber zerbrochen, aber da war eigentlich nichts Besonderes.«

»Ihre Freundin Frau Maaß erzählte von einem Mann, der Sie angesprochen haben soll«, half Bendt ihr auf die Sprünge.

»Ach so, der!« Karen Seeland winkte ab. »Ja, da war so ein schlaksiger Typ, der hat immer zu uns rübergeguckt. Er hat mich angesprochen, als die anderen getanzt haben. Ich fand ihn unangenehm, so ein Spacken eben.«

»Und was hat er gesagt?«, fragte Hauptkommissar Braun.

»Ach«, sagte sie dann, »er hat sich neben mich gestellt und dumm gegrinst. Ich hab betont in eine andere Richtung geguckt. Er hat dann irgendwann so was gesagt wie: ›Irre voll hier, oder?‹« Sie verdrehte die Augen. »Wahnsinnig originelle Anmache, nicht? Ich hab dann nur gesagt, dass es ja schon leerer wäre, wenn er Platz machen würde.«

Hauptkommissar Braun musste unwillkürlich schmunzeln. »Und hat er Platz gemacht?«

»Ja«, antwortete Karen Seeland, »er ist dann recht schnell gegangen.«

»Haben Sie denn etwas davon mitgekriegt, dass er auch Frau Mertens angesprochen hat?«

»Nee«, gab sie kopfschüttelnd zurück. »Kann ich mich nicht dran erinnern. War mir auch nicht wichtig. Ich meine, mal ganz ehrlich, das passiert uns ziemlich häufig.«

Bendt nickte und glaubte ihr aufs Wort.

»Ach so«, fiel es Karen Seeland dann ein. »Einmal hat Sabrina mit so einem Typen getanzt, der öfter bei Nino, das ist der Inhaber vom Cube, rumhängt. Er heißt Chris oder so und hat uns häufiger mal einen Drink spendiert. Ich meine, er hat früher mal für Nino an der Bar gearbeitet und konnte immer mal einen Caipirinha umsonst organisieren.«

Hauptkommissar Braun horchte auf. »Ein Bekannter von Nino, sind Sie da sicher?«, fragte er kritisch.

»Ja, glaub schon.«

Bendt war sofort klar, dass er sich diesen Nino noch mal zur Brust nehmen und sich anschließend diesen Chris vorknöpfen musste. Anja Maaß hatte zwar von einem Chris erzählt, nicht aber, dass es sich dabei um einen Bekannten des Barbesitzers handelte.

Hauptkommissar Braun fragte weiter: »Wie gut kannten Sie denn diesen Chris?«

»Im Grunde gar nicht weiter«, antwortete Karen Seeland bestimmt. »Er wollte uns öfter mal einen ausgeben. Ich glaube, ihm wäre auch egal gewesen, mit welcher von uns er ausgehen könnte. Wir fanden ihn eigentlich uninteressant. Das war so ein Schnacker, aber manchmal ganz unterhaltsam. Außerdem sind wir alle Studentinnen und ganz dankbar, wenn uns mal einer einen Drink spendiert. Als Freund kam der aber garantiert für keine von uns infrage. Und für Sabrina schon gar nicht …« Karen Seeland schaute gedankenverloren aus dem Fenster.

Mit einem hörbaren Klicken schaltete Braun das Diktiergerät ab, um der Zeugin eine Pause zu gönnen.

15. KAPITEL

Anna schloss die letzte Akte und sah auf die Uhr. Es war bereits Viertel vor fünf. Wenn sie die Rede des Behördenleiters nicht verpassen wollte, musste sie sich beeilen.

In diesem Jahr konnte sie sich unmöglich um das Herbstfest der Staatsanwaltschaft drücken. Die Feier wurde wie üblich von den Kollegen ausgerichtet, die in diesem Jahr entweder zu Beamten auf Lebenszeit ernannt oder befördert worden waren.

Diesmal gehörte auch Oberstaatsanwalt Tiedemann zu den Jubilaren. Er war zum Hauptabteilungsleiter aufgestiegen, und so war es ein Gebot der Höflichkeit, sich als Dezernentin seiner Abteilung blicken zu lassen.

Anna warf einen prüfenden Blick in den Spiegel, den sie auf der Innenseite ihres Büroschranks angebracht hatte. Sie zog ihre taupefarbene Bluse zurecht, fuhr sich mit den Fingern durch's Haar und frischte ihr Rouge auf. Sie sah gut aus.

Im Raum, in dem die Feier stattfand, war bereits einiges los. Anna reihte sich geduldig in die Schlange der Wartenden ein, um Oberstaatsanwalt Tiedemann und den beiden jungen Kollegen, die sich jetzt ebenfalls als »Lebenslängliche« bezeichnen durften, die Hände zu schütteln und zu gratulieren.

Am Ende des Raums war auf roten Papierdecken das aus Kuchen und kalten Platten bestehende Buffet aufgebaut. Anna musste unwillkürlich schmunzeln, als ihr Blick auf die Vielzahl unterschiedlichster Gläser und Becher fiel, die die Mitarbeiter der Behörde im Laufe der Jahre hier zusammengetragen und für die Feier bereitgestellt hatten. Jeder Sammler skurriler Trinkgefäße hätte daran seine Freude gehabt. An Thermoskannen verschiedenster Fabrikate und Farben klebten Zettel mit der Beschriftung »Tee« oder »Kaffee«. Man fühlte sich wie auf dem Trödelmarkt.

Typisch Behörde, dachte Anna. Außerdem hatte man sich in diesem Jahr auch mit der Dekoration besonders wenig Mühe gegeben, was wohl auf die Tatsache zurückzuführen war, dass diesmal keine einzige Frau unter den Gastgebern war.

Etwas abseits entdeckte Anna Oberstaatsanwalt Tiedemanns Tochter. Sophie blickte höflich und dennoch desinteressiert zu Annas Kollege Staatsanwalt Müller auf, dem es offensichtlich nicht gelang, ein interessantes Thema für eine Unterhaltung zu finden.

Wie auch, fragte sich Anna amüsiert. Staatsanwalt Müller war kinderlos, Mitte sechzig, und seine glühendste und vermutlich auch einzige Leidenschaft war das Sammeln alter Münzen. Gleich nachdem sie ihre Glückwünsche losgeworden war, ging sie zu Sophie hinüber, um sie zu erlösen.

Sophies Blick hellte sich ebenso plötzlich auf wie der

von Staatsanwalt Müller, als Anna hinzutrat. Ihr Kollege verabschiedete sich sofort, um sich »ein weiteres Glas Orangensaft zu besorgen«, wie er noch bemerkte, bevor er in der Menge verschwand.

Anna selbst hatte sich auf dem Weg zwei Gläser Prosecco beschafft und überreichte nun eines davon Sophie.

»Herzlichen Glückwunsch nachträglich zum Geburtstag!«, sagte sie herzlich und prostete ihr zu. »Dein Vater hat mir vorhin erzählt, dass du vorgestern sechzehn geworden bist.«

»Stimmt!«, gab Sophie stolz zurück. »Noch zwei Jahre, und ich kann machen, was ich will.«

Anna lächelte. Sie konnte sich noch gut daran erinnern, wie erstrebenswert sie es selbst in Sophies Alter empfunden hatte, endlich volljährig zu sein. »Sechzehn ist doch auch schon nicht schlecht«, sagte sie.

»Na ja«, antwortete Sophie ironisch und blickte an ihrem Rollstuhl hinab. »Jetzt darf ich immerhin Vespa fahren.«

Anna lachte. »Und du darfst bis zwölf in die Disco.«

Sophie schnaubte verächtlich. »Sie glauben doch selbst nicht, dass *der*«, sie warf einen verächtlichen Blick in Richtung ihres Vaters, »mich in einen Club gehen lassen würde!«

Als Anna nur mit den Schultern zuckte, fuhr sie fort: »Und selbst *wenn* ich es dürfte, können Sie sich vorstellen, wie peinlich es ist, wenn einen der eigene Vater abholt und nach Hause rollt?!«

Anna seufzte. »Ich weiß sogar, wie peinlich es ist«,

sagte sie schmunzelnd, »wenn man in einer Disco ausgerufen wird, weil der eigene Vater in einem gelborange gestreiften Carlo-Colucci-Pullover und in Romika-Sandalen draußen wegen eines Streits mit dem Türsteher kollabiert ist.«

»Wieso das?«, fragte Sophie.

Anna lächelte verschmitzt. »Ich durfte natürlich an diesem Abend auch nicht in die Disco, weil ich noch keine achtzehn war. Aber leider ist es meiner Mutter gelungen, herauszufinden, dass ich gar nicht bei der Freundin war, von der ich behauptet hatte, dass ich dort sein würde.«

»Autsch«, gluckste Sophie.

»Autsch«, wiederholte Anna. »Jedenfalls bekam sie schnell heraus, dass ich mit meiner neuen Flamme …«, sie unterbrach sich selbst, »ich sag dir, Sophie, mit dem tollsten Typen der Schule überhaupt, in der besagten Disco war, und hat meinen Vater, so wie er war, in seinen Haussandalen hingeschickt.«

»Nee, wie ätzend!«, hauchte Sophie.

»Und ob«, antwortete Anna. »Du musst wissen, dieser Thomas, mit dem ich ausging, war der absolute Mädchenschwarm. Ich war, glaube ich, gar nicht so sein Typ. Nachdem er aber erfahren hatte, dass mein Vater Hauptkommissar bei der Mordkommission war, wo er gern mal arbeiten wollte, war das allerdings plötzlich anders. Kann auch sein, dass ihm die Geschichte über den Einsatz meines Vaters als verdeckter Ermittler der Drogenfahndung auf Sizilien auch ganz gut gefallen hat …«

Sophie quietschte vor Vergnügen. »Ist er das wirklich gewesen?«

»Nein, er war Steuerberater.«

Sophie prustete vor Lachen. »Und wieso ist er kollabiert?«

»Weil der Türsteher offensichtlich nicht seine Sprache sprach«, sagte Anna. »Mein Vater hat bestimmt irgendwas von Aufsichtspflichtverletzung und Entziehung der Gewerbeerlaubnis gefaselt, und das hat dem Türsteher wahrscheinlich nicht gefallen. Als mein Vater dann anfing, einen härteren Ton anzuschlagen, und davon sprach, sich gewaltsam Zutritt zu verschaffen, hat er den Begriff gewaltsam wohl zu wörtlich genommen und meinem Vater eine gelangt.«

»Ist ja die totale Härte«, sagte Sophie grinsend.

Anna bereitete es großes Vergnügen, die Anekdote zum Besten zu geben. »Als man mich dann ausrief«, erzählte sie weiter, »ist Thomas natürlich mit raus. Mein Vater lag da schon mit blutiger Nase auf einer Bahre, und rechts und links davon baumelten seine schlaffen Romika-Sandalen samt Kniestrumpfinhalt.«

»Lassen Sie mich raten!«, sagte Sophie. »Thomas wusste natürlich sofort, dass Ihre Geschichte mit dem Drogenfahnder nicht stimmte.«

»Klar«, bestätigte Anna. »Vor allem hat er es auch deshalb nicht geglaubt, weil ich ihm auch erzählt hatte, dass mein Vater Zehnkämpfer war, was nicht wirklich zu der auf der Bahre liegenden Figur passte.«

Sophie schüttelte lächelnd den Kopf. »Warum haben Sie sich auch so was ausgedacht?«

»Keine Ahnung!« Anna zuckte mit den Schultern. »War eben so eine Phase. Später habe ich so was nicht mehr gemacht.«

»Die Geschichte ist jedenfalls sehr aufschlussreich!«, vernahm Anna nun Kommissar Bendts sonore Stimme und schrak zusammen. Er war plötzlich hinter ihr aufgetaucht, und sie wurde unwillkürlich rot.

»Was machen Sie denn hier?!«, fragte sie schroff und ärgerte sich über ihre glühenden Wangen.

»Das sag ich Ihnen auf dem Weg in Ihr Büro«, gab Bendt kurz angebunden zurück. »Wir brauchen dringend einen Durchsuchungsbeschluss.«

Anna seufzte. »Tut mir leid, Sophie«, sagte sie dann. »Mir scheint, ich muss schon weg.«

»Ach, schade!« Sophie schien ehrlich betrübt zu sein. »Ich hätte so gern noch ein bisschen weitergequatscht«, sagte sie enttäuscht.

»Beim nächsten Mal!«, tröstete Anna sie.

Sophies Blick hellte sich plötzlich auf. »Können Sie nicht am Sonntag zu uns kommen?«, fragte sie dann. »Ich feiere meinen Geburtstag nach und würde mir so wünschen, dass Sie dabei wären!«

»Also, ich weiß nicht …«, sagte Anna unschlüssig, da sie weder wusste, ob sie Lust hatte, an einem Teenagergeburtstag teilzunehmen, noch ob es angemessen wäre, die Tochter ihres Vorgesetzten zu besuchen.

»Ach bitte!«, flehte Sophie. »Ich würde mich so freuen.«

»Nun sagen Sie schon ja!«, drängte jetzt Bendt. »Wir müssen los.«

»Also gut«, seufzte Anna. »Wann soll es denn losgehen?«

»Um vier zum Kaffee!«, sagte Sophie strahlend, bevor sie sich verabschiedeten.

16. KAPITEL

Er hatte das Martyrium seiner Demütigung überstanden. Kurzzeitig hatte er geglaubt, sie würden ihn ertränken. Eine ganze Horde hatte ihn festgehalten, während Ferdi und Volker seinen Kopf immer wieder in die Kloschüssel getaucht hatten. Er hatte sich vor Angst und Ekel erbrochen, was sie antrieb, ihn immer wieder brutal im Genick zu packen und hinunterzudrücken. Und er hatte die bittere Galle geschmeckt, die sich mit dem Salz seiner Tränen vermischt und den Würgereiz verstärkt hatte. Bei dem Versuch, sich zu retten, war er mit dem Kinn auf dem Toilettenrand aufgeschlagen, weil es seinen schwachen Armen nicht gelungen war, sich abzustützen. Er war sich vorgekommen wie die jämmerlichste Kreatur auf Erden.

Dann hatten sie ihn wie einen Käfer an Armen und Beinen gepackt und unter die Dusche geschleift, ihm die Kleider vom Leib gerissen und ihn mit eiskaltem Wasser abgebraust, bis er ganz blau gefroren war.

Er hatte sich gewunden wie ein glitschiger Aal, während sie ihn von allen Seiten mit Shampoo bespritzt und ihn immer wieder unter den Wasserstrahl gedrängt hatten. Vergebens hatte er versucht, sich zu befreien, war auf dem seifigen Boden ausgeglitten und mit dem Kopf gegen die Wand gestoßen, was sie noch mehr angetrieben hatte. Sein Heulen und

Schreien war mehr und mehr einem Winseln gewichen, doch schließlich hatten sie den Spaß an ihm verloren und von ihm abgelassen.

Endlich hatte er realisiert, dass sie verschwunden waren und ihn, vor Angst und Kälte schlotternd, in dem weiß gekachelten Waschraum zurückgelassen hatten.

Mit zittrigen Fingern war es ihm gelungen, seine pitschnassen Sachen überzustreifen und in sein Zimmer zu fliehen, wo er schließlich immer noch tropfend hinter der Tür gehockt und unzählige Tränen der Wut vergossen hatte. Immer wieder biss er in seine Fingerkuppen, bis sie blutig waren und seinen kalten Händen ein Stück Wärme zurückgaben.

Er wusste nicht, wie lange er so gesessen hatte. Aber er wusste, warum er schließlich doch fähig war, sich wieder aufzurappeln und trockene Sachen anzuziehen. Heute war der Tag der Preisverleihung und des anschließenden Festes, das seinen gemeinsamen Bund mit ihr besiegeln sollte.

Nach einiger Zeit gelang es ihm, sich zu fangen und über das Internatsgelände in Richtung Aula zu gehen, wo die Preisverleihung stattfand.

Auf seinem Weg begegnete er einigen der Jungen, die an seiner Schmach mitgewirkt oder tatenlos dabeigestanden hatten. Sie sahen ihn nicht an, registrierten ihn scheinbar kaum. Manchmal fragte er sich, ob es wenigstens ein paar unter ihnen gab, die sich schämten, wenn sie mal wieder an einer der gemeinschaftlichen Läuterungen teilgenommen hatten. Sie erschienen ihm wie eine Horde wilder Tiere, die, vom Jagdinstinkt getrieben, in der Gruppe wie von einem Kollektivbewusstsein besessen agierten.

Er versuchte, jeden Gedanken an das Geschehene abzu-

streifen, während er in den mit Eltern und Schülern überfüllten Saal trat.

Man hatte den Raum mit mehreren Hundert Stühlen ausgestattet, und er ließ seinen Blick durch die Reihen streifen. SIE standen wie erwartet ziemlich weit vorn in der Mitte. Ferdi saß bei ihnen, neben ihm ein leerer Stuhl, der für ihn bestimmt war. Er war sicher, dass SIE wieder verärgert sein würden, weil er wie immer unpünktlich und damit unzuverlässig war. Doch er hatte nicht die Kraft, sich zu IHNEN zu setzen. Also blieb er im hinteren Teil des Saals und lehnte sich dort an die Wand.

Der Vortrag des Rektors, der wie jedes Jahr die Preisverleihung vornahm, hallte dumpf durch den Saal, ohne dass er den Worten Beachtung zu schenken vermochte. Das Einzige, was ihn hin und wieder aus seinen Gedanken an die bevorstehende Besiegelung seines Bundes zu reißen vermochte, war das vernehmliche Quietschen des Mikros, wenn Dr. Kern diesem zu nahe kam.

Er sah SIE, deren Blicke auf dem Pult ruhten, gierig darauf wartend, endlich Ferdis Namen zu hören. Ferdi trug eine graue Bundfaltenhose, ein weißes Hemd und darüber einen dunkelblauen Pullunder. Er wirkte mit seinen blonden, artig frisierten Haaren und dem zarten Lächeln, mit dem er hier und da IHREN Blicken begegnete, als ob er kein Wässerchen trüben könnte.

Endlich war es so weit. Es hatten schon einige der Jungen auf der Bühne Platz gefunden und ihre Urkunden entgegengenommen, als Ferdis Name ertönte und er seine Ehrung für hervorragende sportliche Leistungen empfangen durfte.

Ferdi strahlte souverän, während er zur Bühne empor-

stieg, und nahm den Applaus stolz und mit scheinbar sympathischer Bescheidenheit entgegen. Dr. Kern würdigte nicht nur seine Leistungen als Sportler, sondern hob ihn auch als hervorragenden Schüler hervor, dessen fairer Sportsgeist sich in seiner Offenheit und Kollegialität zu seinen Mitschülern widerspiegele.

Ihm war, als müsse er erneut mit dem Würgereiz kämpfen, den er im Toilettenraum des Sportplatzes verspürt hatte. Aber das hier schmeckt bitterer und ist widerlicher als der Gestank der Kloake, dachte er. Eine plötzliche Hitze stieg in ihm auf, und er widerstand dem erneuten Verlangen, sich auf die Fingerkuppen zu beißen. Stattdessen grub er das, was von seinen Fingernägeln der rechten Hand übrig geblieben war, in die Zwischenräume seiner geballten Faust.

Die Verleihung dauerte eine Ewigkeit, wenngleich nur die jeweiligen drei Besten einer Sportart persönlich auf der Bühne geehrt wurden. Danach gab es in der Schulkantine ein Buffet für Eltern und Schüler. Eine willkommene Gelegenheit für die Väter und Mütter, ihr Gefieder zu spreizen und den Stolz auf ihre Sprösslinge zu zelebrieren.

Ihm blieb nichts anderes übrig, als zu IHNEN hinüberzugehen. Sie hatten sich seit nahezu drei Monaten nicht gesehen, und so kam er nicht umhin, IHNEN zur Begrüßung die Hände zu schütteln und mit IHNEN zu essen. Immerhin hatte Ferdis Erfolg den Nutzen, dass SIE sich im Wesentlichen auf ihren leiblichen Sohn konzentrierten und somit seinen lotterigen Jeans und dem ungebügelten Hemd wenig Beachtung schenken konnten. Angespannt sah er sich in der hochwertig möblierten Kantine um und verspürte den schneller schlagenden Takt seines Herzens, als er endlich Ina entdeckte.

Sie saß gemeinsam mit ihren Eltern einige Tischreihen von ihm entfernt und unterhielt sich angeregt. Sein Blut pulsierte in einem ungewohnt betörenden Takt immer heftiger in seinen Adern, als er bemerkte, dass sie immer wieder zu seinem Tisch herübersah. Es war ein Gefühl unendlichen Glücks für ihn, so deutlich wahrzunehmen, dass auch sie den heutigen Abend in stiller Eintracht mit ihm für ihre Zusammenkunft auserkoren zu haben schien. Die Zeit, die er zwangsläufig noch bei IHNEN ausharren musste, war nun erst recht unerträglich lang. Die Minuten schlichen dahin, bis sich ihm endlich die Gelegenheit bot, IHRER *quälenden Gesellschaft zu entfliehen.*

Er war froh, als die Feier endlich zu Ende gegangen war und die Besucher nach und nach das Internatsgelände verlassen hatten. SIE hatten sich von ihm – wie üblich – mit dem Kommentar verabschiedet, dass er sich an seinem Bruder, der SIE so stolz mache, ein Beispiel nehmen solle. Die Worte waren durch seinen Kopf hindurchgerauscht, und er hatte die restliche Zeit, die er auf ihre Zusammenkunft warten musste, in der Stille seines Zimmers verbracht und seinem klopfenden Herzen gelauscht.

Jetzt trat er endlich nach draußen und sog den verführerischen Duft der lauen Sommernacht ein, während er im sanften Licht der nahenden Dämmerung den Weg in Richtung der Apartmenthäuser hinaufstieg, die am Ende des Internatsgeländes lagen. Ina bewohnte eines der Zimmer im ersten Stock des Hauses Nummer vier, dessen kleine Balkons einen herrlichen Ausblick in die malerische Landschaft des norddeutschen Flachlandes boten.

Er suchte hinter einer der mächtigen Eichen Schutz und

blickte zu dem unbeleuchteten Zimmer hinauf. Ihm kam es vor, als sei er eine Mischung aus Cyrano de Bergerac und Shakespeares Romeo, als er dort unten stand und wartete. Bald war es so weit. Endlich würde er die ersehnte Begegnung herbeiführen können.

Als kurz darauf das Licht im Zimmer anging, raubte es ihm fast den Atem. Sosehr er diesem Treffen entgegengefiebert hatte, sosehr fürchtete er sich mit einem Mal vor ihm. Der kalte Schweiß brach ihm bei dem Gedanken aus, er könne sich getäuscht haben und sie würde seine Gegenwart gar nicht auf magische Weise spüren und ihre Balkontür würde geschlossen bleiben. In das Haus hineinzugehen und an ihrer Tür zu klopfen erforderte eine Kühnheit, die aufzubringen er sich nicht imstande sah. So blieb ihm nichts anderes übrig, als dort unten auszuharren und zu warten.

Es wurde bereits dunkel, und es lag eine friedliche Stille in der Luft, die nur durch das fordernde Zirpen der Grillen gestört wurde.

Der Gedanke, unverrichteter Dinge den Heimweg antreten zu müssen, schien ihm unerträglich. Er erschrak, als das Licht im Zimmer ausging, und fürchtete bereits, dass sie ins Bett gegangen sein könnte, als er den sanften Lichtschein einer Kerze in der Mitte des Raums ausmachte. Sein Herz machte einen Sprung, als sich endlich die Balkontür öffnete und sie heraustrat.

Es war eine märchenhafte Atmosphäre, die ihn plötzlich umgab, unwirklich und dennoch realer und lebendiger als alles, was er je zuvor erlebt hatte.

Sie lehnte sich über das Geländer, und ihre dunklen, im Kerzenschein leuchtenden Locken umspielten in betörender

Schönheit ihre nackten gebräunten Schultern. Sie sah so perfekt aus in ihrem zart geblümten Sommerkleid, dass es ihm schlicht den Atem verschlug.

Endlich traute er sich, aus dem Schutz des Baumes hervorzutreten. Gerade wollte er seinen Mund öffnen und etwas rufen, als sich Ina zu einer Person umwandte, die jetzt ebenfalls aus der Balkontür trat und ihr ein Glas reichte.

Er war wie paralysiert, unfähig, sich zu rühren. Kein anderer als Ferdi trat nun zu ihr und zog Ina an sich, um gleich darauf seine Lippen auf die ihren zu pressen. Ihm war, als würde man ihm den Boden unter den Füßen wegreißen, sein gerade begonnenes Leben mit einem Schlag wieder auslöschen.

Er rang nach Luft, während er hinaufblickte und zusehen musste, wie sich Ferdis Arme schlangengleich um ihren Körper wanden und sie vergifteten. Seine Schläfen pochten wild, und heiße Tränen der Verzweiflung und der Wut traten ihm in die Augen.

Ina entdeckte zuerst, dass etwas nicht stimmte.

»Ist da jemand?«, rief sie unsicher und schaute über das Geländer hinunter in den Garten.

Seine Hoffnung, unerkannt in der Dunkelheit untertauchen zu können, schwand, als er Ferdis Blick auf sich spürte.

»Du Drecksau!«, zischte Ferdi wütend zwischen den Zähnen hervor. »Mach, dass du verschwindest!«

Er wollte kehrtmachen, konnte aber der Versuchung nicht widerstehen, ihr einmal direkt in ihre schönen unergründlichen Augen zu sehen. Vielleicht konnte er eine geheime Botschaft in ihnen lesen?

In ihm keimte der verzweifelte Wunsch auf, sie habe Ferdi

nur demütigen wollen. Sie habe ihn geküsst, um ihn schon im nächsten Moment brutal wegzustoßen und Ferdi damit die gerechte Strafe zukommen zu lassen für alles, was dieser ihm je angetan hatte.

Doch sie tat es nicht, und in ihrem Blick lag nichts als Verachtung. »Schick ihn weg, den ekligen Spanner!«, forderte sie Ferdi auf. »Sag ihm, er soll abhauen!«

17. KAPITEL

Also, was ist nun so furchtbar eilig?«, fragte Anna, während sie gemeinsam mit Bendt die Feier der Staatsanwaltschaft verließ und schnellen Schrittes in Richtung ihres Büros ging.

»Wir haben einen Fehler gemacht«, antwortete Bendt knapp.

»Wer hat einen Fehler gemacht?«, fragte Anna beunruhigt und spürte, wie ihr Herz sich bei dem Gedanken, sie könnte etwas übersehen haben, zusammenzog.

»Es geht um den Zeugen Woltereck«, antwortete Bendt, während sie den Gang entlang hasteten. »Er hat die Leiche von Sabrina Mertens gefunden.«

»Ich weiß, wer Sabrina Mertens' Leiche gefunden hat«, gab Anna ärgerlich zurück, während sie die Tür zu ihrem Büro aufschloss. »Ich kenne die Akte! Was ist mit Woltereck?« Es dämmerte bereits, und sie schaltete ihre Schreibtischlampe an.

»Wir konnten ihn damals nicht sofort vernehmen«, fuhr Bendt fort und nahm auf einem der Besucherstühle am Schreibtisch Platz. »Er ist durch einen Kollegen in der Klinik vernommen worden, nachdem man ihn dorthin gebracht hatte.«

»Ja und?«, fragte Anna ungeduldig. Sie hatte nicht die geringste Ahnung, worauf er hinauswollte.

»Was er uns damals verschwiegen hat«, sagte Bendt, »ist, dass er bereits am Morgen des Mordes zur gleichen Zeit wie Sabrina Mertens im Lauerholz war.«

Anna griff nach der Akte, die hinter ihrem Schreibtisch auf der Fensterbank lag, und schlug die Vernehmungsniederschrift des Zeugen auf. »Inwiefern verschwiegen?«, fragte sie verwirrt. »Woher wissen Sie überhaupt, dass er dort war? Und weshalb zum Teufel hat jemand einen Fehler gemacht?«

Bendt holte erst einmal tief Luft, bevor er wieder ansetzte. »Der Zeuge ist von einem jungen Kollegen vernommen worden«, sagte er dann.

Annas Stirn lag in tiefen Falten, und ihre Augen waren so stechend, dass er Mühe hatte, ihrem Blick standzuhalten. »Am besten ist, Sie lesen es selbst«, sagte er darum und tippte mit dem Finger auf den Text.

Anna überflog die Seite. Man hatte Woltereck bisher nicht im Präsidium vernommen, der Beamte hatte lediglich die Angaben des Zeugen in seinem Notizbuch festgehalten. Sie las die Zeilen, in denen der Zeuge das Auffinden der Leiche und das nachfolgende Zusammentreffen mit der Zeugin von Hacht schilderte. Im Weiteren hieß es: »Der Zeuge gibt auf Nachfrage an, dass er die Ermordete vor dem besagten Tag zuletzt etwa vor drei bis vier Tagen gesehen habe.«

Als sie wieder aufblickte, sprach Bendt weiter.

»Es wird aus der Niederschrift nicht klar, ob der Beamte den Zeugen unmittelbar nach seinen Wahrnehmungen vom Vortag und somit danach gefragt hat, ob der Zeuge auch am Tattag im Forst war und gegebenenfalls Wahrnehmungen gemacht hat.«

»Na und?«, fragte Anna ungeduldig. »Vielleicht hat er sie ja am genannten Tag gar nicht getroffen. Und mir ist immer noch nicht klar, warum er zwingend dort gewesen sein soll. Sie gehen doch nicht etwa davon aus, dass er unser Mörder ist, oder?«

»Ich schließe es für den Moment jedenfalls nicht aus!«, antwortete Bendt. »Wir meinen jedenfalls, dass der Verdacht für eine Durchsuchung seiner Wohnung reichen sollte.«

Anna ließ sich in ihrem Stuhl zurückfallen. »Da bin ich aber gespannt!«, sagte sie dann. »Offensichtlich wissen Sie einiges, das ich noch nicht weiß.«

»Das ist wohl so«, gab Bendt ohne zu zögern zurück. Er genoss es sichtlich, sie auf die Folter zu spannen.

»Die Zeugin von Hacht …« Er machte eine kurze Pause. »Also, die mit dem Pudel …«

»Ich kenne die Zeugen des Verfahrens!«, unterbrach ihn Anna entnervt. »Auch wenn Sie es anscheinend nicht glauben wollen, ich habe die Akte durchaus gelesen!«

Bendt überging diese Spitze und fuhr fort: »Die Zeugin rief gestern auf dem Präsidium an und sprach mit Hauptkommissar Braun. Er war ziemlich genervt, weil sie nahezu täglich bei uns anruft, um irgendwelche Belanglosigkeiten loszuwerden. Offensichtlich hat sie die Hoffnung, mehr von uns über den Mord zu erfahren, um Klatschmaterial zu sammeln.«

Anna trommelte ungeduldig mit den Fingern auf der Schreibtischplatte herum, damit er endlich zum Punkt kam.

»Frau von Hacht fing an, über einige Hundebesitzer zu sprechen, die am Tattag den alten Jeep der Toten auf dem Parkplatz gesehen hatten. Durch Zufall erzählte sie von einem Zeugen namens Böll, der am Morgen des Tattages am Waldparkplatz ankam, als der Zeuge Woltereck gerade wegfuhr. Beide winkten sich wohl aus den Autos zu. Der Zeuge erinnerte sich, dass zu diesem Zeitpunkt nur wenige Autos, darunter der Wagen des Opfers, auf dem Parkplatz abgestellt waren.«

Anna nickte nachdenklich. »Na gut«, sagte sie dann. »Mag sein, dass der Zeuge Woltereck an beiden Tagen dort war. Das allein begründet aber wohl kaum einen ausreichenden Verdacht, zumal sich aus seiner Vernehmung nicht einmal ergibt, dass er Sabrina Mertens' Wagen an dem Tag nicht bemerkt haben will. Außerdem hatte er auch keinerlei Veranlassung, überhaupt darauf zu achten.«

»Ich weiß, dass das nicht viel ist!«, gab Bendt zurück. »Aber es wäre möglich, dass er am Tag nach der Tat noch einmal zum Tatort gegangen ist. Vielleicht aus Angst, dort etwas verloren zu haben.«

Anna nickte nachdenklich. »Das allein ist allerdings pure Spekulation«, sagte sie dann. »Deshalb stelle ich noch keinen Antrag.«

»Gemach, gemach«, beschwichtigte er sie. »Ich habe natürlich noch mehr. Wir haben gestern die Zeugin Karen Seeland vernommen. Sie war am Vorabend der

Tat gemeinsam mit Sabrina Mertens im Cube. Sie hat angegeben, dass ein dürrer Kerl um die drei Frauen herumscharwenzelt sei. Diese Personenbeschreibung passt auf den Zeugen Woltereck.«

Bendt reichte Anna die Vernehmungsniederschrift von Karen Seeland hinüber, die er in einer Mappe bei sich hatte.

»Hat sich Frau Mertens denn mit ihm unterhalten?«, fragte Anna gespannt, während sie darin blätterte.

»Nein«, gab Bendt kleinlaut zu. »Das leider nicht.«

Anna las die Vernehmung. Ohne auch nur aufzublicken, sagte sie wie nebenbei: »Sie können sich übrigens gern einen Kaffee nehmen.« Sie deutete auf die Thermoskanne, die nebst einigen Tassen hinter Bendt auf einem kleinen Beistelltisch abgestellt war.

Er nahm das Angebot dankend an. »Wollen Sie auch einen?« fragte er dann.

»Ja, gern«, antwortete sie, ganz im Lesen versunken.

Bendt betrachtete sie von der Seite und stellte erneut fest, wie attraktiv sie war. Sie hatte sich offensichtlich für die Feier zurechtgemacht und wirkte nicht so abgespannt wie bei ihrem letzten Zusammentreffen. Wenn sie nicht so eine Zicke wäre, dachte er, hätte ich sicher schon mal daran gedacht, mit ihr auszugehen.

Anna spürte seinen Blick auf sich ruhen und sah auf, als habe sie seine Gedanken gelesen.

Bendt räusperte sich und reichte ihr den Kaffee. Es dauerte nicht lange, bis sie zu Ende gelesen hatte.

»Aus der Vernehmung ergibt sich kein Hinweis

darauf, dass Sabrina Mertens mit Woltereck gesprochen hat«, sagte Anna kritisch. »Geschweige denn darauf, dass sie den Mann im Cube kannte. Und dieser Woltereck war ihr ja jedenfalls vom Aussehen bekannt.«

Es entstand eine kurze Pause. »Das ist reichlich wenig, was Sie da haben«, sagte Anna dann und klappte die Abschrift zu.

Bendt nickte, doch aus seinen Augen sprach eine gewisse Genugtuung darüber, dass er offenbar mehr wusste als sie. »Es gibt aber immerhin noch einen weiteren Hinweis«, sagte er dann. »Im Zusammenhang mit dem zweiten Mord an Jasmin Behnken wurde ein silbergrauer 3er BMW bemerkt, der zur mutmaßlichen Tatzeit führerlos in der Nähe des Tatortes abgestellt gewesen sein soll. Woltereck fährt einen solchen Wagen.«

Anna seufzte. »Wie viele silbergraue 3er BMWs des entsprechenden Baujahres gibt es wohl?«, fragte sie resigniert.

Bendt zuckte mit den Schultern. Sie wussten beide, dass die Liste der infrage kommenden Fahrzeuge unendlich war.

»Es ist nicht viel, wie gesagt«, wiederholte der Kommissar dann. »Aber für eine Durchsuchung müsste es doch reichen, oder? Schließlich brauchen wir nur einen Anfangsverdacht.«

»Vielen Dank für die Rechtsbelehrung, Herr Bendt«, gab sie ironisch zurück. »Haben Sie mit dem Beamten gesprochen, der Woltereck im Krankenhaus vernommen hat? Kann er sich daran erinnern, inwieweit er konkret nach dem Tattag gefragt hat?«

»Ich fürchte, das ist das Problem«, antwortete Bendt. »Zum Zeitpunkt der Vernehmung stand die Tatzeit noch nicht genau fest. Der Kollege hat zwar explizit danach gefragt, wann Woltereck die Tote zuletzt gesehen hat, nicht aber nach ihrem Wagen. Er konnte sich auch nicht daran erinnern, den Zeugen danach gefragt zu haben, ob er selbst am Vortag im Wald war.«

Anna dachte nach. »Einen Antrag auf Erlass eines Durchsuchungsbeschlusses werde ich auf jeden Fall stellen«, sagte sie dann mehr zu sich selbst als zu ihm. »Hoffen wir, dass er erlassen wird. Sollte das nicht der Fall sein, wäre es sinnvoll, Woltereck zunächst detailliert als Zeugen zu vernehmen und ausdrücklich danach zu fragen, ob er zur Tatzeit am Wald war. Sollte er sich dabei in Widerspruch zu den Angaben des Zeugen Böll setzen, hätten wir immer noch die Möglichkeit zu durchsuchen.«

Bendt nickte zustimmend. »Daran habe ich auch schon gedacht.«

»Was wissen wir eigentlich über den Zeugen persönlich?«, fragte Anna. »Gibt es irgendwelche Hinweise auf ein Motiv?«

Bendt schüttelte den Kopf. »Auf den Vernehmungsbeamten hat er eher einen etwas verhuschten Eindruck gemacht«, sagte er dann. »Ansonsten wissen wir nur, dass er ledig ist und allein lebt. Laut den polizeilichen Datenbanken ist er nie strafrechtlich in Erscheinung getreten.«

Anna stützte ihre Ellbogen auf den Schreibtisch auf, legte ihr Kinn in die Handflächen und sah Bendt in Gedanken versunken an.

»Es ist schon nach sechs«, sagte sie dann. »Heute werden wir keinen Richter mehr erreichen. Außerdem brauche ich für den Antrag das *Go* von Oberstaatsanwalt Tiedemann.«

»Wir wollten morgen früh durchsuchen«, nahm Bendt ihre Frage vorweg.

»In Ordnung«, sagte sie. »Ich mache den Antrag heute noch fertig und sorge dafür, dass er morgen früh bei Gericht ist. Wenn der Antrag erlassen wird, können Sie ihn morgen dort abholen.«

Bendt bedankte sich und stand auf. Sie blickte kaum auf, als sie sich verabschiedeten, und schien schon ganz in ihre nächste Akte vertieft zu sein, als er noch nicht einmal aus der Tür war.

Er hielt noch einen Moment lang inne, und sie blickte zu ihm auf. Widerwillig stelle er fest, dass ihn die Mischung aus Strenge und Melancholie in ihren Augen faszinierte.

»Ist sonst noch was?«, fragte Anna.

Es entstand eine kleine Pause. »Es tut mir leid wegen der Feier«, sagte er dann.

»Das macht nichts«, gab sie zurück. »Sie haben mich zwar um ein erlesenes Behördenbuffet gebracht, aber das ist schon okay.«

Er musste unwillkürlich lachen. »Wollen Sie vielleicht jetzt etwas essen?«, fragte er dann. »Ich meine, soll ich ihnen was besorgen?«

Ausgerechnet von Bendt hätte Anna ein solch entgegenkommendes Angebot nicht erwartet.

»Nein«, gab sie überrascht zurück und fügte lächelnd hinzu: »Ich bin heute noch zum Essen verabredet. Aber danke für das Angebot.«

Er zuckte mit den Schultern und ging.

Ihr Blick ruhte noch auf der geschlossenen Tür, als seine dumpf auf dem Boden verhallenden Schritte sich schon eine Weile entfernt hatten.

18. KAPITEL

Von der Straße aus konnte er sehen, dass in ihrem Büro noch Licht brannte. Der Rest des Gebäudes lag in friedlicher Dunkelheit. Er widerstand dem Drang, zu ihr hinaufzugehen. Wahrscheinlich sitzt sie dort über ihren Akten im Schein der Schreibtischlampe und reibt sich ihren verspannten Nacken, dachte er. Er stellte sich vor, wie der Hund unter ihrem Schreibtisch lag und sie mit den Füßen zärtlich sein Fell kraulte, während sie arbeitete.

Sie war ihm bereits vertraut geworden. Er kannte ihre Gewohnheiten. Sie arbeitete oft sehr lange, bevor sie in die nahe gelegene Tiefgarage ging, in der sie ihr Auto abgestellt hatte. Jeder Schritt, den sie unternahm, schien ihm bereits bekannt. Sie ahnte nicht, wie nahe er ihr bereits gekommen war. Er kannte den Geruch ihrer Haut und den verführerischen Duft ihrer Haare. Er folgte ihr wie ein Schatten, immer auf der Hut, um nicht irgendwann ertappt zu werden.

Es war bereits spät. Bald würde sie den Weg nach Hause antreten. Sie wohnte in einem beeindruckenden Haus. Ein Haus, wie es sich nur die leisten konnten, die es im Leben zu etwas gebracht hatten. Sie konnte von ihrem Küchenfenster aus bis zum Horizont schauen.

Er hatte sie schon durch dieses Küchenfenster beobachtet, wenn sie das Frühstück vorbereitete und an dem schmalen Tresen saß und Zeitung las.

Sie besaß einen schneeweißen Bademantel. Darin sah sie aus wie ein Engel. Viele Frauen sahen aus wie Engel, das war das Tückische an ihnen. Er fragte sich, was sie morgens unter ihrem Bademantel anhatte. Ob sie überhaupt etwas darunter trug.

Er zog den Kragen seines Mantels etwas fester zusammen. Es war sehr kalt an diesem Abend. Die Turmuhr schlug bereits neun. Es würde nicht mehr lange dauern, dachte er. Nicht mehr lange …

19. KAPITEL

Anna packte ihre Sachen zusammen und verließ das Büro. Sie schaltete das Flurlicht ein und lauschte. Es war totenstill. Hubert lief mit seinen tapsigen Schritten in Richtung Treppenhaus voran. Es tat ihr leid, dass sie die Zeit vergessen hatte. Er musste hungrig sein und war zudem seit dem frühen Nachmittag nicht mehr draußen gewesen.

Sie machte an Oberstaatsanwalt Tiedemanns Büro halt und stellte fest, dass die Tür nicht verschlossen war. Er war offensichtlich noch im Gebäude. Sie legte die Akte mit ihrem Durchsuchungsantrag und der für ihn gefertigten Notiz säuberlich auf seinem Schreibtisch ab.

Alles in Tiedemanns Büro gehorchte einer peinlichen Ordnung. Selbst wenn er in Eile war, verließ er sein Büro nie, ohne seine Akten beiseite zu räumen und den kleinen Papierstapel, den er links neben dem Briefbeschwerer aufgehäuft hatte, akkurat zusammenzuschieben.

Ein vernehmliches Poltern direkt neben ihr ließ Anna plötzlich zusammenzucken. »Hubert!«, schalt sie ihren Vierbeiner, als sie sah, was er angerichtet hatte. Sie stellte ihre Tasche ab und richtete den Papierkorb wieder auf, der nun umgestoßen auf dem Fußboden lag.

»Du solltest doch auf dem Flur warten«, tadelte sie ihn. Sie griff nach ihrer Tasche und verließ das Büro.

Im Treppenhaus angekommen, überlegte sie kurz, ob es Sinn machen würde, noch einmal in den Raum zurückzukehren, in dem das kleine Fest der Staatsanwaltschaft stattgefunden hatte. Sie hätte nachsehen können, wer noch dort war, oder Tiedemann noch einmal persönlich auf ihre Akte ansprechen können, doch sie entschied sich dagegen. Vermutlich waren alle schon weg, und wenn nicht, würde sie sich unweigerlich der Gefahr aussetzen, dem Oberstaatsanwalt beim Abwasch und Aufräumen behilflich sein zu müssen.

Anna stieg die Treppe hinunter und verließ das Gebäude. Sie achtete darauf, dass die schwere Tür hinter ihr ins Schloss fiel, und trat ihren Weg zu dem Gebäude an, in dem sich die Tiefgarage befand.

Es war kalt, und sie fröstelte unwillkürlich. Es war kein Mensch auf der Straße, die friedlich im Schein der Straßenlaternen lag. Sie hatte Georg zugesagt, nicht allzu spät vorbeizukommen. Mit dem Auto war es nur ein Katzensprung von ihrem Büro in der Travemünder Allee zur Elsässer Straße, wo Georg eine der begehrten Villen mit eigenem Bootsanleger direkt an der Wakenitz bewohnte. Eigentlich war sie müde, und es war schon recht spät, aber andererseits hatte sie sich vorgenommen, endlich etwas in ihrem Leben zu ändern, und schließlich hatte sie seine Einladung damals dankbar angenommen.

Georg hatte recht. Auf Dauer war es keine Lösung, sich immerzu in ihren Akten zu vergraben – sie musste mehr unter Menschen. Sie wollte irgendwann wieder ein normales Leben führen.

Sie stieg in einen der beiden Fahrstühle der Tiefgarage, der sich krachend in Gang setzte. Sie schmunzelte über Hubert, der jedes Mal unter dem ächzenden Geräusch zusammenzuckte. »Alles gut, mein Dicker!«, beruhigte sie ihn und tätschelte sein Fell.

Der Fahrstuhl hielt an, und sie stiegen aus. Zu ihrer Verblüffung war es im Parkraum wesentlich dunkler als sonst. Die Ebene, die etwa dreißig Autos Platz bot, wurde lediglich durch einige kleinere, seitlich angebrachte Notlampen beleuchtet. Das Oberlicht war offensichtlich ausgefallen.

Anna forschte nach einem Lichtschalter, konnte aber keinen entdecken. Neben ihrem VW Touareg standen, soweit sie es in der Dunkelheit ausmachen konnte, kaum Fahrzeuge. »Verdammt duster, was?«, hauchte sie Hubert zu und hielt instinktiv seine Leine etwas kürzer.

Anna lief ein Schauer über den Rücken, und sie fürchtete sich unwillkürlich. Das surrende Flackern der trüben Leuchten hatte etwas Gespenstisches. Sie mochte Tiefgaragen nicht besonders, hatte den Stellplatz aber wohl oder übel angemietet, da es in der Umgebung praktisch unmöglich war, irgendwo günstig den Tag über parken zu können.

Ich lese einfach zu viele Krimis, dachte Anna, während sie eilig auf ihren Wagen zusteuerte, der in einem

Winkel links von der Tür zum Treppenhaus abgestellt war. Hinter ihr fuhr der Fahrstuhl mit hörbarem Krachen wieder nach oben.

Anna griff in ihre Manteltasche, konnte aber den Autoschlüssel zu ihrer Verwunderung nicht finden. Hektisch durchwühlte sie mit der rechten Hand ihre Beutelhandtasche, fand ihn jedoch auch dort nicht.

»Dass ich aber auch immer nach etwas suchen muss!«, verfluchte sie sich selbst. Erneut griff Anna in ihre Mantel- und schließlich in die Hosentaschen, letztlich sicher, dass der Schlüssel auch dort nicht sein würde.

Der Fahrstuhl war bereits wieder auf dem Weg nach unten, was Anna nur mit halbem Ohr registrierte. Hubert blickte in Richtung Aufzug und horchte in die Dunkelheit.

Anna stöhnte leise auf, als ihr ein Gedanke kam. »Mist«, sagte sie zu sich selbst. Wahrscheinlich hatte sie den Schlüssel auf Oberstaatsanwalt Tiedemanns Schreibtisch liegen lassen, als sie die Akte dort hingelegt hatte.

Sie wollte gerade den Rückweg antreten, als sich die Türen des Aufzugs öffneten und die ersten langsamen Schritte auf dem Betonboden widerhallten. Nur einen Augenblick später setzte sich der Fahrstuhl wieder in Gang.

20. KAPITEL

Bendt bahnte sich seinen Weg durch die überfüllte Bar. Es war bereits nach Mitternacht, und die Mädchen hinter dem Tresen des Cube hatten alle Hände voll zu tun, um den Getränkebestellungen nachzukommen.

Die Bässe dröhnten dumpf und aggressiv durch den Raum, was zu Bendts eigener Stimmung passte. Er entdeckte den Barbesitzer, als dieser gerade mit zwei Paletten frisch gespülter Gläser aus dem Personalbereich in den Gastraum trat.

Nino hatte die Ärmel seines weißen Hemdes aufgekrempelt und schwitzte unter der Last. Er stellte sich Bendt in den Weg, als dieser hinter den Tresen trat.

»Die Toiletten sind auf der anderen Seite!«, sagte Nino scharf und wies seinem Gegenüber mit den Augen die Richtung.

»Danke, aber ich suche nicht das Klo«, entgegnete Bendt und blickte ihn herausfordernd an. »Ich bin hier goldrichtig«, ergänzte er. »Dich wollte ich sprechen.«

Nino wich instinktiv einen Schritt zurück. Seine Erfahrung hatte ihn gelehrt, sich vor aggressiven Bargästen in Acht zu nehmen. Doch endlich dämmerte es ihm, wen er vor sich hatte.

»Was gibt's denn?«, fragte er misstrauisch.

»Gesprächsbedarf«, gab Bendt knapp zurück und machte einen Schritt auf Nino zu. »Wir müssen reden.« Sein Gesichtsausdruck sprach eine deutliche Sprache. Er wäre nicht bereit, sich vertrösten zu lassen.

»Okay«, lenkte Nino ein. »Ich stell eben die Gläser ab, dann können wir nach hinten gehen.«

Bendt nickte und wartete, bis er seine Last an eine seiner Aushilfen abgegeben hatte und diese anwies, die Stellung zu halten. Er atmete auf, als sich hinter ihnen die Tür zum Personalbereich schloss und die Bässe leiser wurden.

»Gemütlich«, sagte Bendt ironisch und ließ seinen Blick durch den muffigen kleinen Raum schweifen. Er fragte sich unwillkürlich, wie viele Mädchen auf der abgewrackten dunkelroten Couch schon Ninos Avancen erlegen waren.

Der Inhaber zündete sich eine Zigarette an, nahm einen tiefen Zug und stieß Bendt den Rauch entgegen. »Was gibt's?«, fragte er und griff dann in ein Regal an der hinteren Rückwand des Büros, aus dem er eine Flasche Whisky fischte.

»Ich glaube, du hast vergessen, mir eine Adresse zukommen zu lassen«, sagte der Kommissar mit hochgezogenen Brauen und sah Nino zu, der sich mindestens vier Fingerbreit Whisky in ein Wasserglas goss.

Nino stutzte. »Keine Ahnung, wovon du sprichst«, sagte er dann. »Auch einen?«, fragte er mit Blick auf die Flasche.

Bendt überging das Angebot. »Ich will dir mal auf

die Sprünge helfen«, sagte er stattdessen. »Ich hätte gern die Adresse deines Busenfreundes Chris.«

Nino stellte die Flasche betont langsam in das Regal zurück und zog die Stirn in Falten, als müsse er angestrengt nachdenken. »Welchen Chris?«, fragte er dann.

»Den Chris«, gab Bendt zurück, »der früher bei dir als Barmann tätig war und der, wie ich erfahren habe, der Dame, nach der wir dich neulich gefragt haben, gern mal einen Caipirinha ausgegeben hat.«

»Ach der«, sagte Nino beiläufig. »Was wollt ihr von dem?«

»Das lass mal unsere Sorge sein«, entgegnete Bendt. »Ich sage nur so viel: Ich kann verdammt unangenehm werden, wenn ich den Eindruck gewinne, dass jemand die Justiz behindert. Es wäre also besser für dich, wenn dir seine Adresse einfiele.«

Nino nahm einen kräftigen Schluck und schnaubte verächtlich durch die Nase. »Frag ihn doch selbst!«, sagte er schließlich. »Eben war er jedenfalls noch draußen an der Bar.«

»Großartig«, antwortete Bendt. »Vielleicht kommst du mir entgegen und erlaubst mir, hier in deinem Büro ein paar Worte mit ihm zu wechseln?«

Nino setzte eine gleichgültige Miene auf. »Wenn's hilft«, sagte er ironisch und fügte hinzu: »Der ist auf keinen Fall ein Mörder.«

»Vielen Dank für den Hinweis, Sie Meisterdetektiv!«, gab Bendt schlagfertig zurück. »Vielleicht darf ich ihn dann auch als Zeugen vernehmen, wenn's recht ist?«

Nino ersparte sich eine Antwort und sagte stattdessen: »Ist noch was? Ansonsten wäre es nett, wenn ich mich wieder meinem Job widmen dürfte.«

»Nur Geduld!«, entgegnete Bendt gedehnt. »Ich hätte außerdem gern eine Beschreibung des langen Lulatschs, von dem du uns bei deiner Befragung neulich berichtet hast. Der, der um die Mädchen herumgeschlichen ist.«

»Ich hab nicht die geringste Ahnung, von wem du sprichst«, antwortete Nino aufrichtig.

»Der Typ«, ergänzte Bendt, »der sich den ganzen Abend an einem Bier festgehalten haben soll.«

Ninos Miene klarte sich auf. »Ach so«, antwortete er, »der Lange.«

Bendt nickte. »Kannst du den näher beschreiben?«

Der Barbesitzer schüttelte den Kopf. »Ich erinnere mich selten an ein Gesicht«, sagte er dann. »Es sei denn, es hängen lange blonde Haare dran und es hat rot geschminkte Lippen.« Er grinste Bendt mit einem schmierigen Lächeln an, das seine vergilbten Zähne zum Vorschein brachte.

Bendt seufzte. »Streng dich mal ein bisschen an!«, mahnte er. »Was hatte er denn an?«

»Bin ich Wolfgang Joop oder was?!«, schnaubte Nino verächtlich. »Was weiß ich! Es wird kein Dirndl gewesen sein, daran würde ich mich wohl erinnern.«

»Immerhin weißt du, was er bestellt hat«, sagte Bendt schroff. »Da wird doch vielleicht noch ein bisschen mehr an Erinnerung da sein?«

Nino klopfte auf sein Glas. »Ich erinnere mich an eine Visage nur, wenn ein Geldbeutel dabei ist«, antwortete er. »Wenn einer sechs Cocktails in der Stunde bestellt, dann würde ich vielleicht sogar anfangen, mit einer Glatze zu schmusen.«

Er grinste wieder anzüglich, und Bendt war klar, dass er hier nichts weiter erreichen konnte. Deshalb entschied er sich, wieder auf den eigentlichen Anlass seines Besuchs zu sprechen zu kommen.

»Na gut, dann hol mir doch mal diesen Chris rein.«

»Werd mal sehen, ob er noch da ist«, gab Nino zurück.

»Sollte er nicht mehr da sein«, sagte Bendt scharf, »wäre es von Vorteil für dich, wenn du mir seine genaue Anschrift mitteiltest!«

»Schon gut«, beschwichtigte Nino ihn und verließ das Büro, sodass Bendt erneut Gelegenheit hatte, sich umzusehen. Er trat an die Wand hinter Ninos Schreibtisch, um die dort aufgehängten Fotografien und Urkunden näher begutachten zu können.

Dort prangten Bilder, die Nino am Strand oder auf einem Segelboot als stolzen Fischer riesiger Hechte zeigten. Außerdem fanden sich ein paar ältere Schwarz-Weiß-Fotos, auf denen offenbar Ninos Eltern und Geschwister abgebildet waren. Der Bekleidung und Umgebung zufolge waren sie in dörflichen Landstrichen Italiens zu Hause.

Bendt schmunzelte außerdem über die übergroße Madonnenfigur, die Nino in dem Regal abgestellt hatte. Sie stand im grotesken Kontrast zu einigen weiteren Fotografien, die Nino in Champagnerlaune und in Begleitung nur leicht bekleideter Damen zeigten.

Das Knarren der Tür unterbrach Bendts Reise in Ninos Privatleben. Ein Mann von vielleicht fünfunddreißig Jahren streckte den Kopf durch die Tür und blickte Bendt aus misstrauischen blauen Augen fragend an.

»Sie sind sicher Chris«, sagte Bendt und winkte ihn herein.

»Ja«, gab Chris unsicher zurück. Sein Blick verriet dem Kommissar, dass Nino ihn nicht über den Anlass der Befragung aufgeklärt hatte.

»Nehmen wir doch einen Moment Platz«, schlug er deshalb vor und setzte sich auf Ninos Schreibtischstuhl.

Chris war sein Unbehagen deutlich anzusehen, als er sich ihm gegenüber auf einen Holzstuhl fallen ließ.

»Ich werde beim Arbeitsamt selbstverständlich melden«, sagte er hastig, »dass ich an ein, zwei Wochenenden bei Nino ausgeholfen habe. Ich bin bisher nur nicht dazu gekommen …«

»Deshalb bin ich nicht hier«, unterbrach ihn Bendt.

Aus Chris' Miene sprach gleichermaßen Erleichterung wie Verwirrung. Bendt wusste genau, was die Zeugin Karen Seeland gemeint hatte, als sie diesen Chris einen Schnacker genannt hatte, der zwar amüsant war, sich aber nicht als potenzieller Lebenspartner eignete. Er kannte diesen Typ Mann, der optisch stark dem Klischee eines Tennislehrers entsprach, der sich mit möglichst wenig Aufwand und Verantwortung durchs Leben lavierte und sein Ego gern durch die schnelle Beute junger, attraktiver Frauen aufpolierte.

»Sie sind nicht deshalb hier?«, fragte Chris verwirrt.

»Nein«, antwortete Bendt ruhig und sah Chris prüfend an. »Haben Sie in der Presse von den Frauenmorden gelesen?«, fragte er dann.

In Chris' Miene war keinerlei Unbehagen zu lesen. »Ja, warum?«, fragte er voller Unverständnis.

Bendt belehrte ihn kurz über seine Rechte und Pflichten als Zeugen und kam dann auf den maßgeblichen Abend vor Sabrina Mertens' Tod zu sprechen.

»Wirklich schade um die Kleine«, sagte Chris bedauernd. »Ich wäre gerne bei ihr gelandet.«

Bendt nickte nur. »Sie sollen am genannten Abend mit ihr getanzt haben«, sagte er dann.

»Das ist ja wohl nicht strafbar, oder?!«, gab Chris schroff zurück. »Soll ich was mit dem Mord zu tun haben, oder was?«, fragte er dann entsetzt. Langsam schien der Groschen bei ihm zu fallen.

»Nein«, beschwichtigte Bendt ihn. »Wir versuchen lediglich zu rekapitulieren, was an diesem Abend geschehen ist. Insbesondere wollen wir wissen, ob Frau Mertens an diesem Abend vielleicht jemanden kennengelernt hat. Hat sie möglicherweise mit jemandem die Bar verlassen? Gab es jemanden, der Anlass dafür gewesen sein könnte, dass es in der Nacht vor ihrem Tod Streit mit ihrem Freund gegeben hat et cetera pp.?«

»Woher soll ich das wissen?«, entgegnete Chris resigniert. »Mit mir ist sie jedenfalls nicht nach Hause gegangen.«

»Haben Sie sonst jemanden bemerkt?«

Chris schüttelte den Kopf.

»Ist Ihnen vielleicht ein Mann aufgefallen«, forschte Bendt weiter, »der an diesem Abend um die Frauen herumgeschlichen ist?«

»Ich glaube«, gab Chris abschätzig zurück, »die Frage müsste eher lauten, wer *nicht* um die Mädels herumgeschlichen ist.«

Bendt bedeutete ihm mit einem Blick, dass er weitersprechen sollte.

»Die drei sind natürlich aufgefallen«, sagte Chris. »Jeder hätte die gerne kennengelernt. Wäre ja auch ungewöhnlich, wenn nicht.«

»Ist Ihnen ein Mann aufgefallen, der auffallend schlank war und Kontakt zu den Frauen gesucht hat?«

Chris dachte kurz nach. »Ja«, sagte er dann nachdenklich. »Da war jemand. So eine Bohnenstange. Der Typ passte nicht so recht hierher.«

»Und weiter?«, fragte Bendt interessiert.

»Was gibt's da groß zu sagen?«, fuhr Chris fort. »Ein Typ Ende zwanzig, vielleicht auch über dreißig, schwer zu schätzen. Eine recht ungepflegte Erscheinung. Ich kann mich erinnern, dass er Sabrina Mertens angesprochen hat.«

Bendt horchte auf. Davon hatte bisher keine der Zeuginnen berichtet. »Wissen Sie, worum es ging?«, fragte er gespannt.

Chris winkte ab. »Dazu kann ich nichts sagen. Ich habe nur gesehen, dass er sie vor der Garderobe angesprochen hat, bevor sie gehen wollte. Mir war unerklärlich, dass so ein Typ den Schneid hatte, sie anzusprechen.«

»Konnten Sie Sabrina Mertens' Verhalten entnehmen, dass sie ihn kannte?«

»Nein.« Chris zuckte mit den Schultern. »Ich hätte die Szene auch längst vergessen, wenn Sie mich nicht so konkret gefragt hätten.«

»Wissen Sie, wann der Mann gegangen ist?«

»Wirklich keine Ahnung«, sagte Chris. »Ich habe ihn nicht mehr wahrgenommen, nachdem sie weg war.«

Bendt seufzte. Vielleicht war es wirklich Woltereck gewesen, der Sabrina Mertens angesprochen hatte. Vielleicht waren sie dem Täter bereits auf der Spur ... Er hoffte auf den Erlass des Durchsuchungsbeschlusses und nahm sich vor, den ermittelten Zeugen Bögen mit Lichtbildern vorzulegen, auf denen Woltereck abgebildet war.

»Glauben Sie, dass Sie den Mann auf einem Lichtbild wiedererkennen würden?«, fragte Bendt sein Gegenüber.

»Vielleicht, vielleicht auch nicht«, seufzte Chris.

Immerhin wäre es einen Versuch wert, dachte Bendt.

21. KAPITEL

»Anna, du bist ja pitschnass!«, rief Georg entsetzt, während er sie entschlossen am Handgelenk durch die Haustür in die großzügige Diele zog.

Hubert begann sofort, sich ausgiebig zu schütteln, was Georg einen Schritt zurückweichen ließ. »Wir brauchen Handtücher«, analysierte er und eilte ins Bad.

Als er zurückkam, überreichte er Anna ein großes weißes Badehandtuch und begann mit einem anderen, Hubert zu frottieren.

»Bist du wahnsinnig?!«, schimpfte Anna. »Nimm bloß nicht so ein gutes Handtuch für Hubert!«

Georg winkte ab, während er Hubert abtrocknete, der das sichtlich genoss und sich sofort auf den Rücken warf.

»Altes Badehandtuch von den Kindern«, sagte Georg wegwerfend. »Kein Grund zur Panik.«

»Es hat auf einmal angefangen, wie verrückt zu regnen«, erklärte Anna unnötigerweise. »Ich habe auf dem Weg zu dir haltgemacht, um kurz mit Hubert Gassi zu gehen, als es losging.«

»Ja, das sehe ich«, gab Georg lachend zurück. Annas Mantel und ihre Jeans waren vollkommen durchnässt, und unter ihrer feuchten Bluse zeichneten sich ihre schlanke Taille und ihre zarten Brüste ab. Georgs Blick haftete einen Moment zu lange an Annas Körper.

Er schluckte, als sie seinen Blick auffing, und es entstand eine kleine Pause, bevor Georg sich abwandte.

»Du brauchst dringend etwas Trockenes zum Anziehen«, sagte er dann und ließ Hubert los, der sich sofort in Richtung Küche aufmachte, aus der es verführerisch nach Essen duftete.

»Zieh dich erst mal um!«, mahnte Georg, als Anna sich anschickte, den gleichen Weg einzuschlagen. Er winkte sie die moderne, freischwebende Treppe des mondänen Architektenhauses hinauf und ging voran.

»Ich werde dir jetzt ein Bad einlassen«, ordnete er an. »Du bist ja ganz durchgefroren.«

Als Anna den Mund öffnete, um zu protestieren, meinte er nur: »Wenn du fertig bist, gibt es etwas zu essen. Ich habe uns Saltimbocca gemacht.«

Anna stöhnte lustvoll auf, während sie ihm ins Obergeschoss folgte. Zu Studentenzeiten hatte Georg sie oft bekocht, und sein berühmtes Saltimbocca gehörte zu ihren absoluten Lieblingsgerichten.

»Ich wusste, dass du dich freuen würdest«, sagte Georg grinsend und drehte den Wasserhahn der Badewanne auf, bevor er in eines der Schlafzimmer ging und kurz darauf mit einem seiner Oberhemden und einer Schlafanzughose zurückkam.

Im Schrank seiner Frau hatte er nichts Brauchbares zum Anziehen für Anna gefunden. Denn Sabine war mit ihren eins sechzig gute zwanzig Zentimeter kleiner und zudem so zierlich, dass selbst die schlanke Anna in keine ihrer Sachen hineingepasst hätte.

»Sehr schick«, scherzte Anna, als sie die Sachen sah.

»Na«, gab Georg zurück, »da du ja nicht vorhast, mich zu verführen, wird's reichen, oder?«

Anna musste unwillkürlich lachen. Es war schön, mal wieder wie in alten Zeiten mit Georg zusammen zu sein. Sie nahm erleichtert wahr, dass die alte Vertrautheit, die sie so sehr vermisst hatte, zurückzukehren schien.

Sie zog sich aus und glitt in das heiße Schaumbad, während sie Georg unten in der Küche mit Töpfen und Pfannen hantieren hörte. Wie gut, einmal nicht allein zu sein. Sie schloss die Augen und atmete den Duft des Badeschaums ein, der sich verheißungsvoll mit dem Duft des Essens vermischte.

Wenig später klopfte Georg kurz an die Tür und trat, ohne eine Antwort abzuwarten, ein. Er setzte sich auf den Rand der Wanne und überreichte ihr mit der gleichen Selbstverständlichkeit wie zu Studentenzeiten, als sie vorübergehend zusammen gewohnt hatten, ein Glas Weißwein.

»Was würde eigentlich Sabine dazu sagen, dass ich hier bei euch in der Wanne liege?«, fragte Anna frotzelnd, während sie den Schaum wie eine Decke über sich ausbreitete.

Georg überging die Frage. »Wo warst du überhaupt so lange?«, fragte er stattdessen.

»Ich habe länger arbeiten müssen als gedacht«, gab Anna entschuldigend zurück. »Außerdem hatte ich meinen Autoschlüssel im Büro auf dem Schreibtisch eines Kollegen liegen lassen. Ich hatte zwar Glück, dass er es früher bemerkt hat als ich und mir in die Tiefgarage nachgegangen ist, aber ich habe mich dann noch eine Weile mit ihm unterhalten müssen und bin nicht weggekommen.«

Anna seufzte müde und schloss wieder die Augen.

»Du arbeitest zu viel, Anna«, tadelte Georg besorgt. »Nicht dass du mir gleich beim Essen einschläfst!« Er sah sie prüfend an. »Also beeil dich, das Essen ist ohnehin schon total verkocht«, mahnte er schließlich.

Er verließ das Bad, und Anna stemmte sich aus der Wanne, trocknete sich gründlich ab, zog die viel zu großen Sachen an und folgte ihm mit ihrem Weinglas nach unten.

»Ich liebe Rosmarin!«, seufzte sie beim Anblick der im Ofen brutzelnden Kartoffeln und fuhr sich mit der Zunge über die Lippen.

»Ich weiß«, sagte Georg lächelnd und bat Anna, am Esstisch der geräumigen Wohnküche Platz zu nehmen. »Ich dachte, wir essen in der Küche«, sagte er, was ganz in Annas Sinne war.

Das Esszimmer von Georg und Sabine glich einem Rittersaal, der den angemessenen Rahmen für ein großes Diner mit bis zu zwanzig Personen bot, für ein normales Abendessen hingegen wenig geeignet schien.

Umso mehr gefiel es Anna, auf einem der mit weißen Hussen überzogenen Stühle am dunkel gebeizten Esstisch Platz zu nehmen, der in einem warmen Kontrast zu der hochmodernen weißen Küche stand. Sofort griff sie gierig in den Brotkorb, angelte sich eine Scheibe heraus, gab ein wenig von den frischen, in Knoblauch eingelegten Tomaten hinzu, die Georg zubereitet hatte, und schob sich das Ganze selig schmatzend in den Mund.

»Das ist ja köstlich«, lobte sie anerkennend und spülte mit einem Schluck Weißwein nach, bevor sie den nächsten Bissen hinunterschlang.

Ihre Wangen glühten von dem heißen Bad und dem Wein, und Georg fand, dass sie mit ihren lockigen Haaren, die sie zu einem lockeren Zopf zusammengebunden hatte, bezaubernd aussah.

Anna spürte, dass Georg sie vom Herd aus musterte. Sie missdeutete seinen Blick und sagte sich verteidigend: »Wer hat mir denn dieses Riesenhemd und diese unmögliche Hose ausgesucht?!«

Georg lächelte. Er selbst sah in seinen Jeans und dem blau-weiß gestreiften Baumwollhemd wie immer perfekt aus. »Ich finde, dein Aufzug passt immerhin zu deinen Essmanieren«, tadelte er amüsiert.

»Entschuldigung.« Anna schluckte den letzten Bissen herunter und wurde sich erst jetzt bewusst darüber, dass sie bereits am Tisch saß und aß, während Georg noch auftischte.

»Schon gut«, lachte ihr alter Freund, während er ihr reichlich von dem Saltimbocca, den Rosmarinkartoffeln und den karamellisierten Karotten auf dem Teller anhäufte.

»Da ich weiß, wie viel du essen kannst«, fügte er hinzu, »habe ich dir eine wenig damenhafte Portion aufgefüllt.«

»Das ist viel zu viel!« Anna tat entsetzt und fügte gestelzt hinzu: »Du weißt doch, dass ich wie ein Spatz esse!«

Sie nahm zufrieden ihren Teller entgegen und wartete, bis Georg sich gesetzt hatte und sie gemeinsam mit dem Essen beginnen konnten.

Georg prostete ihr zu. »Auf alte Zeiten«, sagte er augenzwinkernd.

»Auf alte Zeiten!«, gab Anna zurück und machte sich über ihr köstliches Mahl her. Erst jetzt fiel ihr ein, dass sie Hubert, der unter dem Tisch lag, noch gar nicht gefüttert hatte.

»Ach du Schande, der Hund!«, rief sie schuldbewusst.

»Hat schon gefressen«, meinte Georg jedoch nur. »Du weißt ja, wir sind immer auf jede Art von Gast vorbereitet. Ich hab mir erlaubt, ihm eine Dose aufzumachen.«

»Du bist ein Schatz«, sagte Anna gerührt und ließ sich für einen Moment gegen die Lehne ihres Stuhles zurückfallen. Sie fühlte sich schon leicht beschwipst.

»Weiß ich doch«, antwortete Georg selbstzufrieden. »Wer ermittelt bei euch eigentlich in diesem Frauenmordfall?«, fragte er nach einer kurzen Pause.

»Du wirst es nicht glauben«, antwortete Anna stolz. »Ich!« Sie zerkaute wonnevoll einen weiteren Bissen des butterzarten Kalbfleischs, bevor sie weitersprach. »Das ist einer der Gründe, weshalb ich im Moment so viel zu tun habe.«

Georg nickte.

»Warum interessiert dich das?«, fragte Anna beiläufig.

»Nur so«, sagte Georg. »Ganz Schleswig-Holstein spricht schließlich derzeit von nichts anderem.«

»Ganz Deutschland trifft es wohl eher«, sagte Anna.

»Habt ihr schon eine heiße Spur?«, wollte Georg wissen.

Anna schüttelte den Kopf. »Sag mal, hast du gar keinen Hunger?«, fragte sie dann mit Blick auf Georgs nahezu unberührten Teller. »Du bringst ja überhaupt nichts runter.«

»Es ist gleich zehn«, sagte Georg und zuckte mit den Schultern. »Ich muss gestehen, dass ich gegen acht schon ein bisschen was gegessen habe, um dem nahenden Hungertod zu entgehen.«

»Tut mir wirklich leid«, entschuldigte sich Anna erneut für ihre Verspätung. »Aber ich hab ja auch nicht ahnen können, dass du mich noch opulenter bekochst als früher!«

»Ich hab mich schließlich auf dich gefreut«, antwortete Georg und blickte Anna tief in die Augen.

»Ich hab mich auch gefreut«, gab Anna irritiert lächelnd zurück. Der Klang seiner Stimme war ungewohnt sanft. Und sein Blick war von einer Intensität, die ihr fremd, zu ihrer Verblüffung jedoch nicht unangenehm war.

»Wie geht es Sabine und den Kindern?«, wechselte sie abrupt das Thema.

Georg räusperte sich und wandte seinen Blick der Weinflasche zu, bevor er beiden nachschenkte. Erst jetzt realisierte Anna, dass sie längst zu viel getrunken hatte, um sich hinter das Steuer zu setzen.

»Ich muss noch fahren!«, protestierte sie.

»Du fährst heute nicht mehr!«, gab er entschieden zurück. »Du kannst im Gästezimmer übernachten. Es ist doch Wahnsinn, heute noch mit der Fähre auf den Priwall zurückzufahren. Ich werde auch brav artig sein …«, er blickte ihr erneut tief in die Augen und fügte nach einer kleinen Pause hinzu: »… müssen.«

Anna schluckte. Sie hatte plötzlich einen Kloß im Hals, und ihr Herz pochte. »Georg, ich …«

Er legte zärtlich den Zeigefinger seiner rechten Hand auf ihre Lippen und schüttelte den Kopf. »Nichts sagen«, hauchte er heiser.

Sie stellte widerwillig fest, dass sie sich nach seiner Berührung sehnte.

»Sabine und die Kinder sind nicht umsonst allein nach Sylt gefahren«, sagte Georg nach einer kleinen Weile und starrte auf seinen Teller. »Es ist nicht so, dass wir uns getrennt hätten. Das wäre zu viel gesagt. Es ist nur so, dass wir beide ein bisschen Abstand brauchen.«

Anna schluckte erneut. Ihr wurde bewusst, dass sie in letzter Zeit vor allem an ihre eigenen Gefühle gedacht, sich aber nicht einen einzigen Moment lang gefragt hatte, wie es Georg ging, geschweige denn *ihn* danach gefragt hätte.

»Das tut mir leid«, sagte sie nun betroffen, und erneut entstand eine Pause. Ihr Hunger war wie weggeblasen, und sie schob ihren Teller von sich.

»Jetzt habe ich dir den Appetit verdorben«, sagte Georg und stand unvermittelt auf, um eine weitere Flasche Weißwein aus dem Kühlschrank zu holen.

»Und warum?«, fragte Anna, während sie Georg beim Öffnen zusah.

»Weil mein Glas schon wieder leer ist«, gab er zurück.

»Du weißt, was ich meine!« Sie stocherte lustlos auf ihrem Teller herum, den sie wegen ihres schlechten Gewissens wieder herangezogen hatte.

»Warum?«, wiederholte er ihre Frage und zuckte mit den Schultern, während er an den Tisch zurückkam. »Ich weiß es nicht genau«, fügte er traurig hinzu. »Irgendwann wacht man auf und stellt fest, dass jemand mehr zu seiner Vergangenheit als zu seiner Zukunft gehört, denke ich«, sagte er betrübt, und Anna spürte, dass er nicht weiter auf das Thema eingehen wollte. Da sie wusste, was er meinte, nickte sie nur.

Sie sahen einander an. Georg entdeckte einen kleinen Kartoffelrest über Annas Oberlippe und lächelte. »Sie haben da was, Fräulein Hildegard!«, spielte er auf den bekannten Loriot-Sketch mit der Nudel an und wischte ihre Lippe mit dem Daumen sauber. »Essen Sie schon länger?«

»Ich übe noch«, gab sie verlegen zurück, und sie blickten einander an.

»Hast du jemals darüber nachgedacht, wie alles geworden wäre, wenn wir damals zusammengekommen wären?«

Anna schüttelte den Kopf. »Ich hab mich eher gefragt, woran es liegt, dass es nie passiert ist.«

»Irgendwie hat es nie gepasst«, gab Georg zurück. »Einer von uns war immer gebunden. Gerade du warst quasi nie Single.«

»Natürlich war ich auch Single!«, protestierte Anna entschieden.

»Ja, und das war ein verdammt harter Tag, was?«, fragte Georg ironisch, und beide mussten lachen.

»Du bist gemein«, sagte sie dann. Anna spürte, dass ihre Wangen glühten. Versonnen nahm sie einen weiteren Schluck Wein und sah Georg zum ersten Mal an diesem Abend an, ohne ihren Blick abzuwenden.

22. KAPITEL

Es war quälend für ihn, die beiden beobachten zu müssen. Dennoch erlag er dem ständigen Zwang, es zu tun.

Er hasste Ferdi für seinen Erfindungsreichtum, wenn es darum ging, das Internatsgelände zu verlassen und Ina irgendwohin zu entführen. Nicht immer war es ihm gelungen, ihnen zu folgen.

Einmal hatte er tatenlos mit ansehen müssen, wie Ferdi gemeinsam mit ihr eine nahe dem Haupteingang abgestellte Vespa bestiegen hatte und wer weiß wohin gefahren war. Tränen der Wut hatten ihm auf den Wangen gebrannt, während er Ferdis Zimmer nach Hinweisen auf ihren Aufenthaltsort durchsucht, jedoch nichts gefunden hatte. Es waren quälende Stunden der Ungewissheit gewesen, in denen er seine Fingerkuppen als Strafe dafür zerbissen hatte, dass er selbst so unfähig war.

Die jährlich stattfindende Herbstreise der Leichtathletikmannschaft stand unmittelbar bevor. Ferdi und Ina waren als Mitglieder des Sportkaders berechtigt, an der Reise teilzunehmen. Die Vorstellung, sie über zehn Tage nicht im Auge behalten zu können, erschien ihm unerträglich, zumal er wusste, was Ferdi vorhatte.

Ferdi wollte Sabrina nageln, so hatte er jedenfalls vor seinen Freunden in der Umkleidekabine geprahlt. Er hatte das

Gespräch von einer der Klokabinen aus belauscht. Mit an den Körper gepressten Beinen hatte er auf einer Kloschüssel gehockt und vor Angst, entdeckt zu werden, gezittert wie Espenlaub.

Er musste es um jeden Preis verhindern! Es war seine Überzeugung, dass Ferdi der alleinige Grund dafür war, dass sie ihn nicht mehr wahrnahm. Ferdi war ein Dämon, ein Zauberer, der sie ihrer Sinne beraubt hatte.

Er wollte sie zurückgewinnen und den alten Bund wiederherstellen, für den allein es sich zu leben lohnte. In Zukunft würde er wachsamer sein und sie nicht mehr aus den Augen lassen – das hatte er sich geschworen.

Inzwischen war es September geworden. An diesem Tag war es spätsommerlich warm, und er hatte es als unerträglich empfunden, neben Ferdi und ihr gemeinsam mit IHNEN in dem kleinen Eiscafé des Ortes zu sitzen und sich das Gesülze anhören zu müssen. Nur schwer hatte er der Versuchung widerstehen können, Ferdis schmierige Hand, die bei jeder Gelegenheit auf ihrem Knie ruhte, mit seinem Fahrtenmesser abzutrennen.

Endlich war es Abend geworden, und SIE waren wieder abgereist. Dennoch sollte er keine Ruhe finden.

Er stieg den beiden Frischverliebten nach, während sie Hand in Hand in Richtung Wald vorausgingen. Seine Faust krampfte sich jedes Mal in seiner Hosentasche zusammen, wenn sie wieder und wieder stehen blieben, um sich zu küssen.

Es dauerte nicht lange, bis sie eine kleine Waldhütte erreicht hatten. Ferdi hatte es offenbar unzählige Male geübt, das Hängeschloss, das unliebsame Eindringlinge fernhalten sollte, mittels eines Drahtes zu knacken, denn es gelang ihm auf Anhieb. Mit galanter Geste ließ er die Tür aufschnellen, verbeugte sich und ging hinter ihr hinein.

Er war starr vor Schreck, und sein Atem ging schwer und stoßend, während er um die Hütte herumschlich und versuchte, sich durch das rückwärtige Fenster Einblick zu verschaffen.

Aber durch den Vorhang konnte er lediglich ihre Silhouetten wahrnehmen. Sie standen dort ziemlich regungslos, ihre Körper dicht aneinander gepresst. Es bestand ohne Zweifel Handlungsbedarf. Aber was sollte er tun?

Er blickte sich um. Nirgendwo war eine Menschenseele zu entdecken. Die Wut ergriff ihn mit ungeahnter Macht, und er spürte die Tränen in sich aufsteigen. Er handelte schnell und ohne Zögern.

Es war nicht schwer, trockene Zweige zu finden und an der Rückwand der Hütte zu platzieren. Er entzündete einen der Äste, dessen müdes Knistern sein baldiges Erlöschen ankündigte und nicht bereit schien, seine Verbündeten für das Brennen zu begeistern.

Darum zog er sein Benzinfeuerzeug aus der Tasche, öffnete die untere Klappe mit seinem Fahrtenmesser und ließ den spärlichen Inhalt verheißungsvoll duftenden Kerosins auf die zusammengetragenen Äste tropfen.

Endlich erwachte eine Flamme zum Leben und begann im Orange der untergehenden Abendsonne emporzutanzen.

Er hielt einen Moment inne und beobachtete ihr züngelndes Spiel, bevor er sich abwandte und sich zur Vorderseite des Hauses zurückbegab. Er zögerte nur einen kurzen Moment, bevor er das Vorhängeschloss einschnappen ließ.

Sie hatten es beide verdient.

23. KAPITEL

Anna ließ das Telefon klingeln. Sie war sich sicher, dass es Georg war, der immer wieder versuchte, sie zu erreichen.

Er hatte ihr in den vergangenen Tagen mehrfach auf die Mailbox gesprochen und um einen Rückruf gebeten. Vergebens. Es war bereits alles gesagt.

Anna kauerte, die Knie an die Brust gezogen, auf ihrem Sofa und vergrub ihren Kopf zwischen den Händen, betend, er möge sie endlich in Ruhe lassen. Sie schämte sich zutiefst. Sie hatte sich verführen lassen, ohne über die Konsequenzen nachzudenken oder darüber nachdenken zu wollen. Ihr war unerklärlich, wie es ausgerechnet zwischen Georg und ihr so weit hatte kommen können.

Sicher war allerdings, dass so etwas nie wieder passieren durfte. Georg war Toms bester Freund und vor allem Sabines Ehemann. Bei dem Gedanken daran, eine Freundin betrogen zu haben, zog sie unwillkürlich die Knie so nahe an den Körper heran, als wolle sie sich verstecken. »Was hab ich getan?«, flüsterte sie immer wieder und blickte dabei tadelnd Hubert an, als hätte der es verhindern können. »Was hab ich bloß gemacht?«

Es war halb zwei. Spätestens in einer Stunde musste Anna los, um pünktlich bei den Tiedemanns zu sein. Sie hatte lange überlegt, ob sie sich mit irgendeiner Ausrede entschuldigen sollte, sich aber schließlich dagegen entschieden. Eine Erkältung würde ihr niemand abkaufen, zumal Oberstaatsanwalt Tiedemann sich schon am nächsten Tag im Büro davon überzeugen könnte, dass sie bei bester Gesundheit war. Außerdem wollte sie Sophie nicht enttäuschen, und es erschien ihr zudem nicht verkehrt, sich ein wenig Ablenkung zu verschaffen.

Es hatte ohnehin keinen Sinn, sich weiter den Kopf zu zermartern. Was geschehen war, war nun einmal geschehen und konnte nicht mehr rückgängig gemacht werden.

Anna raffte sich auf und zog sich im Schlafzimmer des Obergeschosses um. Sie entschied sich für ihre Lieblingsjeans, hohe Stiefel, ein bedrucktes Langarmshirt und eine kakifarbene Indoor-Jacke. Sie wickelte das Duschpeeling und die Mascara, die sie erstanden hatte, in Geschenkpapier ein und machte sich auf den Weg. Die Tatsache, dass sie einen Hund zu versorgen hatte, der zu Hause auf sie wartete, würde ihr Gelegenheit geben, sich nach einem relativ kurzen Besuch schnell wieder zu verabschieden.

Oberstaatsanwalt Tiedemann wohnte mit seiner Tochter in einem Reihenhaus in Moisling, einem Stadtteil südlich der Lübecker Innenstadt. Anna stellte ihren Wagen in der kleinen Straße ab und ging durch den sprichwörtlich mit der Nagelschere gepflegten Vorgarten auf das Haus zu. Sie hatte den Klingelknopf kaum berührt, als Sophie bereits die Tür aufriss.

»Na, hast wohl schon hinter der Tür gewartet?«, fragte Anna leicht irritiert und trat in den engen, nach Apfelkuchen duftenden Hausflur.

»Hallo und vielen Dank«, antwortete Sophie fröhlich aus ihrem Rollstuhl herauf und nahm begeistert das Geschenk entgegen, das Anna ihr entgegenstreckte und das sich Sophie sofort auf ihren Schoß legte.

»Hübsch siehst du aus«, sagte Anna, verwundert darüber, dass Sophie eine hochgeschlossene Baumwollbluse und einen langen dunkelblauen Rock trug. Während sie ihren Mantel auszog, fügte sie schuldbewusst fragend hinzu: »Bin ich zu früh?«

Sie war erstaunt darüber, dass aus den angrenzenden Räumen keine Stimmen zu hören waren, geschweige denn das Gelächter junger Leute. Vielmehr meinte sie, aus einem der Zimmer die zarten Klänge eines Violinkonzerts von Mozart zu vernehmen.

Bevor Sophie antworten konnte, trat Oberstaatsanwalt Tiedemann aus der Küche in den Flur. Der Gang, mit dem er auf sie zukam, wirkte auf sie ebenso steif und hölzern wie das antike Mahagonischränkchen im Eingangsbereich.

»Da sind Sie ja«, sagte Tiedemann, während er Anna den Mantel abnahm und an der nahezu leeren Garderobe aufhängte.

»Ja, da bin ich«, gab Anna lächelnd zurück und fühlte sich in ihrem legeren Aufzug plötzlich fürchterlich deplatziert. Tiedemann trug genau wie im Büro eine dunkle Hose und dazu ein weißes Hemd mit Krawatte. Der einzige Unterschied war, dass er heute aufs Jackett verzichtet hatte.

»Nett haben Sie es hier!«, übte Anna sich in höflichen Floskeln, während sie den beiden in das Wohnzimmer folgte. Die Möblierung entsprach völlig dem Bild, das sie sich in ihrer langjährigen Zusammenarbeit von Oberstaatsanwalt Tiedemann gemacht hatte: Die dunkelbraune, im englischen Stil gehaltene Sitzgarnitur passte ebenso zu ihm wie die laut und vernehmlich tickende Standuhr in der Ecke des konservativ, aber durchaus geschmackvoll eingerichteten Raums.

»Ein sehr altes Stück aus dem Nachlass meiner Mutter«, sagte Tiedemann, als er Annas Blick auffing.

Sie nickte und vergaß näher darauf einzugehen, als sie realisierte, dass neben dem Champagnerkühler nur drei Sektkelche abgestellt waren. Der Oberstaatsanwalt füllte diese und reichte Anna eines der Gläser.

»Wann kommen denn deine anderen Gäste?«, fragte Anna Sophie irritiert, obwohl sie die Antwort eigentlich schon kannte. Sophies glühende Wangen und leuchtende Augen sprachen eine eindeutige Sprache.

Tiedemanns Tochter war sechzehn und hatte wahrscheinlich genau wie Anna in dem Alter bereits eine unzählige Anzahl kitschiger Liebesfilme gesehen. Wie jeder Teenager sehnte sie sich wohl nach Freiheit und Unabhängigkeit und fühlte sich von ihrem Vater ständig kontrolliert.

Sie war offenbar von der Idee beseelt, eine Frau für ihren Vater finden zu müssen, um dessen Aufmerksamkeit von sich selbst abzulenken. Und Anna war Sophie offenbar als einzige potenzielle Lebenspartnerin für ihren Vater in den Sinn gekommen. Vermutlich hoffte sie, in ihr eine Verbündete zu finden. Eine Frau, die sie in ihrem berechtigten Drang unterstützen würde, selbstständiger zu leben.

Anna wusste, dass Sophies Vater ihr ungewöhnlich wenig Freiheiten ließ. Er hatte ihr gegenüber mehrfach die Sorge geäußert, seine Tochter könnte sich mit einem Jungen einlassen. Anna hatte sich überrascht gezeigt und geantwortet, dass sie es für absolut normal halten würde, wenn Sophie in ihrem Alter einen Freund hätte. Tiedemann hatte ihr daraufhin einen Vortrag über den Verfall der Moral und Sitten gehalten, bei dem Anna sich zunächst gefragt hatte, ob Tiedemann sie auf den Arm nehmen wollte. Er meinte es aber bitterernst, wie Anna erkennen musste.

»Wir sind schon komplett«, sagte Sophie nun zufrieden und riss sie aus ihren Gedanken.

Aus dem Augenwinkel hatte Anna erkannt, dass bei ihrer Frage ein undefinierbares Zucken über Tiedemanns Gesicht gehuscht war. Sie fragte sich unwillkürlich, wie Sophie ihrem Vater den Anlass und die Umstände ihrer Einladung geschildert hatte und ob vielleicht sogar der Eindruck entstanden war, sie selbst sei die treibende Kraft dieses Unternehmens gewesen.

»Sie haben es wirklich hübsch hier«, sagte Anna erneut, um die Gesprächspause zu überbrücken, die entstanden war, während ihr Blick die in peinlicher

Ordnung aufgestellten Weingläser in der Vitrine streifte.

»Ja«, antwortete Oberstaatsanwalt Tiedemann. »Jetzt wissen Sie, wie wir wohnen.«

»Ich habe meinem Vater erzählt«, schaltete sich Sophie eifrig ein, »dass Sie gern einmal sehen wollten, wie wir so leben.«

Anna versuchte, sich das Gespräch mit Sophie in Erinnerung zu rufen, und fragte sich, ob sie wirklich eine Äußerung in dieser Richtung gemacht hatte, konnte sich aber nicht daran erinnern. Ihr schwante voller Unwohlsein, dass Sophie ihrem Vater das Zustandekommen von Annas Besuch völlig falsch dargestellt hatte. Während sie einander zuprosteten, richtete sie sich innerlich auf einen sehr anstrengenden Nachmittag ein.

»Ich mach gleich mal mein Geschenk auf!«, sagte Sophie nun und begann damit, das Paket umständlich auszuwickeln.

»Ich hoffe, es gefällt dir«, gab Anna zurück, froh darüber, für eine kleine Weile Gesprächstoff zu haben.

Sophie freute sich über die Kosmetik, und so konnte Anna ein paar Minuten lang mit ihr über Make-up fachsimpeln. Sophie sah glücklich aus und wurde nicht müde, im Beisein ihres Vaters Lobeshymnen auf Annas Aussehen und Geschmack zu singen.

»Wir sollten ins Esszimmer gehen«, schlug Oberstaatsanwalt Tiedemann schließlich vor und ging in den kleinen Raum voraus, in dem bereits der Kaffeetisch gedeckt war.

Anna nahm sich die Zeit, einige der Fotos auf der

Fensterbank und der Anrichte anzusehen, auf denen Sophie und vereinzelt auch ihr Vater abgebildet waren. Es war kein einziges Bild von Sophies Mutter oder irgendwelchen anderen Personen darunter, stellte sie verwundert fest.

Sie nahm gegenüber dem Hausherrn an der kleinen und ersichtlich mit Liebe gedeckten Kaffeetafel Platz, und Sophie legte Anna ein großes Stück Kuchen auf den Teller, während sie stolz verkündete, diesen selbst gebacken zu haben.

»Schmeckt fantastisch«, lobte Anna.

»Ja, nicht?«, antwortete Sophie mit einem Augenzwinkern. »Wenn man die einzige Frau im Haus ist, muss man so etwas eben sehr früh lernen. Mein Vater ist ja leider solo.« Und dann fügte sie hinzu: »Das muss aber nicht so bleiben.«

Tiedemann räusperte sich unbehaglich.

»Sie sind doch auch nicht verheiratet, oder?«, fragte Sophie ungeniert weiter, und Anna hätte die Kuppeleiversuche sicher als niedlich und belustigend empfunden, wenn sie den Eindruck gewonnen hätte, Sophies Vater empfände deren Vorstoß als ebenso absurd wie sie selbst. Aber irgendetwas in seinem Gesichtsausdruck verriet ihr, dass er recht dankbar darüber zu sein schien, dass Sophie seine Kollegin eingeladen hatte.

Für Anna erschien eine Verbindung zu ihrem Vorgesetzten unabhängig von dem beträchtlichen Altersunterschied von zwanzig Jahren nahezu absurd. Nicht im Traum hätte sie auch nur einen Moment lang daran gedacht, dass er das anders sehen könnte.

Sie blickte verstohlen auf ihre Uhr. Es war vier. Vor halb sechs konnte sie sich unmöglich verabschieden, ohne unhöflich zu wirken.

Bald hatten sie alle Gesprächsthemen angefangen von Sophies Schullaufbahn über das reizende Geschirr bis hin zur Wetterlage erschöpfend behandelt, und Anna fühlte sich in ihrer Annahme bestätigt, dass der Oberstaatsanwalt und sie sich mit Ausnahme juristischer Themen letztlich nicht viel zu sagen hatten.

»Ich treffe mich heute Abend noch mit einer Freundin«, sagte Sophie schließlich.

»Ach, wie nett«, sagte Anna und wollte gerade die Gelegenheit nutzen, um sich zu verabschieden, als Tiedemann einhakte.

»Ich bin ein schlechter Koch«, sagte er in einem Tonfall, der etwas einstudiert klang, »deshalb habe ich mir erlaubt, einen Tisch bei unserem Stamm-Italiener zu bestellen.« Er blickte Sophie an, die ihm aufmunternd zunickte. »Ich würde mich sehr freuen, wenn Sie mich begleiten würden.«

Anna schluckte. »Ich würde ja furchtbar gern«, stammelte sie, »aber ich muss meinen Hund versorgen.« Selten war Anna so glücklich, ihren Vierbeiner als Ausrede vorschieben zu können, wie in diesem Moment.

»Dann geht doch nächsten Samstag!«, schaltete sich jetzt Sophie wieder ein, die ersichtlich entschlossen schien, Anna nicht ohne ein amtliches Date mit ihrem Vater aus ihren Klauen zu entlassen.

Tiedemann blickte seine Tochter strafend an. Offensichtlich fühlte er sich durchaus in der Lage, seine Verabredungen selbst zu treffen.

»Ja«, sagte er dann, »ich kenne natürlich Ihren Hund nicht, aber vielleicht kann er noch ein Weilchen auf Sie verzichten? Schließlich sollen Sie mit mir ja nicht die ganze Nacht verbringen.« Angesichts der Zweideutigkeit dieser Äußerung wurde er unwillkürlich rot und verbesserte sich. »Also beim Italiener, meine ich.«

Anna überlegte kurz und entschied sich schließlich, lieber an diesem Abend mit ihm essen zu gehen, als ein weiteres Date zu vereinbaren. Dann hatte sie es wenigstens hinter sich. Immerhin können wir uns ohne Sophie über unsere Strafakten unterhalten, dachte sie. Jedenfalls hoffte sie, dass es der Oberstaatsanwalt bei diesem Thema belassen würde.

24. KAPITEL

Anna seufzte beim Anblick des Aktenberges, den man ihr ins Büro gekarrt hatte.

Sie war an den vergangenen zwei Tagen überwiegend in Sitzungen gewesen und hatte deshalb kaum etwas in ihrer Aktenvorlage bearbeiten können. Dementsprechend nahm sie sich vor, sich an diesem Vormittag nicht stören zu lassen und keinerlei Anrufe entgegenzunehmen. Sie hob den Telefonhörer von der Gabel und legte ihn beiseite, bevor sie zu arbeiten begann.

Für mehr als drei Stunden war sie so in ihre Akten vertieft, dass sie das Klopfen gar nicht bemerkte und erst aufschreckte, als sich plötzlich die Tür öffnete.

»Georg?«, fragte sie entgeistert und erhob sich. »Was machst du denn hier?«

»Was ich hier mache?!«, fragte Georg aufgebracht, während er näher trat. »Ich überzeuge mich davon, dass es dich noch gibt!« Er sah sie aus seinen dunklen Augen vorwurfsvoll an.

Anna seufzte tief und ergriff wie zur Entschuldigung seine Hand. Sie hauchte ihm einen flüchtigen Kuss auf die Wange, entzog sich ihm aber, als er versuchte, sie zu sich heranzuziehen.

»Georg, ich …«, sagte sie heiser, machte einen Schritt zurück und verstummte. Sie suchte nach den richtigen Worten und zuckte schließlich mit den Schultern, als sie keine fand.

»Warum hast du nicht angerufen?«, fragte er enttäuscht. Er sah müde aus.

»Ach, Georg«, antwortete sie, »es ist doch alles gesagt. Wir hätten es einfach nicht tun sollen.«

»Bist du dir da so verdammt sicher?«, fragte er und fügte mit leicht ironischem Unterton hinzu: »Wenn es denn so unglaublich furchtbar war, tut es mir leid.«

»Es war überhaupt nicht furchtbar!«, protestierte Anna. »Im Gegenteil, ich …« Sie war nicht imstande, ihm in die Augen zu sehen, und unterbrach sich schließlich selbst.

»Du bist verheiratet!«, sagte sie entschieden. »Und ich bin nicht in der Verfassung, eine Beziehung mit einem Mann einzugehen, dessen Ehe gerade auseinanderbricht, geschweige denn, dass ich daran schuld sein möchte.« Sie machte eine kurze Pause, bevor sie weitersprach. »Ich glaube einfach nicht, dass es gut gehen würde«, ergänzte sie sanft.

Bevor Georg etwas erwidern konnte, horchte Anna auf, als sie Schritte auf dem Flur vernahm und realisierte, dass ihre Tür nur angelehnt war.

Georg entgegnete nichts, sondern blickte sie nur lange an.

Anna war froh, als es schließlich an der Tür klopfte. Es war Kommissar Bendt, der vorsichtig seinen Kopf in ihr Büro hereinstreckte.

»Störe ich?«, fragte er und schien sofort die knisternde Spannung im Raum zu spüren, die bereits Antwort genug auf seine Frage war.

»Nein, nein«, antwortete Anna hastig, »überhaupt nicht, »wir sind sowieso gerade fertig.«

Georg und Bendt musterten sich einen kurzen Augenblick. Dann löste sich Georg von seinem Platz und ging an dem Kommissar vorbei zur Tür, wo er, die Klinke in der Hand, noch einen Moment lang verweilte und Anna ansah. »Ich hoffe, wir sehen uns bald?«

»Ja, vielleicht«, antwortete Anna leise und wandte sich Bendt zu, als Georg verschwunden war. »Und, was gibt's?«, fragte sie schroff.

»Was immer Ihnen über die Leber gelaufen ist«, gab Bendt mit einer abwehrenden Geste zurück. »Ich kann nichts dafür!«

»Tut mir leid«, entschuldigte sich Anna und strich sich eine Haarsträhne aus dem Gesicht. »Heute ist einfach nicht mein Tag.«

Bendt nickte nur. »Ich fürchte«, antwortete er, »ich werde Ihre Stimmung auch nicht wirklich verbessern können. Wir haben heute die Durchsuchung bei Woltereck durchgeführt und leider nicht den geringsten Hinweis darauf gefunden, dass er unser Täter ist.«

Anna seufzte enttäuscht. »Möchten Sie einen Kaffee?«, fragte sie dann und deutete auf einen der Besucherstühle. Er nahm das Angebot an und setzte sich. Während sie den Kaffee einschenkte, begann er zu berichten.

»Woltereck hat für den zweiten Mord ein wasserdichtes Alibi. Er war zur Tatzeit mit seinem Lebensgefährten zusammen. Woltereck ist schwul. Schon deshalb schwer zu glauben, dass er als Frauenmörder unterwegs ist.«

Anna nickte.

»Außerdem haben wir seinen Computer gecheckt«, berichtete Bendt weiter und nahm dankbar lächelnd die für ihn bestimmte Tasse entgegen. »Es waren ein paar eindeutige Bilder darauf, die seine sexuellen Vorlieben dokumentierten«, sagte er und trank einen Schluck.

»Keine Frauen, schätze ich«, seufzte Anna, was Bendt kopfschüttelnd bestätigte.

Anna ließ sich erschöpft in ihren Bürostuhl fallen. »Gibt es sonst etwas Neues?«, fragte sie.

Bendt schüttelte den Kopf. »Wir haben im Freundes- und Bekanntenkreis des zweiten Opfers recherchiert und sind allen möglichen Hinweisen nachgegangen. Es hat sich aber keinerlei Verdacht ergeben, geschweige denn, dass es eine Verbindung zwischen beiden Opfern gäbe. Im Moment werten wir noch die Internetkontakte von Jasmin Behnken aus, ich habe aber auch da wenig Hoffnung.«

Anna nickte nachdenklich.

»Wir wissen, dass Jasmin Behnken im Gegensatz zu Sabrina Mertens sehr intensive Kontakte über Internetforen gepflegt hat«, erzählte Bendt weiter. »Es wird mühsam sein, diese Kontakte zu überprüfen. Wie gesagt«, wiederholte er, »ich habe wenig Hoffnung, dass uns das weiterbringt.«

»Wer weiß …«, gab Anna zu bedenken. Dann fügte

sie hinzu: »In aller Regel sind diese Chatrooms aber doch wohl völlig harmlos, oder?«

»Hört, hört«, raunte Bendt vielsagend, und Anna wurde unwillkürlich ein wenig rot.

»Ich habe da keine einschlägige Erfahrung«, antwortete Anna ausweichend. »Ich finde nur, es ist nichts dagegen einzuwenden, wenn Menschen auf diese Art und Weise Kontakte knüpfen.«

Ihr blieb eine weitere Kommentierung ihres Privatlebens durch das Eintreten des Oberstaatsanwalts erspart.

»Guten Morgen«, begrüßte Tiedemann beide und blieb etwas unschlüssig im Türrahmen stehen.

»Herr Bendt hat gerade von der Durchsuchung in der Mordsache Mertens und andere berichtet«, klärte ihn Anna auf. Als sie seinen hoffnungsvollen Blick auffing, schüttelte sie jedoch den Kopf. »Leider nichts, was uns weiterbringt«, nahm sie seine Frage vorweg.

»Gehen Sie zum Mittagessen?«

Die Frage kam wie aus dem Nichts. Anna schüttelte den Kopf. Sie nutzte jede Gelegenheit, um sich mit einer Ausrede zu entschuldigen.

Seit sie mit ihrem Vorgesetzten beim Italiener gewesen war, bemühte er sich mehr und mehr um ihre Gesellschaft. Und das Mittagessen in der Behörde bot eine unverfängliche Möglichkeit, sich zu verabreden. Es war durchaus üblich, dass man seine Mittagspause mit Kollegen der Abteilung verbrachte, wenngleich Oberstaatsanwalt Tiedemann in der Vergangenheit sehr zurückhaltend damit gewesen war.

»Ich bin schon mit Herrn Bendt verabredet«, hörte Anna sich zu ihrer eigenen Verblüffung sagen. Sie wusste selbst nicht, woher ihr plötzlich diese Idee gekommen war.

Über Tiedemanns Gesicht huschte ein ungläubiger Ausdruck.

»Ich will mit Herrn Bendt noch mal einige Punkte durchgehen, um sicher sein zu können, dass wir nichts übersehen haben«, sagte sie schnell. »Sie können sich uns natürlich gern anschließen«, fügte sie hinzu und war mehr als dankbar, als er ablehnte.

Bendt grinste Anna schelmisch an, als die beiden wieder allein waren. »Sie sind, wie es scheint, heute sehr begehrt«, sagte er augenzwinkernd. »Ich wusste gar nicht, dass wir verabredet gewesen wären.«

»Nur ein spontaner Einfall«, winkte Anna ab. »Wir können natürlich auch alles Weitere hier besprechen, aber ich dachte, Sie hätten vielleicht auch Hunger.« Sie versuchte, so unschuldig wie möglich auszusehen. »Es ist immer anstrengend, mit Vorgesetzten auszugehen«, ergänzte sie, um ihre ablehnende Haltung gegenüber Tiedemann zu erklären.

Bendt ersparte es sich, darauf hinzuweisen, dass der Oberstaatsanwalt nicht danach ausgesehen hatte, als habe er ein Fachgespräch mit seiner Kollegin führen wollen.

Anna wiederum hatte wenig Lust zu erklären, dass sie einen unsäglichen Abend mit ihrem Vorgesetzten beim Italiener verbracht hatte. Tiedemann hatte keine Gelegenheit ausgelassen, in ihrem Privatleben herumzustochern. Zuweilen war es Anna fast so vorgekommen, als säße sie auf einer Prüfbank für moralische Integrität.

»Also, was halten Sie zum Beispiel von einem Fischbrötchen?«, riss Bendt sie schließlich aus ihren Gedanken, und Anna stimmte dankbar zu.

Sie verließen das Gebäude und schlugen die Straße in Richtung Hafen ein.

Aus seinem Büro blickte Oberstaatsanwalt Tiedemann ihnen noch lange nach.

25. KAPITEL

Es war kurz vor acht Uhr morgens. Er stand hinter einer dicken Eiche verborgen und wartete. Jede Faser seines Körpers war gespannt. Er fühlte sich wie ein wildes Tier, das seiner Beute auflauert.

Der Wind hatte in den vergangenen Tagen eine Menge Laub von den Bäumen gefegt, das sich nun schwer und feucht auf dem vom Morgentau nassen Erdboden sammelte. Er genoss die Erregung, die ihn bei dem Gedanken durchzuckte, dass sie jeden Moment auftauchen könnte.

In den vergangenen Wochen hatte er sie beobachtet und wusste, wann sie laufen ging. Sie war stolz darauf, so sportlich zu sein. Sie hatte ihm im Chat davon berichtet. Es war der Ausgleich, den sie angesichts ihrer sitzenden Tätigkeit im Büro brauchte, wie sie schrieb.

Obwohl es in der Nacht den ersten Frost gegeben hatte und sehr kalt war, fror er nicht. Die Erwartungen an sein Vorhaben wärmten ihn mehr als die zerschlissene dunkelbraune Daunenjacke, die er trug. Er lauschte angespannt und richtete seinen Blick auf den nahe gelegenen Parkplatz, als er ein Fahrzeug heranfahren hörte. Aus seiner Position konnte er nicht erkennen, ob es ihr Wagen war. Doch kurz darauf erhielt er die Antwort.

Sie sprang aus dem Wagen, schloss ihr Auto ab und überquerte die kleine Lichtung, die umsäumt von hohen Eichen in den Wald hineinführte. Nach einigen kurzen Aufwärmübungen begann sie ruhig und rhythmisch zu laufen. Ihre Brust hob und senkte sich im gleichförmigen Takt ihres Atems. Sie war wunderschön, genau wie die anderen.

Ihr Hund lief voraus, blieb aber immer in ihrer Nähe. Er nahm einen letzten tiefen Zug aus seiner Zigarette, warf sie zu Boden und sah zu, wie die Glut langsam und friedlich erlosch. Wie ein Leben, dachte er.

Er warf noch einen Blick zum Parkplatz und vergewisserte sich, dass ihm niemand folgte, bevor er aus seiner Deckung heraustrat und ihr ohne jede Hast in das Waldstück nachging.

Ihre langen schlanken Beine trugen sie voran, während ihre Silhouette sich immer mehr in der Ferne verlor. Er folgte langsam ihrem Pfad, bog schließlich, nachdem er einige Minuten gegangen war, vom Weg ab und begab sich in das Dickicht.

In seine Tasche greifend, zog er die Plastiktüte heraus, in der er seine Köder verstaut hatte. Er warf ein erstes Stück des verheißungsvoll duftenden Fleisches in unmittelbarer Nähe des Weges zu Boden. Dann ging er tiefer in das Gehölz, bis hin zu der Stelle, die er für sein Vorhaben vorgesehen hatte. Auf seinem Weg ließ er vereinzelt weitere Fleischbrocken zurück.

Schließlich blieb er stehen, als er den erwählten Platz

erreicht hatte, und wartete. Er frohlockte, als er sie nach ihrem Hund rufen hörte, und wusste, dass sie bereits in seiner Nähe war.

Endlich konnte er den Vierbeiner ausmachen. Das Tier folgte artig der ausgelegten Fährte, während seine Schnauze ruhelos suchend über den Waldboden huschte. Schließlich erreichte der Hund das Endziel und schnappte nach dem gewaltigen Knochen.

Erwartungsgemäß wollte der Hund seine Beute mit sich ziehen, um den nun lauter werdenden Rufen seiner Herrin zu gehorchen. Doch darauf war er vorbereitet und hielt die etwa fünf Meter lange Leine, an der er den Köder befestigt hatte, fest in der rechten Hand.

Der Hund folgte seinem Instinkt und grub seine Zähne gierig in das rohe Fleisch. Was für ein herrlicher Anblick. Niemand handelt verlässlicher als ein Tier, dachte er.

Endlich hörte er, wie ihre Rufe näher kamen. Sie hatte sich zu ihm auf den Weg gemacht, und es würde nicht mehr lange dauern. Er vermochte die innere Anspannung kaum noch zu ertragen und war gierig darauf, sie endlich bei sich zu wissen und ihre Angst riechen zu können.

Nun war sie so weit herangekommen, dass er den roten Schriftzug auf ihrer dunkelblauen Laufjacke erkennen konnte. Sie keifte wie ein Fischweib, während sie durch das Gehölz stolperte. Fast hatte sie ihn schon erreicht. Es trennten sie nur noch wenige Schritte von ihm.

Er war gerade so weit, aus seiner Deckung herauszutreten, als er in der Ferne ein weiteres Rufen vernahm. Hektisch blickte er sich um und erspähte die Silhouette eines Mannes. Er presste die Augen zusammen, um besser sehen zu können, und erkannte schließlich, dass es der Förster sein musste, der mit seinem Jagdhund durch den Wald streifte.

Sie hatte jetzt ihren Hund erreicht und packte ihn am Nacken. Er blickte erneut in Richtung des Försters und erkannte zu seinem Entsetzen, dass dieser auf sie zusteuerte. Nun war es ihm unmöglich, sein Vorhaben zu vollenden.

Er trat aus seiner Deckung, und sie schrie auf, als sie ihn entdeckte. Ihre Augen weiteten sich, und er konnte einfach nicht umhin, stehen zu bleiben und wenigstens für einen Moment die Angst in ihren Zügen aufzusaugen.

In einem Akt höchster Selbstbeherrschung widerstand er der Versuchung zuzustechen. Er riss an dem Strick, um dem Hund den Köder zu entreißen, was misslang, da der Strick sich im Gehölz verfing, sodass er davon ablassen musste.

Er floh.

26. KAPITEL

Anna wollte gerade das Gebäude der Staatsanwaltschaft betreten, als ihr Handy klingelte. Seufzend blieb sie stehen und fischte es aus ihrer Handtasche.

»Lorenz«, meldete sie sich, den Apparat zwischen Schulter und Kinn geklemmt, während sie mit ihrer Chipkarte die schwere Tür öffnete.

»Guten Morgen, Frau Lorenz«, vernahm sie Bendts Stimme.

Anna freute sich, von ihm zu hören. Auch wenn sie es ungern zugab, hatte sie in den vergangenen Tagen mehrfach an die nette Mittagspause am Hafen denken müssen.

»Guten Morgen, Herr Bendt«, grüßte sie freundlich zurück, »was gibt's?«

»Wir haben eine Zeugin, die den Täter gesehen hat«, antwortete er.

Anna blieb unwillkürlich stehen. »Wir haben *was*?«, fragte sie gleichermaßen ungläubig wie gespannt. Bendt berichtete ihr von einem erneuten Mordversuch, der nur durch das zufällige Hinzutreten eines Försters vereitelt worden war.

Anna atmete erleichtert auf. »Was für ein Glück!«, sagte sie dann. »Mir ist allerdings völlig unverständlich, wie man als Frau im Moment überhaupt durch Lübecks Wälder joggen kann.«

»Mir auch«, bestätigte Bendt, »aber das ist ja kein ungewöhnliches Phänomen. Man glaubt immer, man selbst sei nie betroffen. Jack the Ripper hat die Londoner Prostituierten des neunzehnten Jahrhunderts auch nicht daran gehindert, ihrer Tätigkeit nachzugehen.«

»Na ja, das ist vielleicht doch noch etwas anderes«, gab Anna zu bedenken. »Kann die Zeugin den Täter näher beschreiben?«, fragte sie dann.

»Das wollen wir noch heute in Erfahrung bringen«, gab Bendt zurück. »Die Zeugin wird um elf Uhr im Präsidium vernommen. Wenn Sie teilnehmen möchten, sind Sie uns natürlich herzlich willkommen.«

»Das werde ich mir nicht nehmen lassen!«, antwortete Anna. »Selbstverständlich komme ich.«

Sie beeilte sich, im Büro das Nötigste zu erledigen, und verwendete sogar einige Mühe darauf, ihr Makeup aufzufrischen.

Im Präsidium der Mordkommission wies sie sich am Eingang aus und wartete auf Bendt, der sie am Empfang abholte und in das Vernehmungszimmer führte. Zu ihrer Verwunderung stellte sie fest, dass Hauptkommissar Braun nicht im Büro war. Bendt erzählte ihr, dass Braun am Vortag nur ungern in den Urlaub an die Schlei gefahren war, dort jedoch im Notfall jederzeit erreichbar sein würde. Er schenkte Anna einen Kaffee ein und nutzte die Zeit, in der sie auf die Zeugin warteten, um ihr von der vor einer Stunde durchgeführten Vernehmung des Försters zu berichten.

»Nadja Kilian, so heißt die Frau, die dem Mörder nur knapp entkommen ist«, sagte er, »hatte eindeutig einen Schutzengel. Diesmal hat der Täter übrigens wieder im Lauerholz zugeschlagen.

Der Förster hat sich darüber geärgert, dass wieder mal ein Hund unangeleint durch den Wald streunte, und hat sie zur Rede stellen wollen. Nur deshalb ist er ihr gefolgt. Als er das Tier entdeckte, hat er seinen Weg verlassen und ist so an die einsame Stelle gelangt, wo der Täter die Zeugin töten wollte.«

»Puh«, machte Anna. Sie erschauderte bei dem Gedanken, dass diese Frau nur um Haaresbreite davongekommen war.

»Der Förster«, setzte Bendt seine Erzählung fort, »hat leider den Täter selbst nicht gesehen. Er war wohl etwas überfordert damit, plötzlich eine völlig aufgelöste Frau in seinem Revier vorzufinden.«

»Was ist mit dem Hund?«, fragte Anna besorgt.

»Der Hund hat durch den Köder Rattengift zu sich genommen und wurde wohl bereits tierärztlich versorgt. Alles halb so schlimm. Wo ist übrigens Ihr Vierbeiner heute?«, unterbrach er sich.

»Im Auto«, antwortete Anna. »Er schläft ganz ruhig und zufrieden.«

Bendt nickte. »Wir wissen jetzt, dass der Täter seinen Köder stets an einem Strick befestigt hat, um die jeweilige Besitzerin dazu zu nötigen, ihrem Hund zu einer abgelegenen Stelle in den Wald zu folgen. Auf diese Weise konnte er die Tiere daran hindern, mit ihrer Beute davonzurennen. Diesmal ist es ihm wohl nicht mehr gelungen, den Strick wieder von dem Fleischstück zu lösen.«

»Vielleicht haben wir Glück«, hakte Anna ein, »und können diesmal DNA-Spuren sichern.«

»Vielleicht«, seufzte Bendt hoffnungsvoll. Er blickte Anna in die Augen, und es entstand eine kleine Pause.

Sie wich seinem Blick aus und sah auf die Uhr. »Es ist schon nach elf«, stellte sie fest. »Die Zeugin müsste jeden Moment kommen.«

»Die Presse wird sich auf sie stürzen, sobald sie davon erfährt«, gab Bendt zu bedenken.

»Wir müssen sie darauf vorbereiten«, griff Anna seine Besorgnis auf. »Auch der Täter wird versuchen, aus der Presse Informationen darüber zu erlangen, ob man ihm auf der Spur ist.«

»Vor allem darüber, inwieweit sie ihn beschreiben kann«, ergänzte Bendt. »Er wird sich verwundbarer fühlen, wenn er in der Angst leben muss, erkannt worden zu sein.«

»Ist der psychologische Sachverständige schon informiert?«, forschte Anna. »Das bisher erarbeitete Täterprofil ist ja ziemlich dürftig.«

Bendt gelang es nicht mehr, Annas Frage zu beantworten, da in diesem Augenblick die Zeugin hereingeführt wurde.

»Guten Morgen, Frau Kilian«, begrüßte er sie freundlich und reichte ihr die Hand. »Das ist Frau Staatsanwältin Lorenz«, stellte er dann Anna vor. »Sie wird heute an der Vernehmung teilnehmen.«

Anna begrüßte die junge Frau, die von dem Geschehen sichtlich mitgenommen wirkte. Sie fragte sich, wie es wohl sein mochte, mit dem Bewusstsein zu leben, dem Tod gerade noch einmal entkommen zu sein.

»Schön, Sie so wohlbehalten zu sehen«, sagte Anna freundlich, während sie Nadja Kilian die Hand schüttelte. »Wir sind Ihnen außerordentlich dankbar, dass Sie sich trotz des Schocks so kurzfristig bereit gefunden haben, hier zu erscheinen.«

»Ich bin immer noch so aufgeregt«, antwortete Nadja Kilian, »dass ich im Grunde ganz froh bin, nicht zu Hause sitzen und darüber nachdenken zu müssen.«

Anna nickte verständnisvoll. Sie war verblüfft darüber, dass die Zeugin sich bereits wieder derart gesammelt hatte. Offensichtlich hatte sie sich umgezogen, da sie Jeans und einen Rollkragenpullover trug und sich geschminkt hatte.

Wahrscheinlich wird sie einige Tage brauchen, um wirklich zu begreifen, was mit ihr passiert ist, dachte Anna. Es war nicht unüblich, dass Menschen, die derartige Grenzerfahrungen gemacht hatten, sich zunächst mit ganz alltäglichen Tätigkeiten befassten, um zur Normalität zurückzufinden.

»Vielleicht hilft Ihnen die Schilderung des Geschehens, um das Erlebte besser verarbeiten zu können«, sagte sie sanft.

»Eine Ihrer Kolleginnen war so freundlich, bei mir in der Wohnung zu bleiben, bis meine Eltern eingetroffen waren«, berichtete die Zeugin.

Während Bendt Nadja Kilian mit Tee versorgte, erkundigte sich Anna zunächst ausgiebig nach ihrem

Hund und versuchte so, ein wenig Vertrautheit herzustellen.

Dann begannen sie mit der eigentlichen Vernehmung. Die Zeugin berichtete zunächst detailliert über das Geschehen am Morgen, bevor sie schließlich zur Beschreibung des Täters kam.

»Ich hab ihn kaum gesehen«, beantwortete sie kopfschüttelnd Bendts Frage nach dem Aussehen des Mannes. »Es ist so schrecklich schnell gegangen.«

Sie blickte versunken in ihre Tasse, die sie fest mit beiden Händen umschloss, als müsse sie sich daran festhalten. »Er trug eine dunkle Jacke und eine Wollmütze«, fuhr sie fort. Ihr war anzusehen, dass sie sich große Mühe gab, sich zu erinnern. »Und er war sehr schlank.«

»Können Sie einschätzen, wie groß er war?«, fragte Bendt.

Nadja Kilian schüttelte den Kopf. »Ich glaube, dass er ziemlich groß war«, sagte sie dann jedoch. »Aber wenn einem plötzlich im Wald jemand gegenübersteht und einen anstarrt, erscheint es einem wahrscheinlich immer so.«

»Was war er denn für ein Typ?«, schaltete sich Anna hilfreich ein. »Würden Sie ihn eher als südländischen oder nordischen Typ bezeichnen?«

»Ich glaube nordisch«, antwortete die Zeugin unsicher. »Deutscher oder auch Osteuropäer – vielleicht.«

Anna und Bendt wechselten enttäuschte Blicke.

»Ich weiß es wirklich nicht«, seufzte Nadja Kilian entschuldigend. »Sosehr ich mich bemühe, ich habe einfach kein Bild vor Augen.«

»Apropos Augen«, sagte Bendt. »Können Sie etwas zur Augenfarbe sagen?«

Sie schüttelte den Kopf. »Es war noch ziemlich dunkel«, sagte sie dann. »Aber ich glaube, er hatte eine große Nase.« Sie stockte. »Ja, an seine Nase kann ich mich komischerweise erinnern.«

Anna und Bendt versuchten noch eine Weile, eine brauchbare Täterbeschreibung herauszuarbeiten, mussten aber in stiller Übereinkunft feststellen, dass nicht viel dabei herauskam.

»Können Sie sich denn vorstellen, wer dieser Mann gewesen sein könnte?«, fragte der Kommissar.

Die Zeugin schüttelte bedauernd den Kopf.

Anna benannte die weiteren Opfer, doch die Zeugin hatte keinen der Namen je gehört.

»Haben Sie in letzter Zeit beruflich oder privat jemanden kennengelernt, der sich vielleicht um Sie bemüht hat?«, hakte Bendt nach.

»Nein«, antwortete sie nach einer kurzen Pause. »Das heißt, ich habe im Internet jemanden kennengelernt, ihn aber noch nie getroffen.«

»Erzählen Sie uns davon!«, ermunterte Bendt die Zeugin.

»Na ja, wo soll ich anfangen? Seit einigen Wochen habe ich Kontakt zu einem sehr netten Mann. Er ist im Import und Export von Porzellanwaren aus dem asiatischen Raum tätig und deshalb viel auf Reisen.« Sie dachte kurz nach. »Der kann es aber unmöglich gewesen sein!«, sagte sie dann bestimmt. »Er ist gerade in Indien.«

Die beiden Kollegen tauschten einen alarmierten Blick, und Annas Herz begann ein wenig schneller zu schlagen. Zwar hatte Sabrina Mertens keine Internetkontakte gepflegt, wohl aber Jasmin Behnken.

Anna rief sich die Vernehmungsniederschrift einer Freundin von Jasmin Behnken ins Gedächtnis. Denn natürlich hatte man auch in deren Umfeld intensiv ermittelt und zahlreiche Zeugen vernommen. Die meisten Vernehmungen hatten keine weiterführenden Erkenntnisse erbracht. Die Befragung einer Zeugin namens Antonia Meier wies allerdings deutliche Parallelen auf, und Anna hoffte, dass sich daraus neue Ermittlungsansätze ergeben könnten. Diese hatte berichtet, dass Jasmin im Internet mit einem Mann korrespondiert hatte, der im Einkauf eines Versandhauses tätig war und den ihre Freundin unbedingt hatte kennenlernen wollen. Allerdings hatten alle Recherchen bezüglich der bekannt gewordenen Kontaktadressen ins Leere geführt.

Sie vernahmen Nadja Kilian detailliert zu dem von ihr geschilderten Internetflirt, und Anna spürte, dass Bendt die Hoffnung mit ihr teilte, endlich den Schlüssel zu ihrem Täter entdeckt zu haben. Was blieb, war die Frage, wo die Verbindung zu Sabrina Mertens zu finden war.

27. KAPITEL

Er zappte sich mit zitternden Fingern von Kanal zu Kanal. Immer wieder zeigten sie in den einschlägigen TV-Sendungen diesen merkwürdigen Förster, der blöd in die Kamera grinste und sich als Held und Retter in der Not feiern ließ.

Vor Wut und Verzweiflung biss er sich auf die Fingerkuppen. Wie gerne hätte er gesehen, dass diese dreckige Visage vor seinen Augen in Flammen aufging!

Die Angst kroch in ihm hoch. Immerhin war Nadja Kilian in keinem der Programme auf der Mattscheibe zu sehen. Es hieß, sie wolle keine öffentliche Erklärung abgeben, um den Erfolg der Ermittlungen nicht zu gefährden.

Er öffnete eine weitere Dose Red Bull und fragte sich voller Sorge, wie nah ihm die Ermittler auf den Fersen waren. Fehler hatte er keine gemacht, beruhigte er sich. Die Dunkelheit im Raum, die nur durch das Flimmern des Bildschirms erhellt wurde, besänftigte ihn. Schließlich hatte er vor jedem Chat sorgsam geprüft, dass das von ihm installierte Tool seine Anonymität sicherstellte. Selbst wenn die Ermittler darauf kommen würden, in welchen Internetforen er seine Opfer kennengelernt hatte – was nicht unwahrscheinlich war –, würden sie seine Spur dennoch nicht verfolgen können.

Er stieß den Rauch seiner Zigarette aus und schloss die Augen. Ihm graute davor, dass man seine Strategie öffentlich machen würde. Seine Identität im virtuellen Raum zu zerstören hieße, die kostbaren Brücken einzureißen, die er bereits zu weiteren Frauen errichtet hatte.

Und es war nicht leicht, geeignete Opfer zu finden. Er hatte kein Interesse an dicken, unförmigen Quallen.

Seine Suche galt immer wieder ihr – Sabrina –, weil nur sie zu töten ihm Erleichterung verschaffte. Und sie einmal zu zerstören war nicht genug gewesen. Er musste es immer wieder tun. Es verblüffte ihn, dass er so viele Jahre lang nicht erkannt hatte, dass seine Erfüllung darin lag, sie immer wieder zu töten. Allein dies verschaffte ihm Befriedigung. Ihm war, als habe er in einem Vakuum gelebt – nach ihrem Tod zum ersten Mal fähig, in vollen Zügen zu atmen.

Sein Blick schweifte versunken über seine Porno- und Horrorfilmsammlung, die ihm lange Zeit genug gewesen war. Doch jetzt wusste er, dass nur das Töten ihm wahrhafte Kraft verlieh. Er musste es tun, es war seine Bestimmung, sein Lebenselixier. Es gab nur wenige Momente in seinem Leben, die mit dem, was er beim Morden der Frauen empfand, vergleichbar gewesen wären.

Er rappelte sich langsam auf. Die Null-Uhr-Nachrichten waren vorbei, heute würde es nichts Neues mehr geben. Gähnend erhob er sich und setzte sich an seinen Schreibtisch, wo er in seinem gewohnten Ritual seine Handballen knacken ließ und die Finger in Richtung der Handrücken presste, bevor er sich einloggte. Als er endlich in einem seiner bevorzugten Chatrooms war, seufzte er erleichtert. Er hatte noch Aufgaben zu erledigen, wichtige Aufgaben.

28. KAPITEL

Sie sind so was von albern!«, tadelte Anna und blickte ihrem Kollegen Bendt über die Schulter. Sie hatte ihren Laptop auf seinem Bürotisch im Präsidium abgestellt, und Bendt saß ihr gegenüber und tat so, als arbeitete er mit übertriebenem Eifer die Liste ab, die vor ihm lag.

»Hatten Sie Kontakt zu einem Challenger5?«, fragte er inquisitorisch.

»Also bitte, ich würde nie mit jemandem chatten, der Challenger5 heißt«, gab Anna ironisch zurück. »Challenger2 vielleicht, aber Challenger5? Nie im Leben.«

Die Vernehmung hatte lange gedauert, weshalb Anna sich entschieden hatte, an diesem Tag nicht mehr in ihr Büro zurückzufahren, sofern nichts Eiliges auf ihrem Schreibtisch lag. Um dies herauszufinden, hatte Anna von Kommissar Bendts Arbeitsplatz aus bei ihrer Geschäftsstelle angerufen und kontrollierte parallel ihre E-Mails auf dem von ihr mitgeführten Laptop.

Zum Schein hatte Bendt begonnen, Annas Kontaktadressen zu kontrollieren, nachdem er durch Zufall im Gespräch über die Vernehmung darauf gestoßen war, dass auch sie schon im Internet auf einem Chatportal eingeloggt gewesen war. »Ich möchte keinesfalls, dass Sie von meinem Büro aus Internetkontakte zu Mördern und Verbrechern aufnehmen«, hatte er augenzwinkernd kommentiert.

»Ich habe mich, wie gesagt, in meinem ganzen Leben ein einziges Mal in ein Chatportal eingeloggt und nach kürzester Zeit das Interesse daran verloren«, amüsierte sich Anna. »Geschweige denn, dass ich irgendwelche Kontakte gehabt hätte, die auch nur entfernt dem Muster entsprachen, das wir dem mutmaßlichen Täter zuordnen.«

»Was macht eine Frau wie Sie auch im Internet?«, frotzelte Bendt und fügte, ohne eine Antwort abzuwarten, hinzu: »Und was ist mit Popeye oder Lucky Luke?« Er beugte sich ein wenig vor und sah sie prüfend an. Dann flüsterte er: »Oder hatten Sie vielleicht sogar Kontakt zu Lonely Zombie?«

Anna prustete vor Lachen. »Lonely Zombie steht doch garantiert nicht auf Ihrer Liste!«, sagte sie mit gespielter Entrüstung.

»O doch«, widersprach er augenzwinkernd. »Und Lonely Lover ist auch dabei.«

»Jetzt weiß ich, wer der Mörder ist«, flüsterte Anna und setzte so das Spiel fort. »Es ist Happy Dietmar!«

»Wunderbar«, antwortete Bendt und klappte mit einem Griff über den Schreibtisch ihren Laptop zu. »Wir haben ihn.« Er blickte sie selbstzufrieden an. Dann hob er seine Kaffeetasse und prostete ihr zu.

Sie trank ebenfalls einen Schluck Kaffee und ließ sich schmunzelnd in ihren Stuhl zurückfallen. Ein Klopfen an der Bürotür unterbrach den kurzen Moment des einträchtigen Schweigens.

»Wer weiß, wer das schon wieder ist?«, fragte Bendt, erhob sich und schlich in gespielter Krimi-Manier durch sein Büro, bevor er sich hinter der Tür aufbaute, als wolle er den Besucher mit gezogener Waffe empfangen.

Anna musste unwillkürlich grinsen.

»Wer ist da?«, fragte Bendt mit der tiefsten Stimme, zu der er fähig war.

»China Service«, hauchte eine ängstliche Stimme von der anderen Seite der Tür, bevor Bendt diese öffnete und das Essen entgegennahm. Anna räumte derweil ihren Laptop und einige Akten zur Seite.

Nachdem er bezahlt hatte, stellte Bendt die große Tüte, in der sich unzählige kleine Pappschachteln befanden, auf dem Schreibtisch ab und begann auszupacken.

»Wie hieß der Laden gleich?«, fragte er und fächelte sich den verheißungsvollen Duft in die Nase. »China-Restaurant Mykonos?«

Anna musste wieder lachen, wickelte die Stäbchen aus, und sie hielten sich eine kleine Weile damit auf, die Esstechnik des jeweils anderen mit Stäbchen zu loben.

»Ich finde«, sagte Bendt irgendwann, »wir sollten wohlwollend darüber nachdenken, uns mit dem Vornamen anzusprechen.« Er machte eine bedeutungsschwere Pause und fügte dann hinzu: »Immerhin können Sie es nicht lassen, andauernd in meinem Essen herumzufischen.« Tadelnd blickte er sie an, als sie es sich erneut erlaubte, ein Stück der knusprigen Ente, die er bestellt hatte, mit den Stäbchen auf ihren Teller umzusiedeln.

»Entschuldigung«, brachte sie mit vollem Mund hervor und dann, nachdem sie den Bissen heruntergeschluckt hatte: »Ich denke, das ist okay, aber nur, wenn ich noch was von der Ente haben darf.«

Er grinste. »Also, so billig gebe ich mein Mahl nicht her.« Er sah sie herausfordernd an. »Gehst du vielleicht mal mit mir aus?«, fragte er dann.

Anna ließ ihre Gabel sinken, und es entstand eine kleine Pause. Bendts privater Vorstoß hatte sie überrascht. »Im Moment habe ich ziemlich viel um die Ohren«, sagte sie dann ausweichend. »Wir sollten nach dem Essen noch einmal das Vernehmungsprotokoll durchgehen«, ergänzte sie dann.

Ihre Stimme klang wieder so kühl und sachlich wie immer.

29. KAPITEL

Kommissar Bendt und Hauptkommissar Braun hatten den kleinen Fernseher in ihrem Büro eingeschaltet und warteten auf die Übertragung der Fünf-Uhr-Nachrichten, in denen über die Pressekonferenz berichtet werden sollte.

»Es wird nicht lange dauern, und unser Telefon wird nicht mehr stillstehen«, prophezeite Braun und raufte sich die Haare.

Man hatte sich nach eingehender Beratung entschieden, einen öffentlichen Aufruf zu starten. Die Vermutung, dass der Täter über Internetforen agierte, sollte publik gemacht werden. Vielleicht gab es weitere Frauen, die vergleichbare Kontakte in Chatrooms gehabt hatten. Und gegebenenfalls hatte der Täter irgendwann den Fehler gemacht, sich einzuloggen, ohne seine Anonymität technisch sicherzustellen.

»Es geht los«, sagte Bendt und drehte den Ton etwas lauter.

Der Saal, in dem die Pressekonferenz am Morgen stattgefunden hatte, war bis auf den letzten Platz gefüllt. Der Pressesprecher der Staatsanwaltschaft klopfte auf sein Mikrofon und bat um Ruhe. Neben ihm war auf der linken Seite Hauptkommissar Braun zu sehen, rechts saß Anna Lorenz als ermittelnde Beamtin.

»Sie macht sich gut«, kommentierte Bendt Annas Kamerapräsenz. Widerwillig musste er sich eingestehen, dass er sie inzwischen recht gern mochte, wenngleich sie sich zu seinem Bedauern wieder von ihm distanziert hatte. Sobald er einen privaten Vorstoß gewagt hatte, hatte sie sich wieder in ihren Panzer zurückgezogen.

»Ruhe!«, zischte Hauptkommissar Braun ihn an. »Ich will das hören, verdammt!«

»Ist ja gut«, beschwichtigte ihn Bendt mit einem kleinen Grinsen. »Als ob du nicht dabei gewesen wärst …«

Der Pressesprecher der Staatsanwaltschaft berichtete nun über die drei Opfer, von denen eines zum Glück einem Angriff entkommen sei. Er referierte den Stand der Ermittlungen und betonte insbesondere die vermutete Kontaktaufnahme des Täters zu Nadja K. und Jasmin B. über das Internet. Schließlich übergab er das Wort an Hauptkommissar Braun.

»Wir bitten jeden, der etwas zur Aufklärung des Sachverhalts beitragen kann, sich an uns zu wenden«, bat dieser. »Wer Kontakte wie die beiden letzten Opfer gehabt hat oder etwas zu der Person sagen kann, die diese Kontakte aufgenommen hat, möge sich unter der eingeblendeten Telefonnummer mit uns in Verbindung setzen.« Braun sprach die Zuschauer jetzt ganz direkt an.

»Uns interessiert, ob jemand zu Ihnen oder einer Ihnen bekannten Person auf ähnliche Weise Kontakt aufgenommen hat wie zu den bekannt gewordenen Opfern. Gab es gegebenenfalls sogar Treffen? Wurden Lichtbilder ausgetauscht oder Telefonate geführt? Hat sich vielleicht jemand in Ihrem Bekanntenkreis damit gebrüstet, solche Kontakte zu pflegen? Für unsere Ermittlungen kann jeder Hinweis von Bedeutung sein.«

* * *

Er saß vor dem Fernseher und war kaum mehr imstande, den Worten des Kommissars zu lauschen. Es durchzuckte ihn ein angenehmes Schaudern. Anna Lorenz' Augen waren ebenso schön wie die der anderen.

30. KAPITEL

Das Publikum tobte. Sie hatte sich soeben ihren sechsundzwanzigsten Heringsdöner mit Ketchup in den Mund geschoben und versuchte, diesen mit einem trockenen Martini herunterzuspülen. Neben ihr im Ring lag, lang ausgestreckt, ihr aus Japan stammender Herausforderer. Er war der klare Favorit des Wettkampfes und mit vierundzwanzig Heringsdönern Verteidiger des Titels.

In der rechten Ecke des Rings stand ein Riesenkessel, in dem die Heringe mit Zwiebeln brodelten. Kommissar Bendt war auch da und streckte ihr ein Silbertablett mit grünen und schwarzen Knoblaucholiven entgegen.

Diesen Hering krieg ich nicht mehr runter, dachte sie voller Ekel. Wenn nur dieser Geruch nicht wäre!

»Zehn, elf, zwölf …«, zählte der Ringrichter, und das Publikum grölte mit.

Also realistisch ist das nicht, dachte sie noch, bevor es ihr endlich gelang, sich aus dem Schlaf zu reißen und die Augen zu öffnen. Dann sprang Anna auf und rannte ins Badezimmer.

Alles in ihrem schweißnassen Kopf drehte sich, als der Würgereiz endlich nachließ. Sie schlich zum Waschbecken und begann ihren Mund und ihr Gesicht mit kaltem Wasser abzuwaschen. Ich sehe genauso aus wie mein Thunfisch-Sushi von vorvorgestern, dachte sie erschöpft. Mausetot.

Offensichtlich war der Fisch, bevor er auf meinem Teller landete, schon sehr lange verstorben und hat einen schmerzvollen Hitzetod am Strand von Hawaii erlitten, bevor man ihn in einer defekten Kühltruhe nach Europa verschiffte.

Sie schlich über den dunklen Flur zurück ins Schlafzimmer, schlüpfte ins Bett und zog sich fröstelnd die Bettdecke über den Kopf. Ein Blick in den Hundekorb zeigte ihr, dass sich Hubert gänzlich unbeeindruckt von ihrem nahenden Ende zeigte. Er hatte bloß müde aufgeblickt, als sie in ihr Bett gekrabbelt war, um dann seinen Kopf wieder auf eine seiner riesigen schwarzen Tatzen fallen zu lassen und weiterzuschlafen. Es war erst vier Uhr.

Eine Weile wälzte sie sich unruhig hin und her, aber es gelang ihr nicht, wieder einzuschlafen, zumal es in ihrem Magen erneut verdächtig zu rumoren begann. Natürlich war es der Fisch, der ihr jetzt schon die dritte Nacht zu schaffen machte, sagte sie sich. Was sollte es sonst sein? Außer Kartoffelbrei, Salzstangen und Cola hatte sie nichts Nennenswertes zu sich genommen, seit ihr das erste Mal schlecht geworden war.

Sie drehte sich auf die linke Seite und atmete schwer, als sie erneut das Gefühl hatte, sich bald übergeben zu müssen. Am Ende entschloss sie sich, ihrem Problem medikamentös zu Leibe zu rücken, kroch erneut aus dem Bett, schloss leise die Schlafzimmertür und durchwühlte den Medikamentenschrank im Bad auf der vergeblichen Suche nach Magentropfen.

Das einzige Medikament, das bei Bauchschmerzen geeignet schien, war allerdings ein Mittel gegen Magen- und Zwölffingerdarmgeschwüre. Sie überflog die Liste der Nebenwirkungen und schauderte, bevor sie den gesamten Inhalt ihres Medikamentenschranks auf der Badematte ausbreitete.

Neben diversen Erkältungsmitteln steinzeitlichen Ursprungs fand sie drei Tuben Schmerzgel, wahlweise haltbar bis zu den Jahren 1997, 2000 oder 2004, Kinderpflaster mit Pu dem Bären drauf, vier Klistiere und drei Schwangerschaftstests.

Es geht doch nichts über eine gut sortierte Hausapotheke, dachte Anna. Entschlossen warf sie einige der Hustensaftfläschchen und ein Nasenspray in den Mülleimer und die Schwangerschaftstests gleich hinterher.

Die Erinnerung an die Tage des Hoffens auf ein Baby tat ihr unermesslich weh. Tom und sie hatten sich so unglaublich über die Nachricht von Annas Schwangerschaft gefreut. Sie war erst nach diversen Hormontherapien und schließlich einer durchgeführten In-Vitro-Fertilisation eingetreten.

Anna versuchte, ihre Traurigkeit beiseitezuwischen, und entschied sich, einen Tee aufzubrühen und ein wenig zu arbeiten. Sie hoffte, sich hierdurch von der Übelkeit ablenken zu können, schlüpfte in ihren weißen Frotteebademantel und schlich in die Küche hinunter.

Zu ihrer Verblüffung stellte sie fest, dass sie trotz der latenten Übelkeit Appetit verspürte. Sie nahm sich ein Stück Zwieback aus dem Schrank, goss ihren Tee auf und setzte sich an den Küchentisch, auf dem sie am Vorabend die Akte »Mertens und andere« abgelegt hatte.

Anna hatte lediglich den Hauptband mitgenommen. Daneben gab es unzählige Leitzordner, in denen sie Vermerke und Vernehmungsniederschriften abgelegt hatte, die im Anschluss an den öffentlichen Aufruf angefertigt worden waren. Die Beamten der Kriminalpolizei hatten sich nach der Pressekonferenz erwartungsgemäß mit einer Vielzahl von Hinweisen befassen müssen, die jedoch alle ins Leere geführt hatten.

Etwas lustlos blätterte Anna in der Akte herum. Doch einen großen Fortschritt hatten die Ermittlungen immerhin gebracht: Karen Seeland, die Freundin von Sabrina Mertens, hatte sich als Bindeglied zwischen Sabrina und den anderen Opfern herausgestellt.

Karen Seeland hatte im Internet Kontakt zu einem Mann gehabt, der sich wie auch bei Jasmin Behnken und Nadja Kilian als viel beschäftigter Geschäftsmann ausgegeben und um ihre Gunst geworben hatte. Bei ihrer ersten Vernehmung hatte die Zeugin selbstverständlich keine Verknüpfung zwischen ihrem Internetflirt und Sabrina Mertens' Ermordung herstellen können. Nach der Pressekonferenz hatte sie allerdings sofort im Präsidium angerufen.

Worüber sich Anna und Kommissar Bendt seither den Kopf zermarterten, war die Frage, warum der Täter schließlich Sabrina Mertens und nicht Karen Seeland getötet hatte, da sie diejenige gewesen war, die er aus dem Chatroom kannte.

Müde legte Anna ihren Kopf in ihre Hände und atmete tief durch. Sie verspürte groteskerweise Appetit auf ein Mettwurstbrot, und eigentlich konnte man sie so früh am Morgen mit herzhafter Kost jagen. Vielleicht war sie doch …?

Blödsinn, redete sie sich ein. Dennoch entsprachen die Vorzeichen genau jenen, die sie bei ihrer ersten Schwangerschaft verspürt hatte.

Mit einem Ruck stand sie auf und bereute es sogleich, als ihr schwarz vor Augen wurde. Sie sank auf ihren Stuhl zurück und ließ den Kopf und die Arme zu Boden sinken, dankbar dafür, dass ihre Lebensgeister schnell zurückkehrten.

Als sie sich besser fühlte, wagte Anna einen weiteren Versuch und erhob sich langsam ein zweites Mal. Sie steuerte auf ihren Apothekerschrank zu, nahm die Dose mit Kaffeebohnen heraus und sog den sonst so verheißungsvollen Duft ein.

Ihr Selbstversuch hatte die erwartete Wirkung: Sie verspürte sofort den Drang, sich zu übergeben. Die Übelkeit ergriff mit einer solchen Macht von ihr Besitz, dass sie sofort wieder nach oben ins Badezimmer fliehen musste.

Als es vorüber war, stand ihr der Schweiß auf der Stirn. Sie streifte den Bademantel ab, rollte sich wie eine Katze auf der Badematte zusammen und wartete erschöpft auf die nächste Attacke. Zu ihrer Verblüffung blieb sie aus. Anna ließ den Kopf zur Seite fallen und blickte unschlüssig auf den Mülleimer. Sollte sie, oder sollte sie nicht?

Endlich fasste sie einen Entschluss. Es gab schließlich nichts zu verlieren.

Während ihrer Schwangerschaft hatte es nichts Grässlicheres für sie gegeben als den Duft von Kaffee. Die Tatsache, dass sie sich jetzt wieder bei dem bloßen Gedanken an den Geruch schüttelte, gab ihr schließlich den letzten Anstoß. Mit zitternden Fingern fischte sie eine der Packungen mit dem enthaltenen Testgerät aus dem Eimer.

»Schwanger«, lautete nur wenige Minuten später die Diagnose. Sie suchte nach dem Verfallsdatum auf der Verpackung, die eine todsichere Prognose anpries, und stellte fest, dass dieses noch nicht überschritten war.

In ihrem Kopf schwirrte es, und ihr Herz pochte wild. Mit äußerster Nervosität packte sie den zweiten Test aus. Das Ergebnis war das gleiche.

Anna wusste nicht, wie lange sie weinend und ungläubig auf das Teststäbchen starrend auf dem Badezimmerläufer gesessen hatte, bevor die Taubheit aus ihren Beinen wich und sie sich imstande fühlte, aufzustehen und sich wieder fröstelnd in ihr Bett zu verkriechen. Wie viel hätte sie während ihrer Beziehung mit

Tom darum gegeben, auf natürliche Weise schwanger zu werden! Sie wälzte sich auf die andere Seite und dachte voller Unbehagen an Georg und Sabine, seine Frau.

Bei dem Gedanken an Georg krampfte sich ihr Magen erneut zusammen. Wie hatte sie es nur so weit kommen lassen können?

An dem Abend, an dem sie Georg besucht hatte, war ihr alles um sie herum plötzlich so irreal erschienen. Der Wein, Georgs Krise mit Sabine, seine ungewohnte Sanftheit, ihr Wunsch nach Nähe, das heiße Bad …

Anna schloss die Augen und zog ihre Knie so eng an den Körper heran, als wolle sie sich verstecken. Sie versuchte zu analysieren, was sie für Georg empfand, war aber nicht imstande, einen klaren Gedanken zu fassen.

Sie hatte sich nach diesem Abend derart schuldig gefühlt, dass sie ein Gefühl der Verliebtheit gar nicht zugelassen hätte. Und – war sie jetzt in Georg verliebt? Sie wusste es nicht.

Beide hatten die gemeinsame Freundschaft immer als etwas besonders Kostbares empfunden. Um keinen Preis der Welt hätte Anna diese aufs Spiel setzen wollen. Vielleicht war ihnen unbewusst immer klar gewesen, dass sie auf Dauer keine Zukunft gehabt hätten. Dafür schienen sie einander zu ähnlich. Beide waren ehrgeizig und nicht bereit, die selbst gesetzten Ziele zurückzustellen.

In Sabine jedoch hatte Georg eine Frau gefunden, die sich uneingeschränkt ihrer Mutterrolle widmete, ihm den Rücken freihielt und ihre eigenen Bedürfnisse stets hintenanstellte. Sabine war genau die Frau, die Georg an seiner Seite brauchte, oder jedenfalls war sie es in der Vergangenheit gewesen.

Bei diesem Gedanken schlief Anna endlich ein.

31. KAPITEL

Er ist wie vom Erdboden verschluckt«, sagte Bendt und rieb sich seine müden Augen. Er saß Hauptkommissar Braun in dessen Büro gegenüber.

»Vielleicht hat sein gescheiterter Mordversuch die Serie durchbrochen«, riss Braun ihn aus seinen Gedanken. »Wer weiß, was das bei ihm ausgelöst hat.«

»Nein, wahrscheinlich ist es noch nicht vorbei. Wenn wir nur irgendeinen greifbaren Ansatz hätten, um ihn endlich zu kriegen!«

»Was haben wir denn?«, seufzte der Hauptkommissar. Sie hatten den Sachverhalt inzwischen unzählige Male durchgekaut, ohne nennenswertes Ergebnis.

Schließlich fasste Braun selbst zusammen: »Wir haben drei Frauen, die mit dem mutmaßlichen Täter im Internet Kontakt aufgenommen haben. Seine Ausdrucksweise weist auf einen höheren Bildungsgrad hin. Die Frauen haben bestätigt, dass er sich gewählt ausgedrückt und keine Rechtschreibfehler gemacht hat. Unser Täter ist also mit hoher Wahrscheinlichkeit Deutscher. Seine Taten sind geplant, er sucht Schutz vor Entdeckung.«

»Und nach den Angaben des psychologischen Sachverständigen deuten keine Hinweise auf eine schizophrene Persönlichkeit hin«, ergänzte Bendt. »Aber warum wurde nicht Karen Seeland, die er beim Chatten kennengelernt hat, sondern ihre Freundin Sabrina Mertens zum Opfer des Täters?«

»Wahrscheinlich ist«, fuhr Hauptkommissar Braun fort, »dass der Täter Sabrina Mertens im Cube gesehen hat. Dafür spricht, dass Karen Seeland ihm diesen Treffpunkt vorgeschlagen und erwähnt hat, dass es sich um ihr Stammlokal handelt.«

»Vielleicht der Dürre aus der Bar?«, überlegte Bendt.

»Vielleicht«, antwortete Braun. »Vielleicht aber auch nur eine unbedeutende Randfigur, die sich durch Zufall ins Cube verirrt hat.«

»Dass der Täter Karen Seeland und Sabrina Mertens verwechselt hat, ist auch unwahrscheinlich«, mutmaßte Bendt.

»Sehr unwahrscheinlich«, bestätigte Braun. »Der Täter muss Sabrina Mertens über einen längeren Zeitraum beobachtet und ihre Lebens- und Laufgewohnheiten studiert haben. Wie sollte ihm da entgangen sein, dass es sich nicht um seine Internetbekanntschaft handelt?«

»Ich weiß es nicht«, seufzte Bendt resigniert. »Was, wenn der Täter Sabrina Mertens bereits kannte und sie nur durch Zufall im Cube wiedergesehen hat, als er eigentlich Karen Seeland beobachten wollte?«, fragte er dann.

»Es gibt nichts, was dafür sprechen würde«, gab Braun zu bedenken. »Wir haben Freunde befragt, wir haben die Eltern befragt, wir haben mit ihren Professoren von der Uni gesprochen, und alle Ermittlungen haben uns keinen Schritt vorangebracht.«

»Was hältst du davon, wenn ich noch mal mit den Eltern von Sabrina Mertens spreche? Was, wenn wir viel weiter zurückgehen müssen? Vielleicht bis in ihre Kindheit?«

Hauptkommissar Braun schüttelte den Kopf. »Was soll das bringen?«, fragte er. »Wir haben sie bereits gebeten, uns alles zu berichten, was für uns von Bedeutung sein könnte. Wir haben darauf hingewiesen, dass auch die unwichtigste Begebenheit von Belang sein könnte.«

»Es ist ja nur ein Gefühl«, gestand Bendt ein. »Aber irgendetwas sagt mir, dass es etwas geben muss, das uns von Sabrina Mertens zum Täter führt.«

»Ein Gefühl, na großartig«, wiederholte Braun leicht ironisch.

Bendt wollte gerade etwas erwidern, als sein Handy klingelte. Überrascht sah er Annas Nummer auf seinem Display aufleuchten.

»Hallo«, sagte er, nachdem er den Anruf entgegengenommen hatte. »Ich bin gerade bei Hauptkommissar Braun«, ließ er Anna wissen und gab Braun gleichzeitig durch Augenkontakt zu verstehen, dass er sein Vorhaben, Sabrina Mertens' Eltern erneut zu befragen, als genehmigt ansah.

»Ich würde gern heute noch einmal zu den Mertens fahren«, ergänzte er und fügte nach einer kurzen Pause, in der er ihr zugehört hatte, überrascht hinzu: »Selbstverständlich wäre es mir recht, wenn du mich begleiten würdest, ich denke, das wäre sehr hilfreich!«

Braun ersparte sich einen Kommentar und grinste stattdessen nur.

Nachdem Bendt und Anna sich darüber einig geworden waren, dass er sie in Kürze abholen würde, beendete Bendt das Gespräch und wandte sich wieder dem Hauptkommissar zu.

»Sehe ich das richtig«, fragte Braun ungläubig, »dass sie dich zu dieser Vernehmung begleiten will?«

»Wundert mich auch«, antwortete Bendt ehrlich.

»Na, dann haltet mich mal über eure Ergebnisse auf dem Laufenden.«

32. KAPITEL

Anna war viel zu aufgelöst und erschöpft gewesen, um zur Arbeit zu gehen, und hatte sich krankgemeldet. Zudem quälte sie auch heute die verdammte Übelkeit.

Ihr Arzt hatte ihr bei ihrer ersten Schwangerschaft gesagt, dass das ein gutes Zeichen sei. Die Übelkeit sei letztlich nur ein Indiz dafür, dass die hormonellen Veränderungen im Körper planmäßig vonstattengingen.

Wenn das der Fall war, wollte Anna es gern ertragen. Sie hatte versucht, sich abzulenken, und Spaghetti gekocht, in denen sie nun mehr herumrührte als aß. Es war unerträglich still in der Küche und erschien ihr, als würden die Wände stetig näher rücken und sie nötigen, permanent an das Baby zu denken.

Natürlich wollte sie es haben, darin bestand kein Zweifel, zumal sie nie damit gerechnet hatte, überhaupt je auf natürliche Weise schwanger werden zu können. Sie freute sich darauf, wenngleich sie auch eine unbändige Angst verspürte, das Kind wieder zu verlieren. Außerdem war sie unschlüssig, ob sie Georg einweihen sollte.

Natürlich hatte er ein Recht darauf, zu erfahren, dass er der Vater war – irgendwann. Aber das hat Zeit, dachte sie. Wenn sie das Kind erneut verlieren würde, gäbe es sowieso keinen Anlass, ihn einzuweihen und zu belasten. Im Moment sollte er sich vor allem über den Zustand seiner Ehe klar werden.

Weil sie ihre Gedanken nicht abschütteln und sich selbst nicht ablenken konnte, hatte sie einem Impuls folgend Ben Bendt angerufen, um gegebenenfalls Neuigkeiten über den Mordfall zu erfahren. Ganz spontan hatte sie sich dann entschlossen, ihn zu seiner Vernehmung zu begleiten.

Als es klingelte, lief Anna hastig zur Tür. Ein Blick auf die Uhr sagte ihr, dass sie über die Grübelei die Zeit vergessen hatte und noch nicht einmal umgezogen war. Sie riss die Tür auf.

»Bist du geflogen?«, rief sie aus und wollte sich gerade für ihre ausgewaschenen Jeans und die Pantoffeln entschuldigen, als sie realisierte, dass Georg vor ihr stand. Sie wurde augenblicklich blass.

»Georg?«, fragte sie tonlos.

»Hallo«, gab er zurück und fügte hinzu: »Du hast offensichtlich jemand anderen erwartet.«

Anna sagte nichts und schluckte stattdessen nur.

»Ich habe bei dir im Büro angerufen«, fuhr er fort, »und erfahren, dass du krank bist. Ich wollte mich nur erkundigen, ob es dir gut geht.« Sein Blick fiel auf das Nudelbesteck, das sie immer noch in der Hand hielt und in ihrer Eile abzulegen vergessen hatte. »Offensichtlich sind deine Magenbeschwerden nicht allzu schlimm«, ergänzte er ironisch.

Anna stand nur da und starrte ihn an.

»Möchtest du mich nicht hineinbitten?«, fragte er dann in sanftem Tonfall. »Ich habe dir etwas mitzuteilen.«

»Ach ja?« Anna hob verwirrt die Schultern. Ihr Herz pochte. »Es ist nur so«, sagte sie dann, »dass ich jemanden erwarte.«

Georg schluckte nun auch und blickte auf seine Füße. »Ich wollte dir auch nur erzählen, dass Sabine und ich uns getrennt haben.« Es entstand eine kleine Pause. »Das war's eigentlich schon.« Er blickte auf, und in seinem Blick konnte Anna tiefe Traurigkeit und Schmerz lesen.

»Das tut mir leid«, sagte sie leise.

Sie fanden keine Zeit, ihre Unterhaltung ungestört fortzusetzen, denn in diesem Moment steuerte Kommissar Bendt seinen Wagen auf die Auffahrt und sprang heraus, kaum dass der Wagen zum Stehen gekommen war.

Georgs Blick wanderte von Anna zu Bendt und wieder zurück.

Der Kommissar stieg die wenigen Stufen zur Haustür hinauf und blieb dort neben Georg stehen. Er hatte bereits bei ihrem Zusammentreffen in Annas Büro die Spannung zwischen ihr und ihrem Bekannten wahrgenommen.

»Guten Tag«, begrüßte er Georg. »Ich glaube, wir haben uns noch nicht vorgestellt, mein Name ist Ben Bendt.«

Georg streckte ihm die Hand entgegen, stellte sich ebenfalls vor und blickte forschend Anna an, deren Wangen glühten.

»Freut mich«, sagte er dann kühl. »Ich sehe«, fügte er etwas hölzern in Richtung Anna gewandt hinzu, »dass ich nicht der Einzige bin, der dir heute einen Krankenbesuch abstatten wollte. Du bist offenbar bestens versorgt.«

»Kommissar Bendt ist rein beruflich hier«, sagte Anna schnell, denn sie spürte, dass Georg die Situation gänzlich falsch interpretierte. »Wir wollen gleich zu einer Vernehmung aufbrechen. Ich bin sozusagen schon fast wieder gesund.«

In Georgs Blick, der für einen kurzen Moment an ihren Pantoffeln haften blieb, konnte Anna lesen, wie albern das für ihn klingen musste, nachdem er in ihrem Büro erfahren hatte, dass sie angeblich mit einem schweren Magen-Darm-Infekt im Bett lag.

»Schon in Ordnung«, sagte Georg abwehrend und wandte sich zum Gehen. »Du bist mir keine Rechenschaft schuldig.«

Anna widerstand dem Impuls, ihn am Arm zu greifen und festzuhalten. »Ich melde mich bei dir«, rief sie ihm stattdessen nach.

Eine Antwort blieb aus.

33. KAPITEL

Er war mehr als entschlossen, herauszufinden, ob einer der Männer, die er vor der Tür der Staatsanwältin gesehen hatte, bei ihr wohnte. Erneut maß er mit den Augen die hohe Lorbeerhecke ab, die das Haus vor den neugierigen Blicken der Nachbarn abschirmte.

Bei seinem ersten Rundgang um das Haus vor einigen Tagen war er frühzeitig durch das Anschlagen des Hundes davon abgehalten worden, sein Vorhaben umzusetzen. Heute, so schien es, würde er ungestört sein. Die Staatsanwältin und ihr Begleiter hatten erst vor etwa einer Viertelstunde mit seinem Wagen das Grundstück verlassen und den Hund mitgenommen. Ihm blieb also Zeit.

Er ging links um das Haus herum. Hier befand sich der Kellereingang. Langsam stieg er die Steinstufen hinab und strich über das verzierte Geländer, zufrieden darüber, dass nicht allein die Hecke, sondern auch der Treppenabgang einen so vortrefflichen Sichtschutz bot.

Umso bedauerlicher war es, dass es, unten angekommen, eine schwere Sicherheitstür gab, die durch mehrere massive Schließbolzen gesichert und keinesfalls mit einem Schraubenzieher zu öffnen war.

Um diese Tür aufzumachen, würde es eines Bolzenschneiders bedürfen. Ohne die Verursachung höllischen Lärms würde es jedenfalls nicht gehen, stellte er fest. Überdies war er nahezu sicher, dass das Haus über eine Alarmanlage verfügte. Die Frage war nur, ob sie diese auch regelmäßig einschaltete.

Er seufzte bei dem Gedanken, wie einfach es gewesen war, in die Wohnungen der anderen einzudringen. Die Wohnungstür von Sabrina schien im Vergleich zu dieser aus Pappe gewesen zu sein. Zudem hatte sie die dankbare Eigenschaft vieler argloser junger Leute besessen, die Wohnungstür beim Verlassen des Hauses nur zuzuziehen, anstatt sie abzuschließen. So war es ihm gelungen, die Tür allein mit seinem Schweizer Taschenmesser zu öffnen. Die Spitze hatte er zwischen Türblatt und Bolzen gepresst, woraufhin die Tür mühelos aufgesprungen war.

Es war aufregend gewesen. Mit klopfendem Herzen hatte er im Wohnungsinneren an die Tür gelehnt dagestanden und in das Treppenhaus gelauscht, fürchtend, dass trotz aller Vorsicht jemand sein Eindringen bemerkt haben könnte. Doch zu seiner Erleichterung war es still geblieben, und so hatte er sich schnell beruhigt und war zunächst ziellos durch die kleine Wohnung gestreift, um sich einen Überblick zu verschaffen.

Er hatte gewusst, dass Sabrina und dieser Freund von einem Waschlappen, mit dem sie zusammen war, zur Arbeit gegangen waren und kein Grund für übertriebene Eile bestand. Er hatte ihre Lebensgewohnheiten lange genug studiert, um mit ziemlicher Sicherheit ausschließen zu können, dass sie überraschend zurückkehren würden.

Nur für den Fall der Fälle hatte er sich bereits umgesehen und zufrieden festgestellt, dass unter ihrem Bett, an dessen Seiten eine schwere Tagesdecke bis auf den Boden herabhing, ein geeignetes Versteck zu finden gewesen wäre.

Ob es auch hier ein solches Versteck gab? Bei dem Gedanken, sich eine ganze Nacht lang unter dem Bett der Staatsanwältin zu verstecken, durchzuckte ihn ein heißer Schauder, und er stieg die Kellertreppe wieder hinauf. Es musste eine weitere Möglichkeit geben, in das Haus zu gelangen.

Von der Trave aus wehte ihm ein starker Wind entgegen, als er die Rückseite des Hauses erreichte. Hier gab es keine Hecke, denn das Grundstück grenzte direkt an das Wasser, auf dem trotz des eisigen Windes einige Segelboote hin und her schipperten. Er blickte durch die Terrassenfenster in die Küche, gierig darauf, endlich hineinzukommen, um auch diese Frau zu erforschen.

Auch Sabrina und die anderen hatte er erforscht. Ihre Wohnungen zu studieren hatte ihn mit höchster Erregung erfüllt. Seine Opfer waren für ihn wie Mäuse in einem Käfig, den er erschaffen hatte und den sie nicht wahrnehmen konnten.

Er fröstelte, während er sich gleichzeitig an der Erinnerung daran wärmte, wie es gewesen war, in Sabrina Mertens' Bett zu liegen, über die Buchrücken ihrer auf dem Nachttisch abgelegten Lektüre zu streichen und die Nase in ihrem Nachthemd zu vergraben.

Die Hitze, die dieser Gedanke zwischen seinen Lenden ausbreitete, ließ ihn wohlig aufstöhnen. Er wollte unbedingt hinein!

34. KAPITEL

Anna war unruhig, als sie mit Kommissar Bendt auf das Haus der Familie Mertens zuging. Sie hatte lange mit sich gerungen, ob sie sich wirklich dazu in der Lage sah, einer anderen Mutter gegenüberzutreten, die ihr Kind unter weit grausameren Bedingungen verloren hatte als sie selbst. Dementsprechend groß war der Kloß in ihrem Hals, als sie den Klingelknopf drückte.

Es dauerte nur einen kurzen Moment, bis Frau Mertens ihnen öffnete und sie hineinbat. Sie wirkte blass, aber gefasst. Lediglich in ihren Augen waren der unermessliche Schmerz und die Selbstbeherrschung zu lesen, die es sie kosten musste weiterzuleben.

Frau Mertens lotste die beiden Beamten über den Flur in das gepflegte und aufgeräumte Wohnzimmer. Anna war überzeugt davon, dass sich kein einziges Staubkorn in diesem Raum finden lassen würde. Wahrscheinlich bot die Hausarbeit dieser Frau Ablenkung.

Anna bedankte sich dafür, dass Frau Mertens sich bereitgefunden hatte, sie zu empfangen. Sie nahmen am Wohnzimmertisch Platz, auf dem schon Tee und Gebäck bereitgestellt waren.

»Ich habe vor gar nicht langer Zeit mein Baby verloren«, sagte Anna leise, »und kann vielleicht ein bisschen ermessen, was Sie gerade durchmachen müssen.«

Frau Mertens nickte, und in ihren Augen konnte Anna das Mitleid erkennen, das sie trotz ihres eigenen schweren Schicksals für Annas Situation zu empfinden schien.

»Ich würde Ihnen so gerne helfen, die Tat aufzuklären«, sagte Frau Mertens niedergeschlagen und blickte Anna und Bendt traurig an. »Aber ich fürchte, ich habe alles gesagt.« Sie nahm Annas Angebot, für sie den Tee einzuschenken, dankend an.

»Ihre Tochter und Karen Seeland«, fragte Anna nun, »die kannten sich doch schon aus der Schulzeit, oder?«

»Ja«, bestätigte Frau Mertens und nahm ihre Tasse entgegen. »Warum ist das wichtig?«

»Gab es vielleicht damals jemanden …«, Anna überlegte einen Moment, »war da vielleicht ein Junge, mit dem es Probleme gab?«

»Nicht dass ich wüsste«, antwortete Frau Mertens mit Nachdruck. »Ich habe das aber alles schon ausgesagt.«

Anna fühlte sich schuldig, weil sie sie offensichtlich völlig sinnlos erneut mit Fragen belasteten.

»Sabrina und Karen waren ungefähr siebzehn, als sie sich kennenlernten, und seitdem die besten Freundinnen«, fuhr Frau Mertens fort. »Es hat nie Ärger gegeben.«

»Sie haben sich erst mit siebzehn kennengelernt?«, fragte Anna erstaunt. »Ist eine von beiden zuvor auf eine andere Schule gegangen?«

Bendt warf Anna von der Seite einen Blick zu, der ihr signalisierte, dass er die Frage für völlig unerheblich hielt.

»Meine Tochter war zuvor auf einem Internat in Elisenlund bei Flensburg«, antwortete Frau Mertens und stellte ihre Tasse ab. »Wir waren damals nicht besonders begeistert darüber, dass sie auf ein Internat wollte, aber sie hatte eine Freundin, die dort war und ihr immerzu davon vorschwärmte. Sie wissen ja, wie Teenager sind.« Sie zuckte mit den Schultern.

»Sabrina hatte eine starke Persönlichkeit. Außerdem war sie sehr sportlich. Und man bot den Kindern dort unglaubliche Möglichkeiten, sich zu entfalten. Die Schule war besonders teuer, und mein Mann und ich mussten uns krummlegen, um Sabrina ihren Wunsch schließlich erfüllen zu können.«

»Aber lange war sie dann schließlich nicht dort?«, fragte Bendt jetzt doch interessiert.

Frau Mertens schüttelte den Kopf. »Nur ein Jahr«, antwortete sie. »Sabrina hat damals ihre Jugendliebe kennengelernt.« Sie seufzte. »Ich hab den Jungen aber nur einmal gesehen.«

»Und was hat das mit ihrem Schulwechsel zu tun?«, hakte Anna nach. Sie konnte sehen, dass es Frau Mertens schwerfiel, über die genauen Umstände zu sprechen.

»Der Junge ist damals tragisch verunglückt«, sagte sie, bevor ihre Stimme brach und ihr die Tränen in die Augen traten.

Betroffen fischte Anna ein Taschentuch aus ihrer Handtasche und reichte es ihr.

»Entschuldigung«, schluchzte Frau Mertens, »aber es ist so furchtbar. Ich habe mich damals immer gefragt, was die Eltern dieses Jungen durchmachen müssen. Es gibt ja nichts Schlimmeres, als sein Kind zu verlieren, und nun ist es uns selbst passiert.«

Anna schluckte und musste sich sichtlich zusammenreißen, um nicht vor Mitgefühl ebenfalls in Tränen auszubrechen. Sie reichte Frau Mertens die Teetasse.

»Danke«, sagte diese dankbar und fuhr fort: »Der Junge ist wohl nachts in das Schwimmbecken der Sportanlage gefallen und hat sich vermutlich am Beckenrand den Kopf aufgeschlagen«, berichtete sie. »Er muss durch den Aufprall bewusstlos geworden sein und ist schließlich ertrunken.«

»Das ist ja tragisch«, sagte Anna erschüttert.

»Ja«, bestätigte Frau Mertens mit einem tiefen Seufzer. »Er muss nachts schwimmen gegangen sein oder wollte schwimmen.« Sie dachte einen Moment lang nach. »Ich weiß es nicht mehr genau«, sagte sie dann. »Jedenfalls ist er verunglückt. Danach hatte Sabrina viele Jahre lang keinen Freund mehr und hat später … wie soll ich sagen …« Sie zuckte mit den Schultern. »Später hat Sabrina einiges nachgeholt.«

Anna nickte. »Ich bin Ihnen dankbar, dass Sie sich noch einmal Zeit für uns genommen haben«, sagte sie schließlich. Sie kam sich plötzlich albern vor, Frau Mertens erneut belästigt zu haben.

»Das geht schon in Ordnung«, sagte Frau Mertens. »Ich will ja gerne helfen.« Sie blickte Anna einen Moment lang an, stand dann auf, ging zum Wohnzimmerschrank hinüber und öffnete eine Schublade. Vorsichtig holte sie ein Buch heraus, strich zärtlich über den Einband und kam damit zurück an den Tisch.

»Das ist Sabrinas Tagebuch«, sagte sie zögernd, bevor ihre Stimme erneut brach. »Ich habe es in einer Kiste im Keller entdeckt«, fuhr sie nach einer kurzen Weile gefasster fort und streckte Anna das kleine Buch entgegen.

»Nehmen Sie es!«, sagte Frau Mertens mit Nachdruck, »wenn Sie meinen, es könnte Ihnen nützen. Ich habe es erst vor einigen Tagen gefunden, aber nicht darin gelesen. Ich bin der Meinung, dass meine Tochter …« Sie stockte wieder. »… dass meine Tochter auch nach ihrem Tod ein Recht auf ihre Privatsphäre hat. Ich hätte es ihr mit ins Grab gelegt, wenn ich es vor der Beerdigung gefunden hätte.«

Anna nahm den Band behutsam entgegen. Jetzt standen ihr wirklich die Tränen in den Augen. »Haben Sie wirklich nichts dagegen, wenn ich es mitnehme und darin lese?«, fragte sie sanft. Anna vermied es bewusst, den Begriff »auswerten« zu verwenden.

»Es ist mir recht«, antwortete Frau Mertens. »Ich möchte Sie nur bitten, dass nur Sie es lesen und nicht jeder x-Beliebige …« Sie brach ab.

»Sie können ganz unbesorgt sein«, beruhigte sie Anna. »Ich werde es lesen und schwöre, keinem auch nur ein Wort zur Kenntnis zu geben, wenn es für die Ermittlungen nicht von Belang ist.«

Frau Mertens blickte Anna einen Moment lang versunken an. »Ich wünsche Ihnen alles Gute«, sagte sie dann und blickte verschwörerisch auf Annas Bauch.

Die Staatsanwältin sah Frau Mertens verblüfft und gleichzeitig ein wenig ängstlich an, da sie fürchtete, diese könnte ihr Geheimnis offenbaren.

»Passen Sie gut auf sich auf«, mahnte Frau Mertens jedoch nur. Dann wandte sie sich ab, und ihr Blick schien sich in der spiegelnden Fensterscheibe ihres Wohnzimmerfensters zu verlieren.

35. KAPITEL

Anna war sich nicht sicher gewesen, ob es eine gute Entscheidung war, trotz der häufig auftretenden Übelkeit ihren anstehenden Nachtdienst wahrzunehmen. Schließlich hatte sie sich aber doch dafür entschieden.

Nachtdienst bedeutete vor allem, ein, zwei Anrufe entgegenzunehmen, weil sich ein paar Beamten der Kriminalpolizei wieder einmal nicht trauten, irgendeine Durchsuchung durchzuführen, oder nicht wussten, ob jemand in Untersuchungshaft genommen werden durfte.

Anna hatte in den vergangenen Jahren nicht eine Situation erlebt, in der sie wirklich zu einem Tatort hätte ausrücken müssen. Das kam alle hundert Jahre einmal vor, und selbst wenn es Probleme geben sollte, hätte sie immer noch die Möglichkeit, Oberstaatsanwalt Tiedemann anzurufen und um seine Hilfe zu bitten. Schon am ersten Tag ihrer Arbeit in seiner Abteilung hatte er zu ihr gesagt, dass sie keine Scheu haben müsse, ihn selbst nachts aus dem Bett zu klingeln. Anna war überzeugt davon, dass er es ernst gemeint hatte.

Sie hatte den Vormittag damit verbracht, Zeitungsannoncen für Immobilien zu studieren und einige Makler zu beauftragen, denn Anna hatte beschlossen, ein Heim für sich und ihr Kind zu suchen. Weiterhin in Toms Haus zu wohnen erschien ihr im Hinblick auf ihre neue Lebenssituation nun gänzlich unangemessen.

Sie suchte nach einer Erdgeschosswohnung mit Garten oder einem kleinen Reihenhaus zur Miete. Einige der Anzeigen erschienen vielversprechend, und Anna hatte für die kommende Woche bereits einige Besichtigungstermine vereinbart. Außerdem hatte sie auf den gängigen Immobilienseiten des Internets gesucht, und auch hier schien es passende Objekte zu geben.

Anna war entschlossen, gemeinsam mit ihrem Kind einen Neuanfang zu wagen. Trotz aller Schwierigkeiten, die vor ihr liegen mochten, freute sie sich von Stunde zu Stunde mehr auf das Baby.

Immerhin war sie sich in diesem Punkt über ihre Gefühle im Klaren. Was Georg betraf, wusste sie dagegen nicht einmal entfernt, wie es mit ihnen weitergehen sollte.

Seit Georg vor zwei Tagen mit Ben Bendt zusammengestoßen war, hatte er sich nicht wieder bei ihr gemeldet. Anna hatte unzählige Male den Hörer in die Hand genommen, um ihn anzurufen, aber im letzten Moment doch wieder aufgelegt und von ihrem Vorhaben abgelassen.

Nachdenklich knipste sie das Oberlicht in der Küche an und blickte versunken auf die wenigen Schiffe, die sich angesichts des anhaltend kalten Wetters auf das Wasser verirrt hatten.

Weiterhin direkt an der Trave zu leben würde sie

sich alleine nicht mehr lange leisten können, wenngleich sie sicher war, dass Georg sie finanziell unterstützen würde, wenn er erführe, dass er der Vater ihres Kindes war. Wann immer ich Sehnsucht nach den Seeschiffen und Großfähren habe, werde ich den Reisenden vom Hafen aus zuwinken, tröstete sie sich.

Als es abends immer dunkler wurde, verriegelte Anna gewissenhaft die Haustür und ließ die Außenrollläden der Terrasse hinunter. Sie hatte sich eine Pizza bestellt und mit Heißhunger verzehrt und Hubert das eine oder andere Stück vom Rand gegönnt.

Jetzt lag der Hund zufrieden und lang ausgestreckt neben ihrem Sofa, auf dem sie es sich mit einer Wolldecke gemütlich gemacht hatte. Hubert war den ganzen Tag sehr unruhig gewesen, schien es ihr. Er hatte permanent angeschlagen und war nicht müde geworden, sie immer wieder mit wedelndem Schwanz aufzufordern, ihn in den Garten zu lassen, um dort herumzujagen und zu bellen.

Jetzt schien er erschöpft zu sein. Auch Anna fühlte sich an diesem Abend besonders müde. Sie widerstand der Versuchung, sofort ins Bett zu gehen, griff stattdessen nach Sabrina Mertens' Tagebuch und betrachtete eine Weile den zerschlissenen dunkelroten Filzeinband. Gedankenverloren fuhr sie mit der Hand die Linien der Goldbuchstaben nach, die das Wort »Tagebuch« ergaben, und schlug es schließlich auf.

Die Eintragungen begannen im Jahr 1995. Anna schmunzelte bei dem Anblick der Engelglanzbilder und Herzchenaufkleber, die die erste Seite verzierten, und fühlte sich sofort an ihr eigenes Tagebuch erinnert, dessen Einband sie ganz ähnlich gestaltet hatte.

Sabrina muss damals um die zwölf Jahre alt gewesen sein, dachte sie. Bei dem Gedanken, die Vergangenheit einer Toten in Händen zu halten, überkam sie ein Gefühl von Trauer. Sie trank einen Schluck aus ihrem halb vollen Rotweinglas, das sie sich nach Aussage ihres Arztes ohne Bedenken ab und zu gönnen durfte, stellte es wieder ab und begann dann zu lesen.

6. Juli 1995 in Lübeck

Liebes Tagebuch!
Mir geht es gut. Die Klassenreise war soooo toll. Ich habe mit Andi Blues getanzt. Wir gehen jetzt zusammen. Nina und Julia sind sooooo neidisch.

Deine Ina

Unter die Eintragung hatte Sabrina Mertens die Namen Andi und Tom Cruise geschrieben und sie mit gemalten Herzen und kleinen Sternen verziert. Über dem Namen Andi prangte außerdem ein kindlicher roter Kussmund, den Sabrina wahrscheinlich mit einem Lippenstift ihrer Mutter angefertigt hatte.

Anna blätterte schmunzelnd weiter und fand weitere ähnliche Eintragungen. Manche Seiten waren auch nur bemalt oder mit Kussmündern übersät. Doch dann schien etwas geschehen zu sein.

20. Juli 1995 in Lübeck

Andi ist so total doof!!!!!!!!!!!!!!!!

Er hat Julia auf Sabines Geburtstagsparty geküsst. Ist mir doch egal! Ich liebe nur Tom Cruise!

Deine Ina

Anna erinnerte sich an die Eintragungen in ihrem eigenen Tagebuch. Das männliche Idol ihrer Jugendtage war Limahl von der Popgruppe Kajagoogoo gewesen. Die meisten Mädchen hatten damals für den jungenhaften blonden Sänger mit der strubbeligen Haarfrisur geschwärmt.

Sie blätterte weiter. In den Jahren 1995 bis 1998 hatte Sabrina Mertens fleißig geschrieben und ihrem Tagebuch ihre Geheimnisse und Nöte anvertraut. Es fand sich darin nichts Ungewöhnliches. Als sie den Wunsch geäußert hatte, auf ein Internat zu gehen, reagierte sie mit der Wut und dem Unverständnis einer rebellischen Fünfzehnjährigen auf die anfangs ablehnende Haltung ihrer Eltern.

Anna blickte zur Uhr. Es war bereits nach zehn, und sie war todmüde. Sie entschloss sich, ins Bett zu gehen.

Draußen tobte inzwischen ein heftiger Sturm, und der Hagel prasselte unaufhörlich gegen die Scheiben. Anna zuckte zusammen, als eine auf ihrer Terrasse stehende Blumenschale, in die sie Heide gepflanzt hatte, durch den Sturm umgerissen wurde und zu

Bruch ging. Hubert richtete sich auf und knurrte böse.

»Alles gut, das ist nur ein Unwetter«, beruhigte sie ihn und streichelte zärtlich über seinen Kopf. In Nächten wie diesen war sie unsagbar froh, den Hund in ihrer Nähe zu wissen. Sie streifte sich einen warmen Parka über und fror dennoch erbärmlich, während sie draußen die Scherben zusammensuchte. Als sie bemerkte, dass die Terrassentür, die sie hinter sich zugezogen hatte, offenbar durch den Sturm wieder aufgedrückt worden war, begann sie leise zu fluchen. Die Tür pendelte haltlos im Wind hin und her und krachte, noch bevor Anna sie wieder erreicht hatte, zurück in die Verankerung. Mist, verdammt, dachte sie und war gleichzeitig wütend, dass der Hund ihr nach draußen gefolgt und nun ebenfalls triefnass war. Anna war nun derart durchnässt und durchgefroren, dass sie sich entschloss, zunächst ein Bad zu nehmen.

Sie ließ nur eine kleine Lampe im Wohnzimmer brennen, schaltete die Alarmanlage ein und ging dann nach oben in ihr Schlafzimmer. Dort legte sie Sabrina Mertens' Tagebuch und ihr Diensthandy auf ihrem Nachttisch ab, zog ihre Kleidung aus und ging ins Bad. Sie ließ heißes Wasser in die Wanne laufen, setzte sich auf den Rand und schob gedankenverloren die sich bildenden Schaumhauben hin und her.

Voller Sorge stellte sie fest, dass die Äste der alten Eiche vor dem Haus heftig gegen das Dach schlugen. Schon im vergangenen Jahr hätte der Baum beschnitten werden müssen. Sie nahm sich vor, sich gleich am

Montag darum zu kümmern, glitt in das heiße Wasser und genoss die wohlige Wärme, die ihren Körper sofort umgab.

Liebevoll strich sie sich über ihren Bauch. Sich gemütlich in der Wanne räkelnd, musste sie unwillkürlich an die Nacht mit Georg denken. Wie er am Wannenrand gesessen und ihr ein Glas Wein gereicht hatte … Eine Szene, wie sie sich während ihrer Studentenzeit hundertfach ereignet und nie verboten angefühlt hatte. An jenem Abend war das anders gewesen, dachte sie.

Ein plötzliches Aufpoltern im Schlafzimmer ließ Anna zusammenzucken. Dem Lärm folgte ein ängstliches Winseln.

Anna stob aus der Wanne und schoss in ihr Schlafzimmer.

»Hubert, was um Himmels willen machst du da?!«, schalt sie ihren Hund, als sie die vom Nachttisch gefegte Lampe entdeckte. »Du hast mir einen Riesenschrecken eingejagt!«

Hubert kauerte mit eingekniffenem Schwanz auf seiner Decke und blickte seine Herrin schuldbewusst an.

Anna hob die unversehrte Nachttischlampe auf, registrierte, dass sie gleichermaßen tropfte wie fror, und lief zum Schrank, um sich ein Handtuch herauszunehmen. Er war bereits geöffnet.

Sie stutze. »Ich hätte schwören können, den Schrank verschlossen zu haben«, sagte sie kopfschüttelnd zu sich selbst.

In ihr Handtuch gehüllt, begab sie sich zurück in das warme Badezimmer, um sich abzufrottieren. Sie widerstand der Versuchung, erneut in die Wanne zu steigen, weil sie noch ein wenig lesen wollte, und löste den Stöpsel.

In ihrem Bett kauerte sich Anna unter ihre Decke, froh darüber, dass ihre Nachttischlampe keinen Schaden genommen hatte. Das Unwetter schien nun direkt über ihrem Haus zu sein, und durch das Fenster konnte sie die dicken Hagelkörner sehen, die gegen die Scheiben prasselten. Der Schreck saß ihr noch merklich in den Gliedern, und sie ärgerte sich darüber, dass ihre wohlige Müdigkeit nun verflogen zu sein schien.

Anna tastete in der Schublade ihres Nachttisches nach dem Alarmknopf, der ihre Sicherheitsanlage direkt mit der Notfallzentrale verband. Die Tatsache, dass das Haus so gut gesichert war, beruhigte sie.

Als sie das Tagebuch wieder zur Hand nahm, stellte sie fest, dass ihr daneben abgelegtes Diensthandy nicht mehr auf der Ablage lag.

Anna rollte sich auf den Bauch und fischte mit ihrer linken Hand unter dem Bett entlang. Sie stutzte, als sie statt des Handys einen weichen, feuchtwarmen Gegenstand ertastete, und zog ihn hervor.

»Das ist ja wirklich ekelhaft!«, schimpfte sie erneut mit Hubert und warf den angekauten Hundeknochen angewidert in seine Richtung. »Jetzt vergräbst du deine Knochen nicht nur im Garten, sondern auch unter meinem Bett?«, tadelte sie ihn weiter, während sie wütend ins Bad stapfte und sich die Hände wusch. Zurück im Bett, fand sie das Handy, das hinter ihren Nachttisch gefallen war. Endlich begann sie wieder zu lesen:

Elisenlund, 20. Juli 1999

Liebes Tagebuch!
Es ist so toll hier! Ich bin sofort in die Leichtathletikmannschaft aufgenommen worden.

Natürlich habe ich manchmal Heimweh, und Mami und Papi tun mir leid, weil ich weiß, dass sie mich so sehr vermissen, aber ich bin trotzdem überglücklich, hier zu sein.

Ich glaube, ich habe mich richtig verliebt. Er heißt Ferdinand und ist wirklich süß. Ferdinand und ich haben so unendlich viel gemeinsam. Er ist auch in der Schulmannschaft. Ich bin nicht sicher, ob er mich auch mag, aber ich hoffe darauf! Drück mir die Daumen.

Deine Ina

Auch der nächste Eintrag handelte von Ferdinand.

Elisenlund, 10. August 1999

Liebes Tagebuch,
Ferdinand und ich haben uns das erste Mal geküsst. Es war unbeschreiblich. Das ist etwas ganz anderes als die albernen Knutschereien beim Flaschendrehen. Seine Lippen waren wie Samt.

Wir halten es noch geheim, dass wir zusammen sind. Wenn die Lehrer es rauskriegen, werden sie uns auf der Sportreise im Herbst niemals in einem Haus wohnen lassen und aufpassen wie die Luchse. Ich darf ihn Ferdi nennen! Ich bin überglücklich.

Deine Ina

Die nächsten Zeilen zeugten von Erregung, was durch die unregelmäßige Handschrift deutlich wurde.

Elisenlund, 26. August 1999

Liebes Tagebuch,
Du kannst Dir nicht vorstellen, wie er uns erschreckt hat. Vielleicht ist es albern, aber manchmal haben wir das Gefühl, dass er uns verfolgt. Wir haben im Wald trainiert. Ich war wieder unglaublich schnell. Ferdi scheint mir Flügel zu verleihen. Ich kann nicht beschwören, dass es Jörg war, aber es war jemand auf dem Hochsitz. Denn ich glaube, dass es seine Jacke war, die ich gesehen habe. Ferdi sagt, ich bilde mir ein, dass er unseretwegen dort sitzt und glotzt. Ich glaube das nicht. Tine sagt, er starrt mich auch im Unterricht an. Manchmal spüre ich es sogar. Ich bin mir nicht sicher, aber vielleicht weiß er das mit Ferdi. Ferdi, Ferdi, Ferdi … Ich bin so verliebt!

Deine Ina

Anna las die folgende Eintragung mit wachsendem Interesse.

Elisenlund, 29. August 1999

Liebes Tagebuch,
das Sportfest war wunderbar. Mami und Papi haben Ferdi auch gesehen. Ich glaube, dass sie ihn mögen werden.

Und nach der Feier war er in meinem Zimmer. Das ist verboten, aber wegen der vielen Gäste an diesem Tag haben die Lehrer nicht bemerkt, dass ich ihn hereingeschmuggelt habe. Er ist einfach wunderbar. Ich kann Dir nicht mehr erzählen. Das würde es entzaubern. Ich glaube, dass wir uns ewig lieben werden.

Nur doof, dass der Spanner jetzt Bescheid weiß. Er hat uns gesehen. Ferdi hat ihn dann verjagt. Vielleicht ist es ganz gut so. Ich glaube nicht, dass er es den Lehrern sagt.

Wir freuen uns so auf die Herbstreise!

Deine Ina

Anna schrak zusammen, als das Telefon sie in die Gegenwart zurückholte. Sie griff sich vor Schreck ans Herz und spürte, wie es in ihrer Brust heftig pochte.

»Staatsanwältin Lorenz«, meldete sie sich.

Es war ein typischer Anruf für den Nachtdienst. Einige Beamten observierten ein Mehrfamilienhaus, in dem in einer Wohnung ein reger Marihuanahandel stattfinden sollte. Man hatte vor dem Haus verschiedene Konsumenten gestellt und wollte nun die Erlaubnis, dass die Wohnung wegen Gefahr im Verzug auch ohne richterlichen Beschluss durchsucht werden durfte.

Anna ärgerte sich über die Anfrage. Der Fall war so glasklar, dass es keiner Nachfrage bedurft hätte. Natürlich stimmte sie einer Durchsuchung zu.

Zum Glück war es erst elf Uhr, und sie hatte noch nicht geschlafen. Ein paar solcher Anrufe gegen drei Uhr nachts konnten einen richtig mürbe machen, und Anna wusste, dass sie zu nachtschlafender Zeit nicht lange so höflich bleiben würde. Sie legte das Telefon zur Seite und wandte sich wieder ihrer Lektüre zu.

Im Tagebuch folgten nun einige sehr intime Notizen zu Sabrina Mertens' Entdeckungen in der Liebe, die Anna überflog. Der Wind pfiff gespenstisch um das Haus, und sie zog sich die Decke bis unter das Kinn, froh darüber, dass ihr die Eintragungen Ablenkung verschafften.

Elisenlund, 5. September 1999

Liebes Tagebuch,
es ist so unsagbar schrecklich. Ferdi ist tot. Sie haben ihn heute Morgen gefunden. Mein Leben macht keinen Sinn mehr. Ich bin schuld daran. Er muss direkt nachdem er bei mir war verunglückt sein. Ich verstehe es einfach nicht. Er hat kein Wort davon gesagt, dass er zum Pool will. Er wollte doch nur unentdeckt in sein Zimmer. Das macht alles keinen Sinn.

Sie sagen, er muss ausgerutscht und auf den Beckenrand geknallt sein. Warum sollte das passiert sein?

Ich glaube, dass es Jörg war. Er hat mit Sicherheit auch das Feuer gelegt. Sie sagen, es könnte jeder x-Beliebige an dem Haus gezündelt haben. Es gab eine Untersuchung, aber sie haben ihm nichts nachweisen können. Es ist reiner Zufall gewesen, dass das Feuer sich nicht ausgebreitet hat, sondern wieder erloschen ist. Wir hätten in dem Haus krepieren können!

Sie halten alles für ein Hirngespinst. Ich will weg von hier. Mama würde mir glauben, wenn ich ihr alles erzählen würde. Aber was würde das nützen? Sie würde sich nur Sorgen um mich machen. Ich will einfach nur weg von hier! Weg von Jörg, weil …

Das Poltern auf dem Dachboden war so laut, dass Anna aufschrie.

»Gott im Himmel, was war das schon wieder?!«, sagte sie laut. Hubert hatte den Lärm ebenfalls gehört und spitzte die Ohren. Anna sprang mit einem Satz aus dem Bett und bewaffnete sich mit ihrer Taschenlampe, die für Notfälle in der Nachttischschublade lag.

»Komm, Hubert«, sagte sie, schlich über den Flur, griff nach dem Stock, an dem der Hakenzug befestigt war, und zog die an der Dachluke befestigte knarrende Holzleiter nach unten. Langsam stieg Anna hinauf.

Der Dachboden roch staubig, und sie musste zwei Kartons zur Seite schieben, bevor sie den halbhohen Raum betreten konnte. Mühsam schaltete sie das trübe Deckenlicht an. Der Geruch des Gerümpels und der Staub in der Luft ließen Übelkeit in ihr aufsteigen, und sie ließ sich auf einen der Kartons sinken, atmete tief durch und schloss für einen kurzen Moment die Augen.

Sie musste besser auf sich achtgeben. Aufregung war mit Sicherheit nicht gut für ihr Baby. Als Anna ihre Augen wieder aufschlug, fiel der Lichtstrahl ihrer Taschenlampe direkt in seine stechenden Augen.

36. KAPITEL

Bereits in seiner Kindheit hatte er gerne geforscht, und es hatte ihm Freude bereitet, kleinen Tieren ein Verlies zu bauen. Oft hatte er Spinnen gefangen und sie in der kleinen durchsichtigen Plastikschachtel seines Quartettspiels eingesperrt, um sie bei ihrem Todeskampf zu beobachten.

Meist hatten sie sich über lange Zeiträume nicht gerührt, um dann wieder verzweifelt den Versuch zu unternehmen, ihrem gläsernen Gefängnis zu entkommen, bis sie endlich einsahen, dass es zwecklos war. Manchmal hatte er auch eines ihrer Beine beim Verschließen der Schachtel eingeklemmt. Er mochte es, wenn sie sich ein Bein ausrissen. Die Macht, die er auf die Tiere ausübte, befriedigte ihn zutiefst.

Fliegen waren weit dümmer als Spinnen. Sie surrten und zappelten in der Schachtel, bis sie plötzlich zusammenbrachen, nur um sich eine kurze Weile später erneut aufzubäumen.

Natürlich hatte er damals nie daran gedacht, einen Menschen zu töten. Außer SIE natürlich.

SIE hätten den Tod von dem Tage an verdient gehabt, als sie ihn adoptiert und noch mehr nachdem SIE Ferdi auf die Welt gebracht hatten. Auch Ferdi verdiente es zu sterben. Aber bei den Mädchen war es anders gewesen. Er hatte zunächst nicht vorgehabt, Sabrina oder eine der anderen zu töten. Es war einfach passiert, wie etwas, das unabänderlich war.

Sabrina hatte das Internat unmittelbar nachdem Ferdi ertrunken war verlassen. Er hatte erst daran gedacht, nach ihrem weiteren Verbleib zu forschen, hatte den Plan aber aufgeben müssen, weil er damals zu vielen Fragen ausgeliefert war.

Es hatte Gerüchte gegeben, dass er ihr und Ferdi nachgestiegen sei. Ein Beamter der Polizei war sogar kühn genug gewesen, ihn zu fragen, ob er seinen Bruder aus Eifersucht wegen des Mädchens ertränkt hätte. Er hatte auf der Hut sein und abwarten müssen. Schließlich hatte er sich entschieden, sie in Ruhe zu lassen. Irgendwann hatte er akzeptiert, dass es besser für ihn war, Mädchen in Zukunft aus der Ferne zu beobachten.

Jahre später hatte er schließlich mithilfe des Internets eine Methode gefunden, ihnen trotzdem nahe sein zu können. Hier konnte er Frauen gegenübertreten, ohne verspottet zu werden. Hier waren sie sogar seinem Charme erlegen und schienen sich nach ihm zu sehnen. Es war faszinierend für ihn zu erfahren, was sie bewegte.

Karen Seeland war eine von ihnen gewesen. Seine Chats mit ihr waren besonders intim gewesen. Er fand es verblüffend, was Frauen einem Fremden gegenüber zu offenbaren bereit waren.

Karen hatte darauf gebrannt, ihn kennenzulernen,

und mit Sicherheit nicht ohne Berechnung erwähnt, dass sie regelmäßig donnerstags ins Cube ging.

Eines Nachts war er einer spontanen Eingebung folgend wirklich zu dieser Bar gefahren. Es war eine Nacht wie die heutige gewesen, fuhr es ihm durch den Kopf. Eiskalt, stürmisch und ungemütlich.

Er war zunächst unschlüssig um die Bar herumgeschlichen und hatte durch die Fenster geschaut, ohne Karen entdecken zu können. Er hatte nicht hineingehen wollen. Derartige Orte flößten ihm Angst ein und konnten ihm binnen Sekunden die kostbare Sicherheit nehmen, die er sich im Internet so mühsam erarbeitet hatte.

So stand er da, frierend und wartend, während ihm der Regen den zerschlissenen hochgeschlagenen Kragen seines Parkas entlang in den Nacken rann. Er hatte schon wieder kehrtmachen und gehen wollen, als *sie* plötzlich auf der Tanzfläche aufgetaucht war und ihre Erscheinung ihn wie ein Pfeil durchbohrt hatte.

Er hatte Sabrina sofort erkannt und war unfähig gewesen, sich auch nur einen Millimeter von dem Fenster wegzubewegen. Ihr Körper wippte im Takt der Musik, deren dumpfe Bässe ihm wie Hammerschläge in die Schläfen fuhren. *Da war sie also wieder.*

Karen Seeland, die nach ein paar Minuten neben Sabrina auf der Tanzfläche auftauchte, hatte er kaum mehr wahrgenommen. Er beobachtete Sabrinas anmutige Bewegungen, die seine Kehle staubtrocken werden ließen.

Mit ihr war plötzlich alles wieder da. Die Faszination, die sie auf ihn ausübte, die ewige unerfüllte Liebe zu ihr und sein unermesslicher Hass auf das, was man ihm angetan hatte.

Sie hatte ihn erneut in ihren Bann gezogen, und er war von diesem Augenblick an unfähig gewesen, von ihr zu lassen. Ihm war es, als sei er just in diesem Moment, als er sie wiederentdeckt hatte, zu neuem Leben erwacht.

Über Jahre hatte er sich zurückgezogen, war genügsam gewesen. Er hatte nie wieder irgendeine Verbundenheit zu einer Frau empfunden. Hatte sich mit der virtuellen Welt zufriedengegeben. Aber von diesem Tage an hatte sein Leben wieder einen neuen Sinn erhalten.

Sabrina wurde alleiniger Lebensinhalt und Obsession seines Daseins. In den folgenden Wochen verfolgte er sie überallhin. Er wusste alles über sie. Ihm war der Duft ihrer Bodylotion ebenso vertraut wie der Klang ihrer Stimme. Er hatte sie bei ihren Läufen im Wald beobachtet, dem Klang ihres heißen Atems gelauscht und von Beginn an insgeheim gewusst, dass es irgendwann vorbei sein musste.

37. KAPITEL

Anna schrie vor Schreck laut auf, als der Marder an ihr vorüberhuschte.

Im Schein der Lampe hatten seine Augen etwas Gespenstisches gehabt, und obwohl Anna geahnt hatte, dass dieses Tier sie auf dem Dachboden erwarten würde, war ihr der Schrecken tief in die Glieder gefahren.

Schon seit Wochen legte sie auf dem Dachboden Hundehaare aus, um den Marder zu verjagen, aber das schien diesen nicht im Mindesten zu beeindrucken. Sie würde am Ende doch noch eine Falle aufstellen müssen. Für diesen Abend hoffte sie jedoch, das Tier aus dem Haus vertrieben zu haben.

Sie war gerade wieder auf dem Weg nach unten, als das Telefon erneut klingelte. Anna musste sich beeilen, um rechtzeitig ins Schlafzimmer zu kommen, wo sich der Apparat auf ihrem Nachttisch bereits heiß klingelte.

»Staatsanwältin Lorenz«, meldete sie sich atemlos.

»Kommissar Schmidt hier«, antwortete eine sonore Männerstimme. »Bin ich mit der diensthabenden Staatsanwältin verbunden?«

Nein, mit dem Papst, dachte Anna genervt, bejahte jedoch natürlich die Anfrage.

»In einem Waldstück bei Holm wurde eine weitere Frauenleiche gefunden.«

Anna stockte der Atem. »Ja, und?«, fragte sie.

»Wir können derzeit weder Hauptkommissar Braun noch seinen Kollegen erreichen«, erklärte Schmidt. »Durch das Unwetter scheinen einige Leitungen defekt zu sein. Wir haben schon die Presse hier und brauchen dringend einen Staatsanwalt vor Ort, der alles regelt.«

Annas Herz klopfte wild. »Wozu zum Teufel brauchen Sie jetzt einen Staatsanwalt?«, fragte sie dann.

»Na ja, zum Absperren und so«, gab Schmidt hilflos zurück.

»Das ist doch absoluter Blödsinn!«, sagte sie ärgerlich. »Erwarten Sie etwa, dass ich selbst das Absperrband anbringe? Es muss doch jemanden von der Kripo geben, der dort alles Nötige veranlassen kann.«

Schmidt schien am anderen Ende der Leitung zu zögern. »Wenn Sie meinen …«, sagte er dann gedehnt. »Wir sind jedenfalls der Meinung, dass Sie hier gebraucht werden.«

»Wo sind Sie denn überhaupt in Holm?«, fragte Anna, ließ sich erst mal eine genaue Ortsbeschreibung durchgeben und notierte alles auf einem Notizblock, den sie aus ihrer Nachttischschublade fischte.

Kommissar Schmidt war schlecht zu verstehen. Anna nahm sich vor, Oberstaatsanwalt Tiedemann zu informieren. Er würde wissen, was zu tun sei.

Sie bat Schmidt, ihr seine Nummer und die von Hauptkommissar Braun zu geben, die sie gerade nicht griffbereit hatte, und versprach, ihn umgehend zurückzurufen.

In Annas Kopf schwirrte es. Sie wählte zuerst die Handynummer von Oberstaatsanwalt Tiedemann, doch es meldete sich nur die Mailbox. Sie bat dringend um Rückruf.

Danach wählte Anna die Nummer von Hauptkommissar Braun. Während es mehrmals klingelte, dachte sie nach. Ben Bendt hatte vor ein paar Tagen eine Tagung erwähnt, die er selbst in Berlin besuchen wollte. Vielleicht hatte sie nicht richtig zugehört und auch Braun war dorthin gefahren? Anna bereute bereits, den Nachtdienst übernommen zu haben. Wäre sie bloß ihrer inneren Stimme gefolgt und hätte den Dienst abgegeben! Jetzt hatte sie den Salat.

Immerhin war es nicht weit nach Holm. Allenfalls fünfzehn Kilometer. Sie konnte die Bundesstraße in östlicher Richtung nehmen, was hieß, dass sie den Priwall auf der Seite verlassen konnte, der mit dem Festland verbunden war. Sie war also nicht auf die Fähre angewiesen, wobei sie angesichts des Sturms ohnehin nicht sicher war, ob der Fährverkehr nicht vielleicht eingestellt worden war. Dennoch scheute Anna sich davor, sich bei diesem Unwetter hinter das Steuer zu setzen, zumal sie angesichts ihrer Aufregung schon wieder ein leichtes Übelkeitsgefühl beschlich.

Wieso eigentlich Holm?, stutzte sie plötzlich. Das lag doch gar nicht im Zuständigkeitsbereich der Staatsanwaltschaft Lübeck.

Nun war sie völlig durcheinander und entschied sich,

Kommissar Schmidt mitzuteilen, dass sie versuchen würde, Hauptkommissar Braun und Oberstaatsanwalt Tiedemann zu erreichen. Schließlich waren bereits Beamte vor Ort, und sie hatte nicht die geringste Ahnung, wie gerade sie dort gegenwärtig helfen sollte.

Anna wählte die Nummer, die Schmidt ihr durchgegeben hatte.

»Die gewünschte Nummer ist leider nicht bekannt«, hörte sie nur wenig später die freundliche Computerstimme der Telefonansage. Anna fluchte. Sie hatte es in der Aufregung versäumt, die Nummer noch einmal zu wiederholen und bestätigen zu lassen, und sich offenbar verschrieben.

Sie überlegte kurz, ob sie die Nummer vor diesem Kommissar Schmidt möglicherweise über eine zentrale Dienststelle herausfinden könnte, verwarf den Gedanken jedoch wieder, denn sie hatte nicht einmal den Hauch einer Ahnung, welcher Dienststelle er angehörte. Was sollte sie also sagen? »Guten Abend, ich suche einen Kripobeamten aus Mecklenburg-Vorpommern mit dem Namen Schmidt – mehr weiß ich leider nicht über ihn?« Ihr Vorgehen war wirklich dilettantisch gewesen.

Anna versuchte erneut vergebens, Oberstaatsanwalt Tiedemann zu erreichen. Wieder ging nur die Mailbox ran, also teilte sie ihm den Sachverhalt mit und gab die Anschrift des Tatortes durch. Mehr konnte sie im Moment nicht tun. Sie saß eine Weile unschlüssig auf dem Bett und ließ die Ereignisse der letzten Viertelstunde Revue passieren.

Ein Beamter hatte sie um ihre Unterstützung gebeten, und sie war nicht in der Lage gewesen, seine Nummer richtig zu notieren. Anna war nicht sicher, ob ihre Vorgesetzten Verständnis dafür haben würden, wenn sie nicht zum Tatort aufbrach. Schließlich war sie nicht nur die zuständige Staatsanwältin im Lübecker Nachtdienst, sondern zudem die ermittelnde Beamtin in dem sogenannten Frauenmordfall.

Sie seufzte tief und entschied sich schließlich loszufahren. Selbst wenn sie in Holm nicht viel ausrichten konnte, zeigte sie jedenfalls Präsenz.

Anna streifte ein paar Jeans und einen dicken Pullover über, griff nach ihrem Diensthandy und lief nach unten. Hubert trottete ihr verschlafen hinterher, wurde aber sofort munter, als sie ihre Stiefel und den Parka anzog.

»Immerhin du freust dich«, seufzte sie und betrachtete Hubert, der fröhlich bellend mit ihr das Haus verließ.

***

Er beobachtete sie aus der Ferne und konnte ein Grinsen nicht unterdrücken. Alles lief nach Plan.

38. KAPITEL

Ben Bendt steuerte seinen Wagen über die regennasse Autobahn. Es war halb zwölf Uhr nachts.

Anna hatte ihm auf die Mailbox gesprochen. Wie es schien, war sie im Auto unterwegs gewesen. Sie hatte von einem weiteren Frauenmord gesprochen und angegeben, auf dem Weg zum Tatort zu sein.

Der Anruf hatte Bendt zutiefst beunruhigt. Er hatte sich sofort entschieden, ebenfalls loszufahren. Schließlich war es von Berlin nur ein Katzensprung nach Lübeck. Vielleicht war es albern und es gab gar keinen Grund, sich zu beunruhigen, aber irgendwie hatte Bendt ein ungutes Gefühl.

Er hatte mehrfach die Nummer von Annas Privathandy angerufen, sie hatte allerdings nie abgenommen. Für den auf seiner Mailbox eingegangenen Anruf war wiederum keine Nummer notiert. Und völlig unverständlich war, dass Anna offenbar nicht versucht hatte, Kommissar Braun zu erreichen.

Mit dem hatte er nämlich gesprochen und ihn aus irgendeiner Bar geklingelt. Von einem weiteren Frauenmord war Braun ebenso wenig bekannt gewesen wie den Dienststellen in Lübeck und Mecklenburg-Vorpommern. Anna war hoffentlich nicht in Gefahr.

Der Kommissar fuhr wie ein Henker und erreichte unter Missachtung sämtlicher Verkehrsregeln nach zweieinhalb Stunden endlich Annas Haus. Er war unsagbar froh, dass seine nervenaufreibende Fahrt ein Ende gefunden hatte, und sprang die Eingangstreppe hinauf.

Ihr Wagen stand nicht auf der Auffahrt. Er klingelte, aber es rührte sich nichts.

Bendt lief um das Haus herum und stellte resigniert fest, dass sämtliche Rollläden der Fenster im Erdgeschoss heruntergelassen waren. Dieses Haus schien sicherer als Fort Knox. Er stand unschlüssig im Garten und blickte zum Giebel hinauf. Der Sturm peitschte ihm den Regen ins Gesicht, und er war bereits klitschnass. Immerhin hat es aufgehört zu hageln, dachte er.

»So könnte es gehen«, murmelte er dann und maß mit dem Blick das Regenrohr ab, von dessen oberem Ende er hoffte, sich auf das Geländer eines Erkerfensters im Obergeschoss schwingen zu können. Doch er zögerte. Was, wenn Anna bloß bei diesem Georg und der Anruf ein Missverständnis war? Wie zum Teufel würde er erklären sollen, was er hier gerade tat?

Bendt wischte den Gedanken beiseite, lief zurück zum Auto, holte einen Hammer aus seiner Werkzeugkiste, steckte ihn in den hinteren Hosenbund, rannte zur Hauswand zurück und schwang sich hoch.

Es war nicht leicht, das Geländer des Erkerfensters zu erklimmen, aber es gelang ihm, nachdem er zweimal abgerutscht war und sich den Handballen aufgerissen hatte, endlich doch, sich hinaufzuschwingen. Das Geländer zwischen die Beine geklemmt, fand er schließlich Halt und ließ den Hammer mit voller Wucht gegen die Glasscheibe des Fensters schnellen, die schließlich nachgab und zerbrach. Er drosch so lange auf das Glas ein, bis das Loch groß genug war, um hineinzugreifen und den Fensterhebel umzulegen. Der Kommissar spürte kaum, wie sich der eisige Regen mit dem Schweiß auf seiner Stirn vermengte und an ihm heruntertropfte.

Bendt stieg in das Badezimmer ein und stellte fest, dass die Wanne feucht war. Anna musste somit noch vor nicht allzu langer Zeit hier gewesen sein. Er ging ins Schlafzimmer hinüber, während er erneut ihre private Mobilfunknummer wählte. Das Läuten ihres Handys, das er aus dem Erdgeschoss vernahm, verriet ihm, dass sie es irgendwo dort zurückgelassen hatte. Mist, dachte er und schaute sich weiter um.

Sie ist schon im Bett gewesen, stellte er fest, denn er fand es völlig zerwühlt vor. Bendt empfand ein Gefühl der Scham, weil er auf diese Weise in ihre Intimsphäre eindrang. Dennoch überwog bei Weitem ein Gefühl der Sorge, das ihn antrieb weiterzuforschen.

Ihren Schlafanzug hatte sie in eine Ecke gefeuert, und der Schrank stand offen. In ihm wuchs die Unruhe. Sie schien in Eile aufgebrochen zu sein.

Er blickte auf den Boden und bemerkte neben dem kleinen Rinnsal, das sich seitlich seiner Schuhe ausbreitete, einen Zettel, den er aufhob und las. »Kommissar Schmidt« war darauf notiert, »Hauptkommissar Braun« und »Oberstaatsanwalt Tiedemann«, dazu die entsprechenden Telefonnummern.

Kommissar Schmidt? Kannte er einen Kollegen, der so hieß? Der Name sagte ihm leider gar nichts.

Er wählte die dazugehörige Nummer, doch es nahm niemand ab. Zu seiner Verwunderung stellte er fest, dass es sich um eine Privatnummer handeln musste. Die Mobilfunknummern der Diensthandys der Kriminalbeamten begannen alle mit den gleichen Ziffern, doch hier fehlten diese. Bendt stutzte außerdem, weil er feststellte, dass auch die Nummer von Hauptkommissar Braun falsch notiert war. Es befand sich darin ein Zahlendreher.

Er las weiter. »Tatort: B 105, Richtung Holm, ca. 11 km, Gehöft Feldhoop ist ausgeschildert, danach zweiter Feldweg.«

Bendt runzelte die Stirn. Holm lag in Mecklenburg-Vorpommern und damit überhaupt nicht in Annas Zuständigkeitsbereich. Wie kam dieser Kommissar Schmidt mitten in der Nacht dazu, eine Staatsanwältin aus Lübeck anzurufen?

Er griff nach seinem Apparat und wählte die Nummer von Hauptkommissar Braun. Hier war irgendetwas gewaltig faul.

39. KAPITEL

Anna fluchte. Hoffentlich hatte sie die Wegbeschreibung richtig in Erinnerung. War es der zweite Feldweg nach dem Gehöft Feldhoop gewesen? Ja, das hatte Kommissar Schmidt am Telefon gesagt, sie war sich ziemlich sicher. Leider schien ihr ihr Notizzettel in der Eile aus der Hand gefallen zu sein, als sie das Diensthandy in ihre Jackentasche geschoben hatte.

Sie verließ die Bundesstraße. Die Scheibenwischer quietschten hektisch über die Scheibe und schafften es wegen des stürmischen Regens trotzdem kaum, die Frontscheibe frei zu halten. Anna saß mit zusammengekniffenen Augen dicht hinter dem Lenkrad und bugsierte ihren Wagen mühsam über die nasse Fahrbahn. Der eisige Ostwind pfiff heulend über das Land, und die Wipfel der Bäume bogen sich, als drohten sie jeden Moment wie Streichhölzer zusammenzuknicken. Das Geäst, das der Sturm bereits auf die Straße gefegt hatte, zwang sie zur Vorsicht. Zudem war die Straße spiegelglatt.

Anna versagte es sich, erneut zu versuchen, Oberstaatsanwalt Tiedemann zu erreichen, denn sie musste langsam fahren und achtgeben, nicht von dem Fernlicht der entgegenkommenden Fahrzeuge geblendet zu werden. Sie fuhr fast im Schritttempo, um überhaupt etwas erkennen zu können. Um ein Haar hatte sie dann auch das Holzschild, das den Weg zum Gehöft Feldhoop ankündigte, übersehen.

Sie erreichte den zweiten Feldweg. Hier musste es sein. Wenn sie richtig war, würde sie bald den Parkplatz erreichen.

Es war nun stockdunkel. Anscheinend bin ich hier doch völlig falsch, dachte Anna, während sie abbog. Sie fluchte innerlich, weil sie diesen Schmidt nicht anrufen konnte. Dann erreichte sie schließlich das Ende des Feldweges, der ins Nirgendwo zu führen schien. Es war keine Menschenseele zu sehen, und die Dunkelheit und der tosende Wind machten Anna in dieser Einöde Angst.

Sie wendete ihr Fahrzeug, hielt jedoch noch einmal an, um erneut zu telefonieren. Sie wollte versuchen, Bendt zu erreichen. Er könnte ihr vielleicht weiterhelfen und sagen, wie sie Kommissar Schmidt erreichen konnte.

Gerade hatte Anna die letzte Ziffer gewählt, als sie die Lichter eines weiteren Fahrzeugs aufblitzen sah, das in den Feldweg einbog. Anna blinzelte dem Wagen entgegen und ließ ihr Handy sinken. Sie hätte schreien mögen vor Glück, als sie hinter dem Steuer Oberstaatsanwalt Tiedemann erkannte.

Sofort sprang sie aus dem Wagen und lief durch den Regen zu ihm hinüber. Tiedemann öffnete ihr die Beifahrertür, begrüßte sie knapp und bat sie einzusteigen. Anna folgte seiner Aufforderung, dankbar, der eisigen Nässe zu entkommen.

Ihr Vorgesetzter blickte missbilligend auf ihre matschigen Stiefel, die Anna in der Eile versäumt hatte auszuschlagen.

»Entschuldigung«, sagte sie nun beiläufig und war einmal mehr fasziniert darüber, dass selbst im Wagen des Oberstaatsanwalts eine geradezu sterile Ordnung herrschte. Auf den im Fußraum befindlichen hellgrauen Teppichschonern hatte sich mit Sicherheit kein Staubkorn befunden, bevor Anna ihre verdreckten Schuhe daraufgestellt hatte.

»Ich bin so froh, dass Sie da sind!«, brachte sie dann hervor. »Ich glaube, wir sind hier falsch. Hier ist nichts von Einsatzfahrzeugen zu sehen.«

»Wir sind richtig«, antwortete Tiedemann ruhig. Sein Haar war zerzaust, und sein Gesicht sah grau aus.

Kein Wunder, dachte Anna, vermutlich hatte sie ihn mit ihrem Anruf direkt aus dem Bett geholt.

»Dort geht es zum Tatort.« Er deutete auf einen Pfad, der links vom Weg abzweigte und nur zu Fuß begehbar schien.

Anna sah ihn ungläubig an.

»Es gibt einen weiteren Parkplatz am anderen Ende des Waldstücks, der vom Ort aus erreicht werden kann«, beantwortete Tiedemann ihre stille Frage. »Dort wird mit Sicherheit mehr los sein.«

Er lächelte sie an und beugte sich in ihre Richtung, was sie unwillkürlich zurückweichen ließ. Der Oberstaatsanwalt enthielt sich eines Kommentars und fischte stattdessen einen großen Regenschirm aus dem hinteren Fußraum.

Anna hoffte, dass er ihr albernes Verhalten nicht negativ interpretieren würde. Aber seit ihrem gemeinsamen Abend beim Italiener versuchte sie ihm auszuweichen. Wahrscheinlich bildete sie es sich nur ein, aber am Ende dieses unsäglichen Abends hatte sie tatsächlich befürchtet, er würde die Dummheit begehen und versuchen, sie zu küssen.

»Wollen wir?«, riss Tiedemann sie aus ihren Gedanken. »Wir sollten uns beeilen.«

Anna wollte gerade fragen, ob es nicht besser wäre, auf den anderen Parkplatz zu fahren, kam aber nicht mehr dazu, weil er bereits ausstieg. Sie tat es ihm gleich und rannte um den Wagen herum, um unter seinem Schirm Schutz zu suchen. In dem Licht seiner Taschenlampe wirkte sein Gesicht gespenstisch blass.

»Nehmen Sie ruhig Ihren Hund mit«, forderte er sie auf.

»Gern«, sagte Anna verblüfft. Sie hatte nicht damit gerechnet, ihren Vierbeiner mit zum Tatort nehmen zu dürfen. Nun aber öffnete sie die Heckklappe ihres Wagens, legte Hubert die Leine um und ließ ihn hinausspringen.

Ihr Diensthandy klingelte. Die aufleuchtende Nummer zeigte ihr, dass es Ben Bendt war.

»Ich übernehme das Gespräch«, sagte Tiedemann auf einmal sehr bestimmt und nahm Anna den Apparat aus der Hand.

Sie sah ihn erst verblüfft an und ärgerte sich dann über sein eigenmächtiges Verhalten, was sich erkennbar in ihren Gesichtszügen widerspiegelte.

»Ich denke, *ich* leite die Ermittlungen«, kommentierte Tiedemann jedoch nur ihren Unmut und hielt das Handy an sein Ohr.

»Komisch«, sagte er, nachdem er vergeblich versucht hatte, den Teilnehmer anzunehmen. »Es scheint eine Störung zu geben. Die Leitung ist tot.« Er zuckte mit den Schultern, ließ Annas Handy wie selbstverständlich in seine Manteltasche gleiten und marschierte entschlossenen Schrittes los.

Es war nicht leicht für Anna, mit ihm Schritt zu halten. Sie empfand die Selbstverständlichkeit, mit der er ihren Dienstapparat an sich nahm, als überaus anmaßend, versuchte jedoch, seine Überheblichkeit damit zu entschuldigen, dass er sich offenbar von ihr abgewiesen fühlte und nun versuchte, die verletzte männliche Eitelkeit mit übertriebener Dienstsouveränität zu überspielen. Sie wollte gerade beginnen, von Sabrina Mertens' Tagebucheintragungen zu berichten, als er erneut abbog.

Anna blieb unvermittelt stehen. »Da ist ja überhaupt kein richtiger Weg«, sagte sie verwirrt und blickte auf den ausgetretenen matschigen Pfad, der direkt in ein Waldstück zu münden schien.

Tiedemann kam nicht dazu, etwas zu erwidern, weil sein Handy klingelte. Er legte den Zeigefinger auf seine Lippen und gab ihr so zu verstehen, dass sie still sein solle. Der Regen prasselte derart laut auf den Schirm, dass es Anna unmöglich war, die Stimme am anderen Ende der Leitung zu verstehen. Ihre Knie zitterten vor Kälte, und ihre Wangen brannten von dem kalten Wind.

»Ich bin direkt dort«, sagte der Oberstaatsanwalt nun in den Apparat. Es folgte eine Pause. »Ja, sie muss auch hier sein … ihr Wagen, genau …« Er verstummte erneut. »Ich werde ein Stück in den Wald hineingehen. Bis gleich.« Endlich legte er auf.

»Das war ihr Freund, Kommissar Bendt«, sagte Tiedemann vielsagend. Über sein Gesicht huschte ein bitterer Ausdruck. »Wir müssen uns beeilen.«

»Kommissar Bendt ist nicht mein Freund«, berichtigte Anna ihn und ärgerte sich gleichzeitig darüber, dass sie sich vor ihrem Vorgesetzten dafür rechtfertigte, dass sie einen Kollegen der Kriminalpolizei duzte. Ihr Privatleben ging ihn nun wahrlich nicht das Geringste an!

»Ist der nicht in Berlin?«, fragte sie dann, kam jedoch nicht dazu, näher nachzuforschen, weil Tiedemann sich bereits abwandte und entschlossen weitermarschierte.

»Kommen Sie«, drängte er, »die Zeit wird knapp!«

Anna war erleichtert, dass Bendt bald hier sein würde. Die Taschenlampe warf gespenstische Schatten auf den dunklen Waldboden. Sie stolperte voran. Es war hier kaum möglich, nebeneinander zu gehen, sodass sie triefnass wurde. Sie ärgerte sich darüber, dass er ihr nicht den Schirm überließ.

»Woher wissen Sie überhaupt, dass wir richtig sind?«, protestierte sie ungehalten, als sie fast von einer Baumwurzel zu Fall kam. »Ich sehe hier überhaupt nichts an Einsatzfahrzeugen! Weshalb treten wir nicht einfach den Rückweg an und fahren auf den anderen Parkplatz?!«

Tiedemann blieb stehen und blickte sie im Schein der Taschenlampe unverwandt an. Seine Züge wirkten irgendwie entrückt. »Wir sind absolut richtig, wo wir sind«, sagte er leise und stand ihr nun unter dem Schirm wieder so nah gegenüber, dass sie seinen Atem riechen konnte.

»Haben Sie etwa getrunken?«, entfuhr es Anna unvermittelt, da der Geruch hochprozentigen Alkohols nicht zu ignorieren war.

»Vielleicht einen winzigen Schluck«, entgegnete er ruhig und fuhr ihr mit seiner linken Hand zärtlich über die Wange.

Sie wich zurück. Davon abgesehen, dass sie nicht an ihrem Vorgesetzten interessiert war, schien es ihr der bei Weitem unpassendste Ort für eine Liebeserklärung zu sein, den sie sich überhaupt vorstellen konnte.

»Ich glaube, dass Sie vielleicht etwas missverstanden haben«, sagte sie verlegen. »Ich meine, es ist nicht so, dass ich Sie nicht mag, aber ich halte grundsätzlich nichts von Beziehungen zu Kollegen.«

Tiedemann lachte höhnisch auf. »Ich glaube eher, Sie finden zu viele Männer attraktiv und haben generell keine Probleme damit, sich mit irgendjemandem einzulassen«, sagte er dann mit einer ihr ungewohnten Bitterkeit in der Stimme.

Anna ersparte es sich, seine Spitze zu kommentieren. Sie empfand es als absolut grotesk, bei diesem Unwetter irgendwo in der Einöde mit ihm zu stehen und diese Art von Unterhaltung zu führen.

»Hier weist doch nichts auf einen Tatort hin!«, wiederholte sie stattdessen. »Wir sollten wirklich zurückgehen und zu dem anderen Parkplatz fahren.«

»Wir sind bereits am Tatort«, sagte Tiedemann nun so leise, dass seine Worte fast von dem starken Wind davongeblasen wurden.

»Bitte? Ich sehe hier nichts«, sagte Anna irritiert und sah sich um, ohne etwas anderes in dieser Wildnis wahrnehmen zu können als die sich dem Sturm beugenden Wipfel der Bäume und den beißenden Wind.

»Sie müssen auch nichts mehr sehen«, sagte er leise, und sein Atem verriet ihr, dass er trotz seiner an den Tag gelegten Ruhe aufgeregt war.

»Was?«, fragte sie irritiert. »Ich verstehe Sie nicht.« Anna wich erneut zurück, da sie fürchtete, er könne tatsächlich versuchen, sie an sich zu pressen und zu küssen. Doch zu ihrer Erleichterung tat er es nicht, sondern holte stattdessen etwas unter seinem Mantel hervor, was kurz darauf dumpf zu Boden fiel.

Sie blickte genauer hin und erkannte einen Strick, an dessen Ende etwas hing. Sofort stürzte Hubert sich darauf.

»Nicht, Hubert!«, rief sie. »Um Himmels willen, was ist das? Das sieht ja aus wie einer der Opferköder!« Ungläubig blickte sie auf ihren vor Nässe triefenden Hund, der gierig an dem Knochen kaute.

»Ich finde, das ist ein sehr makabrer Scherz«, fuhr sie angewidert fort, unfähig, Hubert den Knochen zu entreißen.

»Keine Angst, es wird nicht lange dauern«, sagte Tiedemann sanft zu ihr.

»Was wird nicht lange dauern?«

Anna begriff nicht, was hier vor sich ging. Das Einzige, was im Moment in ihr Bewusstsein vordrang, war ein Gefühl höchster Gefahr, obwohl ihr Verstand ihr verbot, dieses mit der Person zu verbinden, die vor ihr stand. Doch plötzlich war sie nicht mehr in der Lage, sich auch nur einen Zentimeter vom Fleck zu bewegen. Die Angst in ihren Gliedern wurde eins mit der Übelkeit, die sie überfiel.

»Sie sind nicht der Frauenmörder«, sagte sie mehr zu sich selbst als zu ihm.

Der Oberstaatsanwalt lachte höhnisch auf, während er seinen Schirm achtlos zur Seite warf. »Selbstverständlich nicht«, sagte er dann. »Ich töte keine unschuldigen Frauen.«

In Annas Kopf arbeitete es. Er war nicht der umgehende Serientäter, und dennoch vermochte sie diese Tatsache nicht zu beruhigen. »Ich will jetzt bitte zum Tatort!«, flehte sie und spürte, wie ihre Knie vor Kälte und Angst schlotterten.

»Wie gesagt, meine Liebe«, gab er jedoch nur zurück, »das *ist* der Tatort. Wir befinden uns hier an Ihrem ganz persönlichen Tatort.«

Das ist kein Scherz, dachte Anna voller Entsetzen und blickte in seine glühenden Augen. Dies hier war bitterer Ernst. Dieser Mann war komplett verrückt. Er wollte sich anscheinend das Wissen, das er durch die Akten gewonnen hatte, zunutze machen, um sie zu töten. »Aber Kommissar Schmidt und die anderen ...«, flüsterte sie. »Sie werden gleich hier sein.«

Tiedemann räusperte sich. Dann sagte er in veränderter Tonlage: »Spreche ich mit der diensthabenden Staatsanwältin?«

Es war unzweifelhaft die Stimme von Kommissar Schmidt, die sie vernahm. »Mein Gott«, hauchte sie.

»Man wird es herausfinden!«, sagte sie dann. »So etwas bleibt doch nicht unentdeckt. Der Anruf kann zurückverfolgt werden!«

Auflachend drängte er sie mit dem Rücken gegen einen Baum. Hubert kaute unberührt an seinem Knochen. Er spürte nicht die geringste Gefahr.

Warum auch? Er kannte Oberstaatsanwalt Tiedemann. Es war zwecklos, Hilfe von ihm zu erwarten.

»Aus, Hubert, lass den Köder!«, rief sie verzweifelt vor Sorge um ihren Hund und versuchte vergeblich, sich in seine Richtung zu winden, woraufhin Tiedemann sie zurückstieß.

»Ich habe die Anrufe natürlich nicht von meinem Handy aus getätigt«, sagte Tiedemann, dem das Regenwasser über das Gesicht rann, »sondern von einer öffentlichen Telefonzelle ganz in der Nähe Ihres Hauses.«

»Aber jetzt sind Sie hier«, gab sie verzweifelt zurück. »Man wird es herausfinden!«

»Natürlich bin ich hier.« In seinen Augen stand der Wahnsinn. »Sie selbst haben mich angerufen und eine Nachricht auf meiner Mailbox hinterlassen, erinnern Sie sich?«

Sein Gesicht war von dem ihren nur noch einen Fingerbreit entfernt, und er schob seinen Körper so nah an sie heran, dass ihr jede Fluchtmöglichkeit genommen war.

»Bedauerlicherweise«, fuhr er ironisch fort, »habe ich Ihre Mobilfunknummer in meinem Handy falsch gespeichert und Sie deshalb nicht zurückrufen können. Ein fataler Fehler.« Er lächelte. »Warum sollte man ausgerechnet mich verdächtigen? Ich bin der, der Sie retten wollte.« Zärtlich strich er ihr eine triefnasse Haarsträhne aus dem Gesicht, und Anna wandte ruckartig den Kopf zur Seite, ohne sich ihm wirklich entziehen zu können.

Sie schluckte. Natürlich hatte er recht. Und wenn es stimmte, was er sagte, würde Bendt erst dann eintreffen, wenn sie schon längst tot war. Keiner würde auch nur den geringsten Zweifel daran haben, dass Oberstaatsanwalt Tiedemann ihr aufgrund der Nachricht auf seiner Mailbox nachgefahren war und sie gesucht hatte. Er würde derjenige sein, der den tragischen Leichenfund gemacht hatte, aber niemand würde je auf die Idee kommen, dass er selbst ihr Mörder war.

Panisch rief Anna sich das gerade von ihm geführte Telefonat ins Gedächtnis. Was hatte er gesagt? *Sie muss auch hier sein* … In ihrem Kopf dröhnte es. Bendt würde niemals Zweifel daran haben, dass Oberstaatsanwalt Tiedemann in den Wald aufgebrochen war, um sie zu suchen.

»Und warum sollte der Täter *mich* töten wollen?«, fragte sie. Ihr Mund fühlte sich unsagbar trocken an. Ich darf nicht aufgeben, dachte sie und hoffte, dass Tiedemann einfach wieder zu Verstand kommen würde.

»Erinnern Sie sich an die Pressekonferenz?«, fragte dieser jedoch heiser. »Ich war unabkömmlich. Sie waren an meiner Stelle da. Man wird vermuten, dass der Täter dort auf Sie aufmerksam geworden ist.«

Anna spürte, wie ihre Beine immer schwerer wurden. Sie fror vor Kälte, und gleichzeitig spürte sie die Hitze der Angst, die von ihrem Körper Besitz ergriff. Völlig erstarrt sah sie keine Möglichkeit, ihm zu entfliehen. Sie saß in der Falle.

»Was wird aus Ihrer Tochter?«, fragte sie schwach. »Was, wenn man es doch herausfindet? Sie wird völlig mittellos sein. Das Kind eines Mannes, der einen Mordversuch begangen hat und ins Gefängnis kommt, wird keinerlei Versorgungsansprüche haben. Wie soll es für sie weitergehen? Erst die Mutter und dann den Vater auf so grausame Art zu verlieren …« Anna war selbst verblüfft, dass sie in dieser Situation fähig war, einen derartigen Gedanken zu formulieren.

Tiedemann stockte kurz. Dann zog er statt einer Antwort sein Messer.

Sie schrie, als sie die Klinge vor sich aufblitzen sah. »Was habe ich Ihnen denn getan?«, rief sie, um Zeit zu gewinnen.

Er ließ das Messer wieder sinken. »Ich habe gedacht, Sie wären anders als die anderen.« Es war fast nur ein Flüstern. »Aber Sie haben sich wirklich mit jedem eingelassen, der Ihnen über den Weg gelaufen ist«, fügte er voller Bitterkeit hinzu. »Ich habe gehört, wie Sie diesem verheirateten Mann das Herz gebrochen und parallel mit diesem Polizeicowboy geflirtet haben.«

Die Augen des Oberstaatsanwaltes glühten vor Hass, sodass Anna das Blut in den Adern zu gefrieren schien. Dunkel rief sie sich ihr Zusammentreffen mit Georg in ihrem Büro in Erinnerung. Sie hatte doch gespürt, dass sie jemand belauschte! »Das geht Sie nichts an«, brachte sie schwach hervor.

Statt einer Antwort berührte er mit seiner eiskalten, zitternden Hand ihren Hals. Er sieht komplett verrückt aus, dachte Anna.

Seine Augen fixierten sie. »Mich hat schon einmal eine Frau gedemütigt und im Stich gelassen, diesmal werde ich es nicht ungestraft geschehen lassen, dass man mein Leben noch einmal zerstört.«

Tiedemann hob das Messer und holte aus. Anna schrie. Doch dann blitzten in weiter Ferne die Lichter von Suchscheinwerfern auf und brachten ihre Lebensgeister zurück. Es war Hilfe in der Nähe! Wahrscheinlich war sogar Kommissar Bendt dort.

Oberstaatsanwalt Tiedemann schrak zusammen. Auch er hatte die Lichter gesehen. Wie von Sinnen nutzte Anna die Schrecksekunde, stieß ihn mit aller Kraft zurück und rannte los.

Der Regen peitschte ihr ins Gesicht, während sie sich ihren Weg durch den Wald bahnte. Sie wollte einen Haken schlagen, um zu ihren Rettern gelangen zu können, musste aber erst mal einige Entfernung zwischen sich und Tiedemann bringen. Keuchend rannte sie durch das Geäst über den sumpfigen Waldboden, immer verfolgt vom Lichtschein seiner Taschenlampe, dem es zu entfliehen galt. Er war so dicht hinter ihr, dass sie seinen keuchenden Atem hören konnte. Es musste ihr gelingen, in das Dunkel des Waldes abzutauchen, aber das schien unmöglich.

Ihr Atem ging schwer, während sie sich durch die Wildnis arbeitete, und ihr war unendlich übel. Äste schlugen ihr in das Gesicht und gegen ihre Beine. Tränen rannen ihr über die Wangen, während sie vorausstolperte. Vor ihren Augen begann alles zu verschwimmen. Sie betete, nicht ohnmächtig zu werden. Immer wieder fing der Lichtschein seiner Taschenlampe sie ein. Sie fühlte sich hilflos wie eine Maus, mit der eine Katze ihr erbarmungsloses Spiel trieb.

Das Gelände war uneben, und mit Schrecken hatte sie im Schein der Lampe rechter Hand eine Böschung wahrgenommen. Inzwischen hatte sie schon so viele Haken geschlagen und mehrfach die Richtung gewechselt, dass sie nicht mehr wusste, wo sich die Böschung befand, geschweige denn, wo sich ihre Retter aufhielten.

Anna kämpfte verzweifelt mit den Tränen und horchte erst dann auf, als sie hinter sich Tiedemann fluchen vernahm. Seine Taschenlampe erlosch plötzlich. Sie schöpfte Hoffnung. Vielleicht war er gestürzt? Erneut stolperte sie voran.

Es war jetzt stockdunkel. Die Lichter der Einsatzfahrzeuge, die in den Feldweg eingebogen waren, konnte sie nicht mehr sehen. Sie musste herausfinden, wo sich die Straße befand! Anna drehte sich um und stellte fest, dass der Lichtstrahl der Taschenlampe wieder durch das Geäst streifte, allerdings ohne sie ausgemacht zu haben.

Sie suchte erschöpft und zitternd Schutz hinter einer großen Tanne und horchte in die Dunkelheit. Doch sie vernahm nichts außer dem Heulen des Windes. Vielleicht hatte er sie verloren? Anna wartete angespannt und betete, dass sie recht haben möge.

Eines war gewiss – ihr Auto hatte man sicher längst gefunden. Die Chancen standen gut, dass die Polizei in Kürze den Wald durchkämmen würde, um sie und Oberstaatsanwalt Tiedemann ausfindig zu machen. Es würde nicht lange dauern, und es würde vor Einsatzkräften nur so wimmeln.

Als Hubert plötzlich neben ihr auftauchte und ihre Wade streifte, schrie Anna erschrocken auf. Sie biss sich auf die Lippe, als kurz darauf der Lichtkegel von Tiedemanns Taschenlampe den Hund erfasste und wieder näher kam. Es blieb ihr keine andere Möglichkeit, als erneut die Flucht anzutreten. Zunehmend erschöpft verließ sie den Schutz der Tanne und begann wieder zu laufen.

Tiedemann kam heran. Seine Taschenlampe wies ihm den Weg, während Anna immer wieder ins Ungewisse tappte, umknickte und stolperte, sich wieder aufrappelte und weiter flüchtete.

»Fass!«, wandte sie sich verzweifelt an Hubert. Und noch einmal »Fass!«, als sie Tiedemanns Atem in ihrem Nacken spürte. Er war nun wieder direkt hinter ihr.

Ihr Hund spürte ihre Angst. Statt sich jedoch ihrem Angreifer zuzuwenden, sprang er hilflos an ihr hoch und erschwerte ihre Flucht, anstatt ihr eine Hilfe zu sein. Anna kämpfte verzweifelt mit den Tränen und ihrer Übelkeit. Ein Ast schlug ihr erbarmungslos zwischen die Augen, und sie spürte, wie Blut über ihr Gesicht rann und sich mit dem eiskalten Regenwasser vermischte.

Als Anna die Lichter mehrerer fahrender Polizeiautos ausmachen konnte, flackerte neuer Mut in ihr auf. Das muss die Hauptstraße sein!, dachte sie und schätzte diese in einer Entfernung von etwa drei Kilometern. Ich muss zur Straße, fuhr es ihr durch den Kopf. Ich muss irgendwie zur Straße!

Wie aus dem Nichts tat sich plötzlich die steile Böschung vor ihr auf. Anna bremste ab und schrie auf, als ihr erneut ein Ast gegen ihre Stirn schlug und sie zu Boden geschleudert wurde. Für einen Moment war ihr, als würde sie schweben.

Sie blickte noch einmal auf und erkannte voller Schrecken, dass sich jemand über sie beugte. In ihrer Kehle steckte ein Schrei, doch sie brachte keinen Ton heraus. Anna war den Pranken, die nach ihrem Hals griffen, machtlos ausgeliefert. Dann breitete sich die Dunkelheit wie ein warmer Teppich über ihr aus.

40. KAPITEL

In der Kapelle gab es nicht einen freien Platz. Die Kollegen der Staatsanwaltschaft waren nahezu vollständig erschienen und saßen dicht gedrängt beieinander auf den Kirchenbänken. Bis nach draußen reichte der Zug der Trauergäste und der Lübecker Bürger, die gekommen waren, um ihrem Mitgefühl und ihrer Betroffenheit Ausdruck zu verleihen.

Abgesehen von den Kollegen der Staatsanwaltschaft hatten sich auch eine Vielzahl von Richtern und Kriminalbeamten eingefunden, um den Angehörigen ihr Beileid zu bekunden. Die Ansprache des Behördenleiters war lang und rührend, und angesichts der Tragik der Geschehnisse gab es nicht wenige Tränen.

Bendt und Braun saßen in einer der vorderen Reihen. Der Behördenleiter beschrieb gerade das unermessliche Unglück und dass es trotz des beherzten und frühzeitigen Eingreifens Kommissar Bendts und seiner Kollegen nicht gelungen war, ein so furchtbares Unrecht zu verhindern.

Hauptkommissar Braun seufzte tief und legte Bendt freundschaftlich die Hand auf die Schulter, als wolle er ihm Kraft spenden. Die tiefen Ringe unter Bendts Augen waren Zeugnis des erheblichen Schlafmangels der vergangenen Nächte. Selbst zu dieser Stunde hatte er nur einen Gedanken: Es galt, den Täter endlich dingfest zu machen.

Nur wenige Stunden später hockte er zusammengesunken auf seinem Stuhl und blickte besorgt auf Annas geschwollenes Gesicht oder vielmehr auf den Teil davon, der nicht durch die dicken Bandagen und Verbände verdeckt war.

Die Ärzte hatten sich sehr besorgt gezeigt und ihn zugleich auch mit dem Hinweis schockiert, dass ihre Patientin schwanger war. Es ging ihnen nicht nur darum, das Kind zu retten – auch Annas Zustand war äußerst besorgniserregend. Ihre Blutwerte waren außerordentlich kritisch.

Bendt bemühte sich zu lächeln, als sie aufwachte und ihn ansah. »Psssst«, sagte er sanft und drückte Anna zurück in ihr Kissen, als sie versuchte, sich aufzurichten. »Es wird alles gut.« Er nahm das Wasserglas vom Nachtschrank und stützte ihren Kopf, um ihr beim Trinken zu helfen.

Anna war in jener Nacht so schwer gestürzt, dass sie ein Schädel-Hirntrauma erlitten hatte. Zudem hätte sie um ein Haar ihr Kind verloren. Es war reines Glück gewesen, dass ihr Sturz durch einen Baumstamm gebremst worden war, sonst wäre sie jetzt mit Sicherheit tot.

»Was ist mit meinem Baby?«, hauchte sie jetzt angstvoll und versuchte erneut, sich aufzurichten.

Bendt hielt sie zurück, nahm ihren Kopf in seine

Hände und streichelte sanft ihr Haar. »Mit dem Baby ist alles in Ordnung, haben die Ärzte gesagt«, sagte er mit Nachdruck. »Du musst nur ruhig liegen.«

Annas Augen hatten einen fiebrigen Glanz. Sie wusste offensichtlich nicht, wo sie war.

»Hubert?«, fragte sie tonlos, »Hubert?«

»Keine Sorge«, beruhigte Bendt. »Er ist putzmunter und in Sicherheit.«

Sie atmete tief, und ein Stück der Anspannung schien sich zu lösen.

»Oberstaatsanwalt Tiedemann …«, setzte sie dann an, er ließ sie jedoch nicht weitersprechen. Sie schien ihm noch zu schwach, um zu erfahren, dass er tot war.

Ihre Gedanken schienen ein Meer wilder Fantasien zu sein. Sie halluzinierte offenbar, sprach immer wieder von Tiedemann und einem Messer. An eine Vernehmung war noch lange nicht zu denken, dennoch hoffte Bendt, aus ihren wirren Ausführungen irgendetwas entnehmen zu können, das ihm den Täter ein Stück näher bringen würde. Bisher wusste Anna allerdings nur von dem Anruf eines Kommissars Schmidt zu berichten, der sie anscheinend zu einem Tatort gerufen hatte. Was im Wald geschehen war, war bislang bloße Spekulation.

Die Rückverfolgung des Anrufs, den Anna entgegengenommen hatte, hatte zu einer öffentlichen Telefonzelle geführt. Man konnte nur mutmaßen, dass der Täter Anna bei der Ausstrahlung der Pressekonferenz als weiteres potenzielles Opfer auserwählt hatte.

Oberstaatsanwalt Tiedemann war vor den Beamten der Kriminalpolizei am Tatort gewesen. Bendt hatte ihn gesprochen, unmittelbar bevor er in das Waldstück hineingegangen war, um Anna zu suchen. Alles, was danach passierte, war bislang im Dunkeln geblieben.

Man vermutete, dass es Tiedemann gelungen war, den Täter von seinem Vorhaben abzubringen. Anna war einem Mordversuch offensichtlich um Haaresbreite entgangen. Vermutlich war er gemeinsam mit Anna vor dem Frauenmörder geflüchtet. Gänzlich unklar war, ob der Täter Tiedemann den Abhang hinuntergestürzt hatte, oder ob der Oberstaatsanwalt während der Verfolgung selbst zu Fall gekommen war.

Bendt wusste nur, dass Anna diesem Mann zu tiefer Dankbarkeit verpflichtet war. Höchstwahrscheinlich hatte er ihr die Flucht ermöglicht und so ihr Leben gerettet.

Die Ärzte sprachen hinsichtlich Annas Bewusstseinslage von einer partiellen Amnesie. Sie hatte in den letzten Tagen sehr viel durchmachen müssen. Der Kommissar war glücklich, dass sie lebte. Es war reiner Zufall, dass sie nicht wie Oberstaatsanwalt Tiedemann die Böschung hinuntergestürzt war. Anders als Tiedemann hatte Anna ganz augenscheinlich einen Schutzengel gehabt.

Bendt hoffte, dass dieser auch für ihr Kind einstehen möge. Als er erfahren hatte, dass Anna schwanger war, hatte es ihm einen Stich ins Herz versetzt. Er konnte nur vermuten, dass dieser Georg der Vater des Kindes war, wenngleich er nicht gewusst hatte, dass Anna eine Beziehung mit ihm führte.

Als er in der Nacht des Unwetters in Annas Haus nach Hinweisen gesucht hatte, war ihm klar geworden, dass es ihm um mehr gegangen war als darum, eine Kollegin der Staatsanwaltschaft zu retten. Er hätte es sich nie verziehen, wenn er zu spät gekommen wäre.

41. KAPITEL

Die enge, mit Kopfsteinpflaster versehene Gasse lag friedlich eingebettet zwischen den Bürgerhäusern der Lübecker Altstadt. Man hätte sich um einige Jahrhunderte zurückversetzt fühlen können, wenn nicht die auf der Straße spielenden Kinder mit ihren Crossrädern, Baseballcaps und Eastpak-Rucksäcken die untrüglichen Merkmale ihrer Generation zur Schau getragen hätten.

Kommissar Bendt war nicht wohl bei dem Gedanken, dass der Täter möglicherweise hier, in einer der malerischsten Gegenden der Stadt, zu Hause sein sollte.

Der Name Jörg Schleedorf war auf dem vergilbten Türschild verzeichnet. Bendt blickte sich um. Hauptkommissar Braun signalisierte ihm mit einem Kopfnicken, dass die Einsatzkräfte sich bereits formiert hatten.

Bendt stand unter Hochspannung. Die Auswertung der Tagebucheintragungen von Sabrina Mertens hatte sie auf die Spur des Verdächtigen geführt, und er hoffte, dass er mit seinem Instinkt richtig lag und die Wohnungsdurchsuchung zum Erfolg führen würde.

Die Haustür stand offen. Die Kommissare stiegen

die knarrende Holztreppe des dunklen Flures in den ersten Stock hinauf und blieben vor der Wohnungstür stehen, bis sich zwei weitere Beamte auf der Treppe in Position gebracht hatten. Das Haus war nun von allen Seiten gesichert. Jörg Schleedorf hatte nicht die geringste Möglichkeit zur Flucht.

Bendt betätigte den Klingelknopf an der Wohnungstür und lauschte angespannt. Es war weniger sein Gehör als sein Gefühl, das ihm sagte, dass ihm im Wohnungsinneren bereits jemand nur eine Handbreit entfernt gegenüberstand und auf ihn wartete.

»Kriminalpolizei Lübeck«, sagte er laut. »Wir haben einen Durchsuchungsbeschluss, bitte öffnen Sie die Tür!«

Es blieb still.

»Das Haus ist umstellt«, fuhr Hauptkommissar Braun mit seinem tiefen Bass fort, »wenn Sie nicht sofort öffnen, werden wir Ihre Tür aufbrechen müssen!«

Es dauerte nur Sekunden, bis es in der Wohnung plötzlich lebendig zu werden schien. Bendt griff nach seiner Dienstwaffe und warf sich mit der Schulter gegen die Tür, ohne dass es ihm gelang, sie zu öffnen. Entschlossen ging er einen Schritt zurück, holte aus und trat mit aller Kraft gegen das Türblatt, das mit einem lauten Krachen aus der Verankerung riss. Er ging langsam durch den mit Kartons und alten Plastiktüten überfüllten Flur. Es stank erbärmlich nach Müll. Sein Gehör wies ihm den Weg ins Badezimmer.

»Lassen Sie sofort die Waffe fallen!«, brüllte Bendt

und richtete den Lauf seiner Walther PPK auf Schleedorf, der neben der verdreckten Kloschüssel stand. In seiner zitternden rechten Hand hielt er eine auf seine Schläfe gerichtete Pistole.

»Lassen Sie die Waffe fallen!«, wiederholte Bendt etwas leiser und fixierte die entrückt wirkenden Augen seines Gegenübers. Allein dieser Ausdruck wäre für Bendt Beweis genug gewesen. Er schluckte, als er neben sich ein paar Fotos der Opfer erkannte, die Schleedorf am Rand eines angesprungenen Badezimmerspiegels befestigt hatte.

Bendt versuchte, den beißenden Geruch von Schweiß und Urin zu ignorieren, der ihm entgegenschlug. Schleedorf sah aus, als habe er sich seit Wochen nicht gewaschen oder rasiert. Seine dünnen Haare klebten an seinem Kopf. Über seiner Oberlippe und auf seiner blassen Stirn sammelte sich der Angstschweiß, und sein zerschlissenes weißes T-Shirt, das an seinem dürren Körper herunterhing, war von Flecken übersät. Eine angeschwollene Ader unter der fast durchsichtig scheinenden Haut seiner Stirn war zudem Zeugnis seiner starken Anspannung.

»Nimm die Waffe runter, Junge«, forderte jetzt auch Hauptkommissar Braun, der nun hinter Bendt im Türrahmen auftauchte. Ganz langsam machte Bendt einen Schritt auf Schleedorf zu.

»Nein!«, rief dieser, während sein Zeigefinger bedrohlich am Abzug zuckte. Bendt atmete auf, als der erwartete Schuss vorerst ausblieb.

Binnen Sekunden analysierte er die Situation und

ließ seine eigene Waffe sinken. Braun war hinter ihm, und Bendt wusste, dass er sein Leben bedenkenlos in die Hände seines erfahrenen Kollegen legen konnte. Braun hatte genug Platz, um auf Schleedorf zu schießen, wenn dieser seine Pistole wider Erwarten gegen Bendt richten sollte.

»Warum haben Sie Sabrina Mertens getötet?«, fragte Bendt ruhig. Er musste Schleedorf in ein Gespräch verwickeln, irgendwie einen Zugang zu ihm finden.

Schleedorf blickte ihn verständnislos an. »Sie musste sterben«, sagte er, als sei dies Erklärung genug.

»Wieso?«, bohrte Bendt weiter. »Und weshalb so lange nach ihrer gemeinsamen Internatszeit?«

Über Schleedorfs Gesicht huschte ein Ausdruck, der eine gewisse Anerkennung dafür verriet, dass man sich offenbar über seine Vergangenheit informiert hatte.

»Sie war lange Zeit verschwunden gewesen«, hauchte er dann. »Sie war einfach von der Bildfläche verschwunden, weggespült.«

»Und warum haben Sie die anderen Frauen umgebracht?«, fragte Bendt weiter.

Schleedorfs Augen zuckten nervös. Sein ganzer Körper schien ein einziger Krampf zu sein. »Sie musste wieder sterben. Immer wieder, immer wieder. Sie waren alle gleich!« Seine Stimme klang unnatürlich schrill.

Er fuhr sich mit dem linken Handrücken über die schweißnasse Stirn, während seine rechte Hand, mit der er die Pistole hielt, derart zitterte, dass Bendt fürchtete, er könne allein aus Versehen einen Schuss auslösen. Dabei grinste er so entrückt, als verschaffe ihm allein der Gedanke an seine Opfer Befriedigung.

Bendt versuchte, den Hass und den Ekel, den er empfand, beiseitezuschieben. Als Kriminalbeamter war er dazu verpflichtet, alles erdenklich Mögliche zu tun, um Jörg Schleedorfs Leben zu retten.

»Sie hatten keinen Internetkontakt zu Sabrina Mertens«, stellte er fest.

»Nein«, sagte Schleedorf. Seine glasigen Augen schienen durch den Kommissar hindurchzublicken, während er seinen Kopf hin und her wiegen ließ. »Ich habe sie durch Zufall wiedergesehen. Ina war über Jahre verschwunden«, wiederholte er, »und plötzlich war sie wieder da.«

»Im Cube, nicht wahr?«, sprach Bendt seine Vermutung aus. »Sie haben sie im Cube mit ihren Freundinnen beim Tanzen gesehen.«

Schleedorf nickte. »Das Schicksal hat mir ein Geschenk gemacht«, sagte er leise. »Sie war plötzlich da. Ich hatte mit ihrer Freundin gechattet. Ich wollte eigentlich nur sehen, wie die Frau aussah, die mich so gerne kennenlernen wollte, und dann stand *sie* da.«

Bendt begann langsam zu verstehen. Offenbar war Schleedorf eine über Jahre tickende Zeitbombe gewesen. Als er Sabrina Mertens wiedergetroffen hatte, war sie zu einer fixen Idee geworden, die er erst verfolgt und dann getötet hatte. Weil er ihren Mord als solche Befriedigung empfand, suchte er im Internet nach weiteren Frauen, die ihr ähnlich sahen und die er nach dem gleichen Muster töten konnte.

»Sie sind ihr in der Nacht vor dem Mord ins Cube gefolgt, nicht wahr?«, fragte Bendt.

Schleedorf nickte. »Ich bin ihr so oft dorthin gefolgt«, sagte er dann. »Nach dem ersten Mal, als ich sie gesehen habe, bin ich immer wieder hin zu der Bar, habe dort vor dem Fenster gestanden und sie angeschaut.«

»Warum haben Sie sie in jener Nacht getötet?«, fragte Bendt weiter.

Schleedorf wiegte seinen Kopf von einer Seite zur anderen. »Ich habe lange darüber nachgedacht, sie zu töten«, sagte er dann. »Ich wusste, dass es irgendwann vorbei sein musste.«

»Warum gerade in jener Nacht?«, wiederholte Bendt. »Wollen Sie mir nicht im Wohnzimmer davon erzählen? Wir gehen dort rüber, und Sie erzählen mir die ganze Geschichte.«

Jörg Schleedorf fingerte erneut nervös am Abzug der Waffe herum, ohne Bendts Angebot zu kommentieren.

Der Kommissar fluchte innerlich. Das Badezimmer verfügte nur über ein kleines Lukenfenster. Es gab keine Möglichkeit für seinen Kollegen Braun oder die anderen Beamten, von hinten an Schleedorf heranzukommen und ihn zu überwältigen.

»Ferdi hat sie mir weggenommen«, winselte Schleedorf jetzt und biss sich auf die Unterlippe. »Er hat sie mir einfach weggenommen …«

»Das durfte er nicht tun«, log Bendt. »Ich verstehe, dass Sie böse darüber sind.«

Schleedorf führte seine verkrampfte linke Hand zum Mund und begann, sich auf die Fingerkuppen zu beißen. »Böse, böse, böse«, wiederholte er.

»Ferdinand kann Ihnen nie wieder eine Frau wegnehmen«, sagte Bendt ruhig.

»Nein, das kann er nicht«, krächzte Schleedorf hasserfüllt. »Ich habe dafür gesorgt, dass er mir nie wieder jemanden wegnehmen kann!«

Er schien Vertrauen zu fassen. Bendt wollte nicht Gefahr laufen, dass er ihm wieder entrückte. »Hat Sabrina Sie abgewiesen?«, sprach er seine Vermutung aus. »Haben Sie sie an jenem Abend in der Bar angesprochen, und sie hat Sie erkannt?«

»Sie hat mich sofort erkannt!«, sagte Schleedorf mit bebender Stimme. »Und sie hat mich angesehen. Sie hat mich voller Hass angesehen. Sie hat es nicht verstanden. Sie musste sterben!«

»Woher hatten Sie in jener Nacht den Köder?«, wollte Bendt wissen und machte fast unmerklich einen weiteren Schritt auf Schleedorf zu.

»Ich hatte den Köder für den Hund schon lange bei mir. Der Hund störte, er musste weg«, antwortete Schleedorf, als sei dies selbstverständlich.

»Und warum Anna Lorenz, die Staatsanwältin?«

Über Schleedorfs Gesicht huschte ein Ausdruck, der sein Unverständnis dokumentierte. »Sie wohnt in einer Festung«, sagte er dann auch nur. »Ich hätte sie gerne besucht.«

»Jetzt geben Sie mir Ihre Waffe«, sagte Bendt sanft und streckte seine Hand aus.

Für einen kurzen Moment schien Schleedorf seinen Widerstand aufgeben zu wollen, doch dann ließ ihn ein lautes Poltern im Flur aufschrecken. Er blickte den Kommissar aus weit aufgerissenen Augen an, als der Schuss seiner Pistole durch den Raum hallte.

Jörg Schleedorf war sofort tot.

42. KAPITEL

Sechs Monate später

Die ruhige Stimme von Dr. Mibrodt drang dumpf in ihr Bewusstsein. »Sie müssen jetzt atmen. Atmen für Ihr Kind!«, sagte er streng.

Anna kämpfte. Ihr Blutdruck war binnen Sekunden abgesackt, nachdem man ihr die Rückenmarkspritze verabreicht hatte. Die Anästhesistin kämpfte mit der Braunüle in Annas Armbeuge und stocherte, als sie keine Vene fand, wild an der Schlagader ihres Handgelenks herum.

Anna stöhnte auf, und Tränen rannen ihr über das Gesicht. Es war wieder eine Frühgeburt, der Zustand erneut kritisch. Das grelle OP-Licht brannte in ihren Augen. Sie atmete in tiefen Zügen, dankbar, dass Georg ihre Hand in der seinen gedrückt hielt.

»Wir schaffen das«, sagte er immer wieder, als müsse er auch sich davon überzeugen. »Wir schaffen das!«

Es schien eine Ewigkeit zu dauern, bis Dr. Mibrodts Stimme wieder zu ihr vordrang. Diesmal klang er jedoch anders, entspannter. »Hallo, Fräulein Emily«, hörte Anna ihn sagen, und Sekunden später wurde der Raum durch kräftiges Babygeschrei erfüllt.

Anna blickte auf. Über dem aufgespannten OP-Tuch,

das die Sicht auf ihren Unterleib versperrte, wurde ein kleines Wesen emporgestreckt. Anna schluchzte. »Ist alles in Ordnung?«, brachte sie hervor. Es war beinahe ein Flüstern.

»Alles bestens«, antwortete Dr. Mibrodt freundlich. »Jetzt muss die junge Dame nur noch tüchtig wachsen, schließlich wollte sie etwas zu früh auf die Welt. Konnte es wohl nicht abwarten.«

Kurz darauf hielt Anna das kleine Bündel endlich in den Armen, nachdem die Ärzte das Kind gründlich untersucht hatten. Weinend strich sie über die kleinen Finger ihrer Tochter und das von Käseschmiere verklebte Haar.

Auch Georg war ergriffen und rieb sich die Augen. »Sie sieht aus wie ich«, hauchte er, »genau wie ich!«

Anna nickte erschöpft. »Ja«, bestätigte sie tonlos und überglücklich. Sie ließ sich erschöpft in ihr Kissen zurückfallen.

Sie wusste nicht, was aus ihr und Georg werden würde, aber sie war sicher, dass er, egal wie sie sich entschied, ein Vater für Emily sein wollte. Er hatte sich in den vergangenen Monaten, nachdem er erfahren hatte, was geschehen war, rührend um Anna gekümmert. Auch wenn er offenbar gespürt hatte, dass ihr für den Beginn einer neuen Beziehung im Augenblick die Kraft fehlte.

Anna strich zärtlich über den kleinen Kopf des Babys, das sie in ihren Armen hielt, und musste unwillkürlich darüber nachgrübeln, wie irgendjemand dazu imstande sein konnte, sein Kind wegzugeben. Das Bild der trauernden Sophie Tiedemann stand vor ihren Augen, die nun beide Eltern auf tragische Weise verloren hatte.

Anna hatte es nicht übers Herz gebracht, Sophie gegenüberzutreten und ihr die Wahrheit über die Geschehnisse jener Nacht zu offenbaren.

Zuerst hatte sie es nicht getan, weil sie sich nicht daran erinnern konnte, was wirklich passiert war. Die Geschehnisse waren einige Wochen in den Weiten ihres Bewusstseins vergraben gewesen, bevor ihr Gehirn es irgendwann zugelassen hatte, die unglaubliche Realität endgültig wieder zuzulassen.

Als dies endlich doch geschah, waren die Ermittlungen bereits abgeschlossen gewesen. Keiner hatte je daran gezweifelt, dass Jörg Schleedorf, der Frauenmörder, Anna beinahe umgebracht hatte und Oberstaatsanwalt Tiedemann zu ihrem Retter geworden war.

Schleedorf und Tiedemann waren tot. Die Wahrheit ans Licht zu bringen würde niemandem mehr etwas nützen, das wusste Anna. Warum sollte sie der armen Sophie das Herz brechen?

Sie wusste nicht, ob sie ewig mit diesem Geheimnis würde leben können – für den Moment jedoch hatte sie es in ihrem Herzen verschlossen, um den Glauben Sophies an ihren Vater zu bewahren.

Vorsichtig wandte Anna sich wieder ihrer Tochter zu. »Jetzt ruh dich aus, Emily«, flüsterte sie.

DANKSAGUNG

Ich danke meinem Schwiegervater Heinz P. Lohfeldt dafür, dass er das Manuskript dieses Romans so hervorragend redigiert hat.

Ich danke außerdem meinem Agenten Dirk Meynecke für die Auswahl des Diana Verlages.

Die Lektorin des Verlages, Charlotte Paetau, hat den Roman durch ihre wunderbaren Ideen und ihre Mitarbeit bereichert – Dank auch ihr.

Ein besonderes Dankeschön geht an meine Freundin Berit von Laffert, die mich zum rechten Zeitpunkt motiviert hat, Staatsanwältin zu werden. Ohne diesen Beruf hätte ich wahrscheinlich nie einen Krimi geschrieben.

Lieben Dank auch an meine Freundin Barbara Gereke für ihre Anregungen bei der Entstehung des Manuskripts.

Mein besonderer Dank gilt meiner Familie, insbesondere meinen Eltern und Schwestern, die immer an mich geglaubt haben und uneingeschränkt hinter mir stehen. Ich liebe Euch!

Meinem Mann Kai danke ich dafür, dass er der beste Vater ist, den ich mir für unsere großartigen Kinder vorstellen kann. Ihm verdanke ich den Mut und die Zeit zu schreiben, weil er mir täglich den Rücken freihält, damit ich meine Ideen verwirklichen kann.

Diana Verlag

KATHARINA WINTER
Puppentod

Nur der Tod tilgt alle Schuld

Jeder Fehler kann das Leben kosten – wie ein Mantra wiederholt Lisa diesen Satz, während sie ihren perfiden Plan in die Tat umsetzt: Geschickt hat sie die Begegnung mit dem jungen Unternehmer Michael Westphal eingefädelt, hat ihn glauben lassen, sie erwidere seine Gefühle. Doch nun wird ihr bewusst, dass dieser Mann ihr tatsächlich sehr viel bedeuten könnte, stünde nicht jene grausame Tat zwischen ihnen, die sich einst im Haus der Puppen ereignet hat und nach Rache schreit ...

Raffiniert, fesselnd, abgründig – subtile Spannung vom Feinsten!

978-3-453-35480-7

www.diana-verlag.de